永遠的燦爛當下

OPPOSITE OF ALWAYS

賈斯汀・雷諾茲 著
Justin A. Reynolds
林師祺 譯

致 k 和 b，

獻上我的全心全意，

紀念我們這些年來失去的愛。

嗯。

你聽過「時間無敵」這句話嗎？

這是一個講述那段「失去的時間」的故事。

怎麼做到誰也救不了

凱特第三次過世時，我的側臉被壓在警車的後車廂上。可以救她一命的盒子在我腳邊摔成爛泥。

這陣子，我學到幾個教訓。

例如：**不要浪費時間穿衣服**。

外面很冷，一般人應該穿毛衣。我卻穿著短袖上衣、格子短睡褲、除草時穿的Converse帆布鞋。鞋子內側溼答答的，右腳鞋子裡有坨雜草戳到我的腳趾，可是我沒時間穿襪子。無論是襪子，或其他符合天候的服裝都是奢侈品。穿戴這些東西需要花時間，但我不能浪費一分一秒。

今晚不行。

永遠不行。

因為第一個重要的教訓就是：**無論穿越時空多少次，都救不了你愛的人。**

四十五分鐘之前

警察來了。

這部顯眼的車子緩緩開過急診室入口。他們可能是來抓我的，但我沒有回頭路。再短的時間都不能浪費，我抓起副駕駛座的小包裹，跳下車。扯開盒子包裝，把內容物塞到我的球鞋裡，加快腳步。

我應該更早出門的。

這次要改變的事情應該有幾百件。

我推開門，心想，**走到電梯，上四樓**。結果我迎面撞上一面水泥牆，就像衝進三百磅的牛肉和警棍裡。

噢，這肯定是開車的人。

我差點癱倒在濕滑的地上，但警官抓住我的T恤領口。

「抓到他了。」他對著肩膀上的對講機說。「出去。」他喝令道，並推開門，另一手擺在槍上。「小鬼，走吧。」我的腦海閃過許多畫面，各種英勇的舉動。我想到推開警官、衝向樓梯間，或是在電梯門關上之前滑壘進去。最後我雙腿張開，手被反銬在背後。

我一方面思考、納悶、希望：「也許這次會成功，也許這就是解決方法。我不該出現在那裡，如果我不在，她就能活下去。」

他們念出我的罪行，念到「非法破門行竊」之後，我再也沒聽進去。我懶得解釋，畢竟要怎麼解釋我來自未來？

「……你瞭解你的權利？」他們只是宣讀，不像是問我。

我點頭，貼著我臉頰的金屬後車廂感覺冰冷滑膩。

「身上有違禁品嗎？有武器、毒品等等嗎？」高大的警官問我。

「沒有。」我說謊，因為我不能說實話，至少現在不能。警官粗手粗腳地搜我的身，他從我口袋撈出鑰匙時，發出噹噹的聲響。接著他掏出我的皮夾。

「沒什麼特別的東西。」魁梧的警官對他的女搭檔說。

「叫他脫鞋？」她建議。

我的膝蓋差點發軟。

「拜託，」我哀求，「請讓我進去，我女朋友快死了。你們可以問醫生，問她的護理師。拜託，五分鐘就好，拜託。求求你們，行行好。我只要看她五分鐘，你們就可以把我丟進牢裡，關我一輩子都無所謂。拜託，想想你們的孩子。你們有孩子嗎？如果他們快死了，

你們會讓他們孤零零地過世嗎？拜託，拜託。」

我想下跪求情，可是我被人壓制住，因此很難做得到。上手銬的警官回頭看另一個警官，那位金棕髮色的女警兩眼布滿血絲，她嘆氣的模樣拿捏得恰到好處，彷彿女人第一天當媽就學會了這招。總之她點頭了，我的手銬也被拿下。

這倒是不可思議。

「小鬼，不要輕舉妄動。」他的語調讓我以為**他覺得我會胡搞**。

「就五分鐘，」她說，「不能再多了。」

我們走過油膩的油氈地板，走進用漂白水壓過尿騷味的電梯，打算前往四樓。他們走在我的兩側，警告我如果亂來，他們會馬上制伏我這個蠢蛋。我不會拔腿奔跑，我又看了一次手錶，還有機會。

可是電梯門過了二十秒才慢條斯理地打開，我們又被迫走另一條走廊，因為有個工友正在拖地，而且非常認真地對待那份工作，看到我們走過去立刻又跳又叫。兩個警官喃喃道歉，工友憤怒地指著另一條路線。那條路大概是「全世界最長的路」。

我努力解釋我們沒時間繞路，不能再等電梯、不能因為地板濕就不走。但沒人在聽，當我們終於到病房的時候，幾乎已經太遲了。

凱特都快走了。

「看看誰來了。」她睜開眼睛。以往她母親坐的那張椅子空著，皺巴巴的被子就落在旁邊的地上。窗台上有個沾了口紅的保麗龍杯。

「嗨。」我說。一瞬間，我好驚訝她竟然這麼瘦小。病房很安靜，只有打進她鼻子的氧氣發出的嘶嘶聲，和打進她手臂的點滴聲響。

「現在幾點了？」她瞇起眼問。即使現在是凌晨三點，躺在病床上的她依舊那麼美。

「我們沒有多少時間了。」

她的臉龐因為困惑而扭曲，「什麼意思？」她在床上往前傾，望向我的後方，皺起眉頭。

「這次你還帶了警察，太妙了。傑克．金恩，你還真的知道怎麼進場才特別。」

我回頭看警官，「抱歉他們打擾妳了。」

「你知道你是神經病嗎？」

「我看得出妳怎麼會有這個結論。」我微笑。

「**五分鐘**。」女警提醒我。

凱特搖頭。「傑克，你為什麼來？我不懂。怎麼？你有病嗎？特別迷戀醫院？還是生病的女孩讓你更興奮？」

「我來告訴妳……」我的聲音越來越小，因為我不是來找她**談天**的。

「什麼，傑克？」

「我大概知道怎麼做了，我終於想出答案了。」

「好。」她睜大眼睛。顯然我只是讓她聽得一頭霧水，那當然，因為這整件事都不合邏輯。

「妳不會有事的，凱特，一切都會好轉的。」

她轉頭。「每個人都說這句話，但是他們說謊。傑克，別說謊，別像——」她噤聲，因為她看到我手上的東西。剛才的二十秒，我謹慎地把手伸進鞋子，現在把東西拿出來了。

「傑克，」她的音調提高，「傑克，你搞什麼——？」

她還沒說完，我已經扯開她的被子，把針筒插進她的大腿。她往前撲，彷彿我用高壓電電擊她。

警察把我壓到地上，對著我的耳朵、對著病房罵髒話。「**他媽的**！你剛剛做了什麼，小鬼？你注射了什麼？」

「來人啊！」女警大叫，衝到走廊。「這裡需要醫生！快叫醫生來！」

男警用力地把我的臉壓到油氈地板，我的腦漿沒從眼窩爆出來還真是奇蹟。許多雙腳衝進房間，很多人又吼又叫，人們不斷搖我，問我注射了什麼藥。其實，就算我想解釋也沒辦法，更何況我不想說。因為這是我唯一能做的事，只有這個辦法了。

醫生手忙腳亂地救她時，警官把我拖過濕漉漉的地板，拖過大廳，拖回夜裡。

我知道，只要我輕舉妄動，即便只是呼吸稍微用力，他們就會對我開槍，或至少把我打昏。但我不在乎，因為我離開凱特病房時偷看過時鐘。如果一切就像上次那樣，凱特不是活下來，就是一切馬上又會重來。

男警真的很愛把我的臉往下壓，因為我的臉頰又貼在車上了。我猜他這次想搜身搜得更徹底。

「如果那個女孩死了，我會——」

他還沒說完，我已經有感覺了。我閉上眼睛，空氣開始變得稀薄，地心引力漸漸消失，我彷彿背著往上飛的降落傘。這次的顫抖更難受，我幾乎站不穩，整個身子不斷發抖。

「小鬼，你還好嗎？」他大聲吆喝搭檔，要她進去求救，她全速往裡面衝，但這都不重要，她來不及。如果我能說話，我會叫他們放心，我不是快死了，只是進入緩衝狀態。我只是想救她一命，但他們不會懂，我也不懂。第一次，我以為自己要死了，這次不會了。

我不知道該如何描述，只曉得我的身體彷彿準備發射。如果我的身體是先進的太空梭，我這一架就是在時間中穿梭，而不是發射到太空中。

「小鬼，聽好，回話啊！他大概是癲癇發作。小鬼！小鬼！」

對了，第二個教訓是：

時空旅行很痛。

一開始的開始

沒有經驗的經驗

人們老愛說：「每個人都有命中註定的伴侶。」

悲慘失戀之後，媽媽最愛說這些「激勵人心」的話；平常跟你不親的爸爸也會拍拍你的背，口齒不清地咕噥著，然後宣布「你媽說得對」。這話也不算說錯，畢竟世界上有這麼多人，總有一個適合你，對嗎？這個人會讓你心跳加速，說出「我會永遠愛你」、「真想趕快見家長」或「喔，我們一定要把彼此的名字刺青刺在脖子上」。問題是，我們耗費自己微不足道的人生，追求別人的心靈伴侶；如果走運，我們只剩三分之一的時間可以和真正重要的人長相廝守。前提是，我們還要能遇見這個人。

就拿我當例子吧。

我是**錯失良機**專家，我失去心儀的女孩，沒當上畢業代表致詞生，沒入選任何運動隊伍（我每種都試過）。最後走投無路，還參加了吉祥物徵選。結果「毛怪」賴瑞．寇維亞克比我更會翻筋斗）。課後社團呢？我也試過，每次都差一點點。實在好笑，我以為任何人都有社團可參加（這要加入「傑克大錯特錯清單」）。反正，你只要說得出來，我就有辦法失之交臂，而且往往只差一丁點。事到如今，我已經成為「差一點」權威，且在這方面具備將近十八年的經驗。

各位若還需要更多證據的話，請隨我逛逛閣樓。這個虛擬殿堂可以命名為「很努力」，或是我更愛的另一個名字——「傑克的『努力過卻永遠掙不到之蠢到家』博物館」。我有個幾乎全新的滑板，因為那年我差點成為半職業滑板手。我有台縫紉機，我都說那是我媽的，但其實是我的，因為當時我迷上「決戰時裝伸展台」。我有一組飛盤高爾夫、骨董彈珠收藏、一箱沒組完的電路、一個放著各種超級任天堂遊戲卡帶的箱子、一個棺材大的箱子，那是我初次（也是唯一一次）嘗試製作時光機（別多問！），還有從沒用過也不值得收藏的忍者手裡劍（真的，不要問！）。

差一點，差一點，差一點，差——

你懂啦。

我開玩笑說爸媽真是有遠見，竟然會幫我取名為傑克．艾里森．金恩。樣樣通，樣樣鬆[1]。

只是媽媽時時提醒我，我的名字來自於傑基．羅賓森[2]（Jackie Robinson），第一個打破體育界膚色藩籬的球員，以及作家兼學者拉爾夫．艾里森（Ralph Ellison），他最具影響力的作品就是《看不見的人》。

我是獨生子。爸媽很晚才生下我，之前試了許多年都不孕，就在他們要放棄希望時，我姍姍來遲。媽想幫我取名為「奇蹟」，但爸（通常不是理智的那個，這次卻願意開先例）插手——**老婆，奇蹟每天在學校被霸凌是妳的夢想嗎？**

最後的定案就是傑克・艾里森。

我不禁認為，這是教養學最佳暨最糟的範例。

因為他們用這麼優秀的人幫我取名真的很棒、很光榮，也是特別待遇。

相反地，爸媽不理解他們在我窄窄的肩膀上放了多大的**壓力**。

沒錯，還有這一點。

⧗

廢話不多說。

我是傑克・金恩。這個傢伙在人滿為患的派對上一臉鬍渣，穿著法蘭絨舊夾克，坐在客廳樓梯最底下一階，手拿空杯，心不在焉地看著電視上的籃球比賽。但其實他盯著廚房，目光追隨著——

永遠都是同一個女孩。

潔莉安。

我們報名來參觀這所大學，我想像著潔莉安和我終於有機會獨處。我們整個週末都會在一起，她終於看出我有多迷人（多多少少）、多酷（可以這麼說吧）又多有趣（比上不足，比下有餘）。她會看出這個傑克不只可以當朋友，你懂嗎？

結果，我在這裡獨自坐了半小時。老實說，我也不能算是**落單**，有些人上下樓梯，不斷撞到我。我發誓，我平常沒這麼拙、這麼不擅社交。

請聽我娓娓道來。

---

1 主角的名字是傑克（Jack），而英文有句俚語是「Jack of all trades, master of none.」意思是「樣樣通，樣樣鬆」。

2 美國職棒第一位非裔球員。以前黑人球員只准在黑人聯盟打球，因此他踏上大聯盟是近代美國民權運動的重要大事。

強烈喜歡的簡短歷史

潔莉安和我是麻吉。我們高一就認識了，而且是名副其實地不撞不相識（是不是很老套？），結果兩人書包裡的東西散落在走廊各處。我幫她撿書，站起來時彼此閃躲，免得撞到頭，結果蠢到無極限的我踩到她書包的帶子，害她一屁股跌坐在地。如果有所謂的丟臉槍，我們已經跳過「致暈」模式，直接切換到「瞬殺」模式[3]。幾個學生看到傻眼，接著捧腹大笑。我只能拚命向潔莉安道歉。

她只是跳起身，喝斥圍觀的人群：「不要擋路。」然後自我介紹。

「傑克和潔兒[4]，青梅和竹馬。」我把我們的名字放在一起。

「哈。」她笑了。「顯然我們是命中註定。」

「抱歉我沒跟著滾下山。」我自以為接得很聰明，因此樂昏了頭。幾個小時後才想到，童謠裡是潔兒跟著傑克滾下山。

潔莉安沒因為我搞錯順序而覺得不開心，「以後再接再厲囉。」她的微笑電力更強了，接著又補上一句：「我說的是滾下山那段。」

當時，我知道我們有機會交往，但為了保持我長長久久的「**差一點**」紀錄，我們沒再滾過，也沒交往過。

三週後，潔莉安交了男朋友。

現在也許你想著，誰在乎她有沒有男朋友，傑克？把你的心情老實告訴她，再由她決定。但是**我有男朋友**這理由似乎堅不可摧，至於有多固若金湯呢？就像屋頂上有狙擊手站崗、雷射槍有智能感應、暴龍訓練有素，或是護城河裡有滾燙的熔岩。

精采的地方來了：潔莉安的男朋友法蘭西斯柯．「法蘭尼」．侯根，是我的一個好兄弟。

我知道，**我都知道**。

我也希望我可以說這個糟糕透頂的男朋友（法蘭尼）多麼不珍惜情人，多麼糟蹋女朋友（潔莉安），又有多麼不值得她的感情。或說他追求我的心上人，簡直是渣到不行。但問題是，法蘭尼根本不知道我喜歡她。

---

3 此處典故應是出自《星際大戰》裡的爆能槍（blaster），此槍可在不同強度的攻擊、「致暈」和「瞬殺」模式間切換。

4 鵝媽媽童謠裡有首「Jack and Jill」，有青梅竹馬的意思。這首童謠的前幾句是「傑克和潔兒，上山去打水。傑克滑倒了，摔到他的腦，潔兒跟著滾下山。」

事實上法蘭尼是個好人，該死，他是個**大好人**。如果要我幫潔莉安挑個我自己以外的男朋友——例如，我和潔莉安本來是一對，今天我們玩遊戲，假設我不幸早死，得先找個朋友照顧她，我每次都會挑法蘭尼。我知道他會關心她、愛她（這種假設很變態，對吧？以後別提了）。

總之他們是一對，而且感情融洽。我很為他們開心，而且絕對不會亂來，介入他們的關係。我非常看好潔莉安和法蘭尼的戀情，而我是超級電燈泡、不重要的第十一根腳趾、多餘的第三個乳頭。

今晚以後就不是了。

也許。

或者。

恐怕不是。

絕對不可能。

樓梯就是有上有下

「抱歉，你堵住樓梯了。」背後有個聲音響起。

「什麼？」我轉身。

聲音的主人有著一雙晶亮眼眸、齊肩捲髮。她穿那種毛衣款式的洋裝，但我覺得那只是紮了細腰帶的大毛衣。我認出她是先前帶我們參觀學生中心的嚮導。

「你擋住樓梯了，是盡責的人肉牆壁。」

「抱歉。」我低聲說。我趕快閃開，而她拍拍手。「哇，這座牆壁會動欸，太妙了。」

「很意外吧。」我說。

我等她下樓，但她動也不動。「既然你這麼喜歡她，應該去跟她說話。」

「啊？」

「聽說**找人說話**可以讓對方知道我們的存在，不要像個變態殺手光盯著她看。」

「不要像個不變態的連環殺人犯。」我回頭說。

她彈指，「說得好。」

我皺眉，「我聽不懂妳說什麼。」但我當然懂，只是不高興自己這麼容易被人識破。

「整趟導覽期間，你都黏著她。」

「有嗎？」

「簡直快貼到她身上了。」

「天啊，多謝了。」

她咧嘴笑，「我的意思是，快進廚房找她聊。」

「沒必要，我常跟她說話，她是我最好的朋友。」

「哇，你們很要好，她卻不知道你愛她？」

這個女生的嗓門超級大。我知道這是派對，但剛才那句話的音量就像是在大喊「**立刻給我出去**」。我差點叫她小聲點，但「不聽從指令壓低音量」是與生俱來的權利，追求快樂也是。

我悄聲說：「**我不愛她，好嗎？**」她湊過來，說：「什麼？」

「**我不愛她**。」我又說了一次。

「我聽不到，你為什麼這麼小聲？」

我恢復正常音量。「我說我不愛她，她只是人很好。」

「這顯然是你的問題，你人**太**好了。你……這樣說吧……正等待絕佳機會，要把你的心情告訴這個女孩，而且你等了……」她等我填空。

「三年。」

她拍額頭，「哇，你等了**三年**，而她**完全不知道**你想和她瘋狂做愛？」

「我喜歡慢慢來。」

「是啊，照這個速度，你要祈禱科學家找到冷凍人體的方法，他們才能在兩百年後幫你解凍，讓你向她提出交往的請求。你還得先假裝打哈欠、伸懶腰、偷偷把手搭到她的肩膀上。對了，這招很高明。不過我先爆雷，她**絕對**料不到。」

「真好笑。謝謝妳幫我加油打氣，如果妳不介意——」

這個女孩沒下樓，竟然在我旁邊坐下。我們兩人同心協力，徹底擋住二樓出入口。有我們在，誰也別想上樓尿尿。

「我的名字是凱特。」她伸出手。這個動作很怪，因為樓梯很窄，我無法轉身握她的手。

「我是傑克。」我想方設法示範有史以來最無力的握手方法。「傑克．金恩。」

「你自我介紹時都講全名？」

「沒，全名只給討人喜歡的嚮導。」

「哈。」她笑。「很高興認識你，傑克．金恩。」

「很高興認識妳……」

「凱特。」

「**只有凱特**？」

「暫時是。」

「我受傷了。」

「總得保持神祕吧？」

「不知道欸，我不太喜歡搞神祕，比較喜歡打開天窗說亮話。」

「**傑克**和**金恩**[5]，這名字滿特別的。」

「因為我要尋找皇后[6]啊。」我一開口就後悔了。

她捧腹大笑。而我漲紅了臉，「我發誓以前沒說過這句話。」

她搖頭，「你接得很快，所以……」

「我是說真的。」

「我不相信，傑克。」

「真不錯，才過了十五分鐘，妳已經開始不信任我了。通常我都會等到第二次聊天才開始瞎掰，不過無所謂啦。」

她竊笑。「聽我說，傑克·金恩，我不是故意給你難看，但我認為你需要一個瞭解女性的人來幫你。」

「可以介紹那個人給我嗎？」

「煩欸！」凱特搥我的肩膀。好痛，可是我假裝沒感覺。

「好吧，愛情顧問小姐，請問妳有何建議？」

凱特又大笑。「事實上，我毫無想法。我只是菜鳥顧問一枚，抱歉。」

「妳還沒聽到最精采的部分呢。」我說。這時我也開始大笑，一方面是因為我竟然需要一個陌生人來證明我已經知道的事情（就是潔莉安和我的關係太複雜）；一方面是因為如果不笑，我可能會哭。

「最精采的是什麼？」凱特雙手交握。

「她的男朋友是我們兩人共同的麻吉。」凱特大笑，假裝害怕。「你超渣！」

「是不是？我是超級大爛人。」

「別激動，不要太瞧得起你自己。你頂多只算普通人渣。」

「那就是我的典型作風。」

「什麼？」

---

5 撲克牌中的Jack（傑克）代表十一，King（金恩）代表十三。

6 Queen（皇后）代表十二。

我不想說，但是心情實在太低落，於是我乾脆豁出去。「頂多只稱得上普通。」

她張嘴，但什麼也沒說。這個小小奇蹟讓我心懷感恩。

我們看著某個穿著超低胸尖領的小鬼亂唱流行歌，彈琴伴奏的女生脖子上有凱蒂貓的刺青。凱特的嘴唇在動，低聲跟著唱。我的手機開始震動。法蘭尼傳簡訊過來。

法蘭尼：希望你們玩得開心！我知道不需要我多說，但請你照顧潔莉安，別讓醉醺醺的兄弟會豬頭靠近她！

我：沒問題。

我收好手機，凱特也不再唱歌。我努力找話題，因為我想與她繼續聊天。「是我鼻子有問題，還是這道樓梯真的很臭？可能有很多人在這裡嘔吐、撒尿。」

她點頭。「所以我們坐在這裡，彷彿也參與了古早的開趴歷史。」

我大笑，「我喜歡妳的思考邏輯。」

她露出美麗的狡黠笑容。也許是這個笑容讓我鼓起勇氣。

也許是派對燈閃爍影響了我的腦波。也可能是因為喇叭突然放出吉他聲。我向來喜歡原聲音樂。

或者是因為三年以來，我頭一次覺得潔莉安和我永遠不能交往也無所謂。只是在生鏽的台階上坐了幾分鐘，我就突然看到了截然不同的未來，看到一個或兩個不一樣的結局。

又或者是因為身邊的一切都像是混亂的漩渦，而凱特是唯一聚焦的影像。猶如真實生活中的人像模式[7]。

我倒抽一口氣，以前我應該沒有這麼做過。「凱特，可以請教一件事嗎？」

凱特微笑，用非常正經的語調說：「可以，傑克，你可以問。」

「我先警告妳，這問題不簡單。」

「我聽到了。」

我清清喉嚨，只要感到不自在，或是我打算說某句蠢話或做某件蠢事時，就會有這個習慣。「如果有個男生，本來只和某個迷人女孩閒聊他那不可能交往的暗戀對象，請問妳建議他怎麼追求那個迷人的女孩，即使他在此時此刻也絕對沒有機會與她交往？」

「哇，**的確**很難。」

「我早說了。」

「我認為這件事絕對不可能。」她說。

「我也猜到了。」

7 iPhone的portrait mode，這種模式有景深效果。

「如果真要我提出建議……」她咧嘴笑，似乎正要透露最高機密。

我靠過去，「我洗耳恭聽。」

「我會說，先幫那個女孩倒杯飲料。等你回來，她會告訴你她不打算談戀愛，因為她有無敵大的承諾恐懼症，而且現在一點也不想解決。況且，她才剛逃出一段亂七八糟的戀情，此時此刻痛恨所有人類。」

「瞭解，**拜託**先保持**這種**想法，因為我要去幫**那個**女孩倒杯飲料，好嗎？」

她笑了，「好。」

「千萬別走開，要用生命捍衛這道階梯。」

「陛下，誰敢走過，我一定拿下他們的小命。」她說。

「那是什麼語調啊？」

她不好意思地邊笑邊遮住臉，「我裝蘇格蘭腔調。」

「這樣啊，嗯。」我假笑。「妳可能要再多下點功夫，或是別再學那種腔調，最好永遠不要。」

「有這麼糟嗎？」

我調皮地聳聳肩，「糟到最高點。」

她點頭，「我追求頂級慘敗，你這麼說，我反而很得意。」

「如果是這個前提，那妳達成任務了。很高興我有幸一起見證。」
「我也是。」她覆議。
「所以……」
「所以，」她笑著重複，「也許你該去拿飲料，我們到後院繼續這個偉大的討拍派對？」
我盯著她看了一會兒，「也許從今以後，妳應該幫我做所有決定。」
凱特伸出手，這次的結果好多了。「一言為定。」
我握了她的手，穿過人群去廚房，長流理台上有各種酒。有人拍我的肩膀，說：「嗨。」
是潔莉安。
「玩得開心嗎？」她問。
我聳肩。「妳呢？」
「還好，其實我考慮要早點離開。」
「是嗎？」
「也許路上去買個漢堡。」
「喔，」我說，「也可以啊……呃……我正要……」
她看到我手中那瓶紅酒，「你要拿酒去哪裡？」
「這個啊，沒有要去哪裡……」

「沒有要去哪裡？」

「也不能這麼說，否則就太好笑了。我要去後院，就是那個……後院。」

「傑克，你不該自己喝悶酒。」她微笑。

「我沒這個打算。」我清清喉嚨。「我……交了一個朋友。」

她臉上閃過一個我無法理解的表情，但我還沒時間多想，她就已經恢復往常的模樣。「原來如此，」她的笑容和先前又有點不一樣，「傑克交了新**朋友**。」

「這又沒什麼。」

「我很為你開心，阿傑。」她說。

「謝謝妳，阿潔。」我回答，這是我們的默契。「不過我們可以去吃漢堡，我配合到底……但我先……」

「別別別。」她搖頭，開始往後退。「你儘管去，我先回宿舍，我也得打給法蘭尼。」

「喔，這樣啊，好。」

「就這樣。」她點頭。「玩得開心點。」

「妳也是，幫我向法蘭尼打聲招呼。」我說，否則我還能說什麼？也許這是我頭一次覺得，我們難以用言語表達心意。

⧗

五分鐘後，凱特和我同飲一瓶難喝的紅酒，分享後院長廊扭曲台階的一小塊空間。才沒多久，我們已經有「共同愛好」，就是階梯。只是這次，我們整晚都沒再離開。即使派對結束，即使只剩保全燈光，即使天光逐漸吞噬月亮。

「這間屋子大概只剩我們兩個醒著吧。」凱特說。

「要命，現在幾點？」其實我根本不關心時間。

「誰在乎時間，對吧？」凱特忍住不打哈欠。

任何事情、任何人都無法叫我們離開。

「說說妳的家庭。」我說。

「說什麼？」

「什麼都可以，」我告訴她，「任何事情都好。」

她沉默，翹起二郎腿，又放下。她把紅酒遞給我，我喝了一口，還是不好喝，但比之前好。

「最近我爸媽成了吵架專家，而且多半是因為我的緣故。」

「喔。」

「你知道，這種感覺很奇怪。你明明記得這兩個人深愛對方，總是形影不離。結果某天早上醒來，你躺在床上納悶他們竟然這麼快就吵起來。」

「妳說他們吵架是因為妳？」

「對。」

「為什麼？」

她聳聳肩。「他們對如何照顧我沒有共識。」

「真糟糕。我很遺憾，凱特。」

「你遺憾什麼？」她咬住下唇，伸手拿酒瓶，放在嘴邊卻沒喝。酒瓶被她放到膝蓋之間。

「如果有人遺憾，也應該是我。」

我不確定自己是否該問清楚，雖然想問，但最後還是決定別開口，給她一點空間決定是否想說。

「不知道，也許他們會撐過去，也許只是因為一切從頭來過很可怕、複雜又麻煩。誰想上了年紀還過這種日子？拜託，就算是年輕人，誰想要這種生活？」她喝了一口，遞過酒瓶。我們的手指輕觸到對方，那感覺就像有幾百萬瓦的電流竄過我的身體。

「對。」與她的接觸所帶來的衝擊，還讓我神智不清。

「你呢？你的家庭又是什麼樣子？」

「我是獨生子。」

她點頭，「難怪。」

「有弦外之音喔！」

「我只是隨口說說。」

「我猜猜看，妳是排行中間的孩子。」

她轉頭看著我，因為我們坐得很近，她做這個動作不是很容易。我們幾乎臉碰臉。「你為什麼這麼說？」

我聳肩。

「隨便你愛說不說。不過你說得對，我有個姐姐綺拉，她是造型師。我不知道她有什麼魅力，總之她的 YouTube 頻道大概有一百萬人訂閱，大家**敲碗**要她推出新影片。真奇怪，不過她能發揮專長很酷就是了。」

「也許她可以幫我弄造型。」我撫平襯衫的胸口部分。「我需要專業協助。」

「我不知道欸，」她用手指點點我的衣領，「我覺得你穿得還好。」

「謝了。」我這輩子頭一次聽到**還好**兩個字還這麼開心。「所以妳之後是妹妹或……」

「是弟弟，恐怖大王。」

「喔，這樣啊。」

「沒啦，他還好，只是比較容易亢奮。」

「有時候我也不容易專心。」

「他是超級緊張，老愛多管閒事，尤其是我的事。」

我大笑。「有時候我也希望有兄弟姐妹，就算討人厭也無所謂，至少有他們的陪伴。我爸媽人很好，我在這方面很幸運。他們依然深愛對方，而且感情好到幾乎病態。但是我有時覺得他們對我有太多期望，計畫讓我做遍所有事情。不曉得欸，我擔心我會讓他們失望。他們那麼愛我，放那麼多心力在我身上，努力付出，就怕我有個閃失。但我有時還是覺得，我遲早會出狀況。哇，不可思議，我竟然跟妳說了這麼多。」

「很高興你願意說。至於你怕你會出狀況？我認為那種感覺就叫青春。」

「也許吧。」

「但你這麼在意這件事，那倒是很好。所以你會盡力別搞砸，但你也要留點空間做你想做的事情，追求你的夢想。」

「妳有什麼希望？有什麼夢想？」

「天啊，我只想活著。」

「妳是說活出最精采的人生？」

「這個也包括在內。」她遲疑了一下。

「還有呢？」

「我想當建築師。」

「為什麼選這個志業？」

她微笑，「你一定會覺得我的想法很老套。」

「絕對沒有。」

「才怪，不過你的想法沒錯，因為**真的**很老套。但是……你設計出的作品永遠屹立不搖，即使你走了之後都還在。你腦中的想法可以長久存在，年復一年，甚至存在幾十年或更久，我就覺得很棒。」

「這是妳整晚說過最不俗氣的話。妳恐怕不瞭解『俗氣』的定義，而且是一點都不懂。」

她大笑，用肩膀撞我的身體。「得了吧。」

「我說真的，以後禁止妳再用那個詞。」

「你不能禁止我。」

「也許不能，但我們應該制定禁令。」

「是嗎？」

「對，至少停用兩週。妳在這段期間都不能說『俗氣』這個詞。」

「再說吧。」

「抱歉，『辭海委員會』已經開口了。」

「我要上訴。」

「可以，委員會將考慮受理。」

「為什麼我有種感覺，這個委員會似乎只有一位成員？」

「委員會對會員身分不多做評論。」

「為什麼我不意外？」

「這方面有嚴格規定。」我駝背，舉起酒瓶放到嘴邊，發現酒沒了。

「幹得好。」她說。

「妳也不必妄自菲薄。」

她搖搖頭。「好了，現在換你說。」

「說什麼？」

「傑克有什麼志向和夢想？」

「不行，聽過妳的之後，我根本不好意思說。」

「說說看。」

「好吧，我想想喔。」我清清喉嚨，雙手交握。「我想想……呃，我有點想寫一本書，或是好多本書吧。」我大笑，因為聽到自己說出這個想法都覺得荒謬。如果牆壁會說話，可能會發出回音說：「**絕對不可能絕對不可能絕對不可能。**」

但凱特沒有露出驚訝的表情。「哪一類的書？」

「小說吧，也許是青少年書籍。」

「為什麼選定青少年？」

「我願意說，但妳別忘了，妳不能說『俗氣』，所以……」

「你就說吧。」

「好吧，我從小就喜歡看書，但是很少有書寫到像我這樣的孩子。我認為每個孩子都應該找到可以引發共鳴的主角，所以……妳可以大笑了。」

「我為什麼要笑？你腦子的想法很多，對不對？」

「我就是太愛分析，沒錯。」

「哈，我也是。我以前也常常什麼都不做，只會想個不停。」

「那些想法真幸運。」我說。

「什麼意思？」

「因為那些想法可以和妳在一起。」

凱特搖搖頭，「好，你剛剛的說法很『俗氣』。」她說。可是她望著我的眼神，彷彿像要親上來，我想像凱特的嘴唇壓著我的嘴唇。我一定是晃神了，因為凱特在我面前彈指。「地球呼叫傑克，地球呼叫傑克。」她說。

「啊？什麼？」

凱特微笑，「我剛剛問你，雖然我知道現在問有點太晚了，但是你的朋友昨晚有安全回家吧？」

「我的朋友？」我複述。

「你幾小時前還肖想的最好的朋友？你長大之後的唯一真愛？」

我抬頭——我們真的聊了整晚？——我記得天上本來掛著月亮，現在已經換成頭頂的一抹橘色陽光。

「有，她回宿舍去和法蘭尼講電話。」

「法蘭尼是她的男朋友？」

我點頭。

「你的**另外一個**好麻吉？」

我再度點頭。

她雙手交握。「好，關於『凱特和傑克是否有可能當朋友』的最後一個問題。」

「妳說。」我轉身面向她，好整以暇。

「你最喜歡『教父』系列哪一集？」

「這個問題很難。」

「一點也不難。」

「很難，因為……我沒……」

「你沒看過哪一集？」

「一．集．都．沒．看．過。」

她張大嘴巴的模樣，彷彿我剛才說我不相信世上有月亮。

「你在開玩笑吧？我們一定要趕快看，麥小傑。」她保證。

「時間、地點由妳選。」我說。

「我不確定何時。」她說。「總之，一定要找一天，就去我家看。」

我真等不及那一天趕快到來。

⏳

後面的屋裡有動靜，有人拖著身子進去廚房，椅子被拖開、櫃子被關上，有人正在遞玻璃杯。

「走吧。」凱特起身。

「妳認識這些人？」我問。

「跟我來就對了。」

我跟她進廚房。到處都是昨晚派對的垃圾，例如塑膠杯、被踩過的起司捲、包裝紙等。有個女孩癱在椅子上，藍金色的長髮糾結，面前擺了一碗麥片，有個戴黑眼鏡的瘦高男生幾乎把臉埋進碗裡。他們抬頭看我們。

「你們是誰？」女生邊喝邊問，語氣不是緊張，比較像是饒富興味。

「我們餓了，」凱特伸手拿麥片，「可以吃嗎？」

「可以。」瘦高的男孩抹掉嘴唇上的牛奶。「大家都可以吃『船長麥片』[8]。」

我們面前神奇地多了兩個碗和兩根湯匙，我心想，**這個凱特是從哪來的啊？我如何才能留下她呢？**

吃完麥片之後，我們坐上凱特室友的車子。但我們沒發動車子，只是坐在停車場，輪流播放我們手機裡的音樂清單，她覺得我迷戀一九九〇年代的嘻哈樂很逗趣。她放了許多我聽都沒聽過的歌曲，我猜沒人聽過，但是我幾乎每首都喜歡。

「你很奇怪。」她說。

「謝了，」我大笑，「感激不盡。」

「是討人喜歡的那種怪，傻瓜。」

「討人喜歡是好事。」

「討人喜歡是非常好的事，麥小傑。」

突然之間，她放的音樂又更悅耳了。

「妳覺得妳十年後會在哪裡？」我看著她滑手機找音樂。「妳想去哪裡？想做什麼？」

「老天爺，你真的很愛問未來的事情。」她說。

「先讓我猜，妳討厭事先計畫？妳寧可隨心所欲，過著行蹤飄忽的生活？」

我半開玩笑地說，因為我們整晚都在互開玩笑，只是這句話大失敗。

凱特關掉引擎，拉開門把。「我需要透透氣。」

「我不是故意……」她已經下車坐在後保險桿，我也在她旁邊坐下。「妳沒事吧？」

「不可思議吧？我們竟然和以前所有的古人呼吸同樣的空氣，例如示巴女王[9]、安妮・法蘭克、蘿莎・帕克斯[10]。有人死亡、出生，但是空氣永遠存在。」

---

8 Cap'n Crunch，加拿大品牌的麥片。

9 Queen of Sheba，聖經裡統治非洲東部示巴王國的女王。示巴王國的位置大約相等於今日的衣索比亞。

10 Rosa Parks，美國黑人民權行動主義者。一九五五年，她在公車上拒絕讓座給白人乘客，因此遭捕，引發聯合抵制蒙哥馬利公車運動。美國國會後來稱她為「現代民權運動之母」。

我發現她故意避開剛剛的話題，我也不為難她。「的確不可思議。」

我們走過校園，四周一片寂靜。一哩長的綠草皮上是影子和老舊的石頭建築。

凱特打哈欠，是那種非常疲累的哈欠，還伴隨著伸懶腰和低吼聲。

「麥小傑，跟你聊天很愉快。」她說。我很高興她幫我取綽號，因為這表示……好吧，也許沒有任何意思，**目前還沒有**。

我們該分道揚鑣了，但我還沒準備好。

「什麼？妳要上床睡覺了？」我笑著挑釁她。

凱特看看手錶。我也喜歡她會戴錶，而不是只看手機來確定時間。

「才過了九小時，凱特。」我說。「妳的體力這麼差？」

她按摩下巴。「你有什麼建議？」

我聳聳肩。「如果我提個妳無法拒絕的建議呢？」

「你又還沒看過《教父》。」她大笑。

「有這麼糟？」我覺得臉頰發燙。

「比你想的更糟。」她說。

「我一定有辦法。」我向她保證。「凱特，如果我……如果我……好吧，我沒有辦法。」

她笑得更厲害了。「天啊，女生怎麼拒絕得了這種提議？」

「不能吧……我希望。」

凱特止不住的笑意。

我心裡只想到，**天啊，傑克，拜託拜託，拜託別毀了這件事。但是我瞭解自己，知道所有好事都與我無關。至少不要這麼快就搞砸，再撐著點，傑克，能撐多久是多久，要撐下去啊。**

「我該上床了。」她又看了手錶一眼。「我不到二十四小時後要交一份大報告，我連書都沒讀完。況且，你不必回……」

「艾利鎮。」我說。「正式名稱是艾利鎮鎮區。」我就是這麼吹毛求疵。

「好的，是鎮區。」她說，顯然根本不知道什麼是鎮區。「你可能也有課要上。你都不必向你爸媽回報？」

我大笑，希望散發帥氣、不羈的氣質，但其實心裡知道自己根本毫無勝算。「只是高中，沒什麼大不了的。而且我爸媽很酷，思想開明。何況現在是星期日早晨，我們下午才要回家。」

「明白。」她咧嘴大笑。「很高興認識你，傑克．金恩，祝你高三順利，盡情享受，好嗎？」

她伸手，我立刻握住。接著又覺得自己手勢太熱情，活像剛賣出二手車的得意業務員。

「我盡力，凱特。」

「你一定會的。」她放開我的手，轉身離開。隨後又停住腳步，轉過半身，頭髮散落兩頰。

「傑克？」

「什麼？」

「不要害怕，大膽冒險。不成功，就換個方向多嘗試。」

我懷疑她所指的是不是**此時此刻**。好比說，傑克，把握這一刻，對我放膽試試看。但我一動也不動，沒有任何動作，連睫毛都紋風不動，默劇演員大概羨慕到想殺人吧。總之凱特走回宿舍，穿過玄關的玻璃門，我才如大夢初醒。

我用力敲著玻璃，凱特驚訝地轉身，一臉**搞什麼鬼**的表情。「我怎麼和妳聯絡？」我大吼，嘴唇貼著玻璃，我的氣息噴得玻璃都是霧氣。

她微笑。「放心，我們會再碰面。」

她就這樣消失。我卻有種感覺揮之不去——

我以後一定還會再看著她離開。

星期日，遊樂日

我計畫溜進宿舍，結果我忘記大門密碼，只好按對講機吵醒收留我的學生艾柏。他拖著身子離開床，走下寒冷的三層階梯。艾柏看都不看我，喃喃自語地說了什麼頭超痛、責任感等等，門也只開了一個小縫，我得把腳塞進去卡住。

我跟著他躡手躡腳地走回去。他把自己塞進捲餅似的被子裡，我則鑽進自己的睡袋。問題是我一點也不想睡，毫無睡意。腦中迅速閃過各式各樣的念頭。

我差點出聲喊艾柏，因為我想問他是否認識凱特——

如果認識，他對她瞭解有多深？我有機會嗎？有沒有一丁點機會？

哪怕只有一絲絲都好。我不挑剔，一丁點希望總好過沒有希望。

但我從捲餅被窩中聽到微弱的鼾聲，所以我沒問出口。口袋傳來震動，有人傳簡訊過來。我還以為是凱特，以為她立刻就想見我，而且就在宿舍外，作業和睡眠都無所謂了。結果當然不是她，她沒有我的電話號碼。

潔莉安：嘿，你睡了嗎？

我：沒，妳呢？

潔莉安：顯然沒有，哈哈哈，你正在做什麼？

我：失眠中，想事情。

潔莉安：想什麼？我猜，和你一起喝那瓶紅酒的人！

我：妳自以為瞭解我吧🙄

潔莉安：她叫什麼名字？

我回答之前猶豫了一下。

我：凱特。

潔莉安：傑克愛凱特，傑克愛凱特。

我：妳幾年級啊？幼稚園嗎？

潔莉安：哈！你就承認你談戀愛了吧！

我：妳昨晚玩得開心嗎？

潔莉安：開心，但我本來希望我們可以多點時間聚聚。

我：妳是舞會中最耀眼的女生。

潔莉安：差得遠了！我一直找你，想約你去散步。我終於可以離開廚房時，你卻準備人間蒸發！魔術大師。

我：妳知道我很不擅長派對這種場合，抱歉。

潔莉安：不必道歉，我很高興你玩得開心。而且你不會不擅長派對啊！😜

我：妳和法蘭尼談過了嗎？

潔莉安：他因為不能跟來，在家悶悶不樂。

我：對，他傳二十多次簡訊給我吧，哈哈哈。

潔莉安：只有二十幾次嗎？哈哈哈。

我：保守估計。

潔莉安：太保守了。好吧，我想睡了，謝謝你陪我聊天。

我：隨時奉陪。

潔莉安：你也睡一會吧，大情聖！再過幾小時就要上路了。

我：晚安，阿潔。

潔莉安：晚安，阿傑。

我差點關掉螢幕，結果按了藍色圖標的社群軟體，開始搜尋凱特。

但凱特姓什麼呢？游標沒耐性地對我閃啊閃。我不記得凱特的姓，也不知道我到底是忘記或是根本沒問過。但我還是搜尋了，只加了「惠提爾大學」這個關鍵字縮小範圍，但臉書大神今天早上不開心。凱特依舊是個謎。

最棒的是什麼呢？艾柏原本只是普通煩人程度的粗重打呼聲，現在火力全開、吵個不停。有這個噪音，加上我心裡老掛著凱特，根本別想睡了。我盯著天花板，又望向窗外，納悶凱特是否一樣，也看著有棕色污漬的噴漆天花板，打量著同一片天空和晨光，惦記著我。

我不確定我何時終於闔上眼。我什麼也不確定。

⌛

「醒醒啊。」有人在我上方喊著。我想張開眼睛，但是眼皮肌肉不聽使喚，它們還需要更多睡眠。

「醒醒，傑克。」潔莉安拉開我的睡袋。「我們要趕快上路，你知道我媽討厭我天黑之後開車。」

「現在幾點了？」我依舊閉著眼睛。

「兩點。」

「要命，清晨嗎？」我一問，就知道這句話沒道理，但我正處於剛睡醒的錯亂狀態。

「應該是下午。哈，你半夜兩點都還沒離開派對咧。」

「艾柏呢？」我瞥向他床邊癱成一片的被子。

「可能在哪裡做著人類該做的事情吧。」

「噢，我全身痠痛。」

「應該的，大情聖。快點去沖澡，你全身發臭，而且你也得趕快清醒。動作快，我們還可以先繞去學生中心吃飯，再加油上高速公路開回家。」

我的視線周圍仍然一片模糊，潔莉安從上方俯瞰我，那模樣猶如午夜天使。她的項鍊墜子在我下巴附近盪啊盪，那棵銀色棕櫚樹是我去年送她的生日禮物。**沒有人比妳更喜歡海灘，現在妳隨時都在海邊了**。看著她打開細長盒子時，我這麼對她說。當時她做了一個怪表情，那是我沒看過的模樣，我以為我早已見過她所有的表情。**我知道，很俗氣**，我說，尷尬得無法直視她。但她在我臉上印了一個空前輕柔的吻，**恰好相反**，她說。

「我們還不能走，有件事我非做不可。」

「不行喔，小子，沒時間了。」

「我保證動作快。」

潔莉安咧嘴笑，「傑克，我們女生不喜歡**那種事情**動作快。」

「妳很變態。」我拿枕頭丟她，但她躲過了，枕頭安全地落在房間另一頭。

「快去洗澡，傑克。」她跳起來大吼。「也許，不一定喔，也許我們有幾分鐘可以去跟蹤你的新女友。」

我這輩子沖澡從沒這麼快。

好吧，可能有。但我從未因為**有事情要做**，而這麼快洗完澡。

⌛

「要怎麼找到這個凱特？」潔莉安說。我們站在廣場上，至少我認為是廣場。總之，這是個校園人潮頗多的地方。這在週日倒是很罕見，但我哪知道大學收假前會是什麼景況？

草地上都是人，大家看著平板電腦，有些人拿的是實體書籍，少數人正在講電話。兩個男生在丟飛盤，有個女生輕鬆地翻了一連串的跟斗，她的朋友熱烈鼓掌。

「我看到那棟建築物就認得出來，」我告訴潔莉安，「有玻璃和石頭。喔，還有前門。」

潔莉安手拍額頭。「我還以為你送她回去。」

「我是啊。」

「可是你不記得她的宿舍？」

「當時我有其他心事。」

「是嗎？譬如說……」

我聳聳肩。

她眨眼。「到底是**什麼**事？」

「我不是想著……**那件事**！」

「你連說出口都不敢。天啊，傑克！你竟然連她的電話號碼都沒要到。」
「妳這只是白費唇舌。」我說，接著突然想起來。「霍桑。」
「什麼？」
「她的宿舍名稱……應該是。」
潔莉安研究摺成三摺的校園地圖。「抱歉，小子，沒有『霍桑』。」
「可惡。」這時飛盤落到我腳邊。那兩個人大喊，要我丟回去。我盡量使出敏捷身手，卻只能看著飛盤經過他們頭頂，落到二十碼外。
「靠，多謝了。」其中一個說。飛盤丟得不好無所謂，反正我只想著要見凱特。
潔莉安一手環繞我的肩膀。「不過，有一棟『霍克桑』。」
「妳故意鬧我，對不對？拜託告訴我，妳不是鬧我。」
「我的確喜歡作弄你，」她咧嘴笑，「但如果我開這個玩笑就太惡劣了。」
「我愛妳。」我親一下她的臉頰。「非常愛妳。」我搶過她手中的地圖，跑過我認為是廣場的地方。
「嘿，」潔莉安在後面大叫，「不要丟下你的司機！」但我已經拔腿奔向霍克桑宿舍。
當然，等我跑到那裡，並沒有找到凱特。她的室友告訴我：「她出去看書了。」
「妳知道她去哪裡嗎？」

她已經戴上耳機。「不曉得。」

這時我聽到自己的名字。

「傑克，你怎麼在這裡？」是凱特。美麗、容光煥發的凱特。她的黑髮往後紮，幾綹髮絲落在太陽穴邊。她是這麼地完美無缺。

我的喉嚨一陣緊縮。「來……來找妳。」我說得結結巴巴。

「我還以為你回到鎮區了。」她微笑。

「我想道別，向妳道別。告……告訴妳……我有多……昨天晚上……很開心。我的意思是……昨晚很好玩。開心又好玩。非常開心，非常好玩。我想把聯絡方式留給妳，不知道妳願不願意？」

她走進房間，拿著紙筆出來。

「如果妳給我電話號碼，我可以傳簡訊給妳。」

凱特笑了。「很高招喔，傑克。鎮區的女孩一定很愛你。」

我笑了。「剛好相反。」

「我喜歡紙筆，喜歡真正的紙張上的字句，因為有種浪漫情懷。」

我點頭，因為我也喜歡紙，尤其喜歡能讓凱特說出「浪漫」的紙。「復古老派風格啊，我也喜歡。」這麼說沒有其他理由，就只為了讓自己看起來蠢頭蠢腦。她大笑，我猜是笑我吧。

我潦草地寫下電話號碼和電郵地址。

她微笑著接過去。「很高興你來，希望明年能在學校看到你。也許我們可以再一起去找麥片吃。」

「好啊。」

「我也是。」

我一定做出了怪表情，因為她補了一句：「你在想什麼？」

「認真問？」

「認真問。」

「明年還好久。」

我們沉默了幾秒，直到凱特的室友拿下耳機，掛在脖子上，然後吃吃傻笑。後來又換凱特乾笑，我便知道我該走了。我無精打采地揮手，轉向門口，真希望自己可以走得更帥氣。例如**別忘了，凱特，不要害怕冒險**。但我無話可說，這時才想起我沒寫下自己的名字。如果她忘記那是誰的聯絡方式，結果丟了那張紙呢？如果她想打給我，或傳電郵給我，結果想不起我的名字，只好作罷呢？（好吧，我承認後者不太可能，但也不是完全不可能啊）

我慢慢轉彎。「嘿，我好像忘了寫名字——」

但凱特舉起筆記本，她已經寫下我的名字，甚至在周圍畫了一個圈。我的名字彷彿在一維空間的閃光燈裡，就寫在凱特的筆記本上，握在凱特的手裡。這時我的名字剛好離她的心口只有幾吋遠。她靠著門，「路上小心，麥小傑。」

我雙頰發燙，點頭，然後無敵專心，只希望離開時別絆倒。

潔莉安的車停在霍克桑宿舍外，我坐進副駕駛座，但她壓住我的手，以致於我沒辦法繫上安全帶。

「想都別想，」她說，「你可是丟下我。至少告訴我，這麼做是否值得。」

我彷彿失了魂。或站在強力牽引的光束中，完全無法接觸到外界，而大家都無計可施。

「哈囉，呼叫傑克．金恩。」潔莉安說。「到底順不順利啊？」

我腦子嗡嗡響。如果我站在海邊，船隻便可以利用我的強光，避免撞到暗礁。我就是覺得周圍的光線這麼強。

「可以，」我回答，「絕對可以。」

至於什麼事情可以，一點兒也不重要。

⧗

回程途中，潔莉安嘴裡只有惠提爾大學——

她多麼希望我們高中趕快畢業，快快展開大學生涯。她知道我們就要展開人生最重要的篇章，不斷說著這是我們的**性格養成期**。她有多開心我們可以上同一所大學。

她完全無法想像與其他人上同一所大學。我差點問，**妳的男友兼我麻吉的法蘭尼呢**？但我也被她即將上惠提爾大學的開心感染，所以任由她慷慨激昂地說下去，並未打斷她。

但終究要聊到法蘭尼的。

「我替他難過，他竟然沒申請到。」潔莉安說。「打從他和我們一起轉到艾利鎮中學，他就拚命想辦法提高成績。大學應該要給他機會的。」

她說得對，有時我會忘記法蘭尼有多認真，**直到現在**都不放棄。在潔莉安開始接他之前，他光搭公車到校就要花四十分鐘。瘋狂的是，他家和學校的距離不到十英里，但兩邊的學校、房屋、雜貨店全都截然不同。過去四年來，法蘭尼就在這兩個世界穿梭。

「真煩，但他還是有機會申請上。」

「機率不大。」

「州立大學也不錯。況且他們的體育課程更完善，我知道他很看重這點。況且兩校的距離不會超過十英里，我們三劍客不會被拆散。」

「對。」潔莉安說。但我覺得她似乎有心事。

「妳還好嗎？」我問。

「大概是一切都在迅速變化吧。就拿你來說，這個週末就交到大學女友了。」

「我們不是情侶。」

「反正很奇怪。還會有什麼不同呢？你原本以為有些事情很篤定，也很有把握，到頭來都變了。」

「呃，請問具體說來，妳指的是哪件事呢？」

潔莉安撥弄著方向盤上的按鈕。「你之後會打給她嗎？」

「打給誰？」我說。潔莉安瞪我。

「我沒有她的號碼。」我望向窗外，恰巧看到小鹿一家從樹林中跑出來。「況且就算我要到了，也不希望看起來太猴急。」

潔莉安大笑，「你不急嗎？」

「嘿！」

「逗你的啦。你自己沒發現，但艾利鎮有許多女生願意付錢跳到你身上。」

我大笑，「除非妳的意思是直接跳過我，否則妳說得對，我真的沒發現。」

但她沒笑，目光始終盯著前方道路。「我說真的，你只是從來不給她們任何機會。」

我不知道該怎麼接話，因為潔莉安明明知道沒有這回事，她比任何人都清楚。因為我曾向她告解，因為她過去三年都坐在觀眾席最前排，觀賞「傑克傷心秀」。拜託，她甚至有後台通行證。我對她坦承過多少次，說我有多孤單，現在她卻假裝我是變裝的大情聖。怎麼回事？我交過幾個女朋友，但都不長久。因為我心裡只有一個得不到的人，而這個人根本不想要我。

「傑克，你不知道自己有多棒，你真的很棒。你聰明、幽默，雖然老派，卻不討人厭，還很討喜。」

「討喜？聽起來簡直像老婆婆等級的讚美。**天啊，傑克，你很討喜呢。**」

「我講真的，你他媽就不能認真一分鐘嗎？」

「哇，」我舉起雙手假裝投降，「這是怎麼回事？」

她伸手調整後照鏡。「沒什麼，」潔莉安說，「什麼也沒有。」

「是因為凱特嗎？」

她嗤之以鼻，「你知道她姓什麼嗎？」

她打開收音機，我差點關上，但我忍住了，因為我不確定她為何不開心，不確定話題為何急轉直下。前一分鐘我們還在規畫大學生涯，下一分鐘她就不想看我。有那麼萬分之一秒，我以為——

但我立刻撇開這種想法，就算在宇宙某處，潔莉安喜歡傑克，人類也還沒發現這顆星球。

我往後靠，努力聽音樂不再多想，看著道路往後飛奔。潔莉安的腳勁比以往更大，回程省了很多時間。

我從後座拿出袋子，說：「明早見。」

「嗯。」她說。我還沒關門，她已經開始倒車。「回來過精采萬分的高中生活了。」

「回家傳簡訊給我，這樣我才知道妳安全到家了。」

她點頭，倒車離開車道。

我鑰匙還沒插進門，爸媽就把我拉進屋裡，用一連串問題轟炸我。等我終於滿足他們的好奇心，也吃了媽做的晚餐，才有空坐到床上，在手機上輸入密碼。只有法蘭尼傳簡訊來——**歡迎回來**。

謝了，老兄，我回覆，**很高興回來**。

我一方面為法蘭尼難過，甚至覺得愧疚，但我不明白自己為何有這些情緒，因為我沒做錯任何事情。至少不算做了。也許我只在心裡密謀，就是**向潔莉安表白**。但我沒付諸行動，沒做不該做的事情也是一大成就吧？

我打開我和潔莉安的對話串，開始打字。

我：嘿，阿潔，妳安全到家了吧？

一秒後，我看到三個小點點，知道她正在回覆我。但到頭來，我什麼也沒收到。她沒回覆。誰知道呢，也許她的沉默道盡千言萬語。

想太多想太多

之後三天，我翹首盼望收到凱特的簡訊、電郵、電話，什麼都好。我刷新電郵信箱（只有垃圾郵件），傳了幾封簡訊，確定手機沒壞（好得很），檢查家裡電話的來電顯示紀錄，雖然凱特根本沒有我家裡的號碼（連我自己都不知道），總之什麼也沒有。那個說「沉默的聲音震耳欲聾」的人，一定也等著凱特聯絡他。

至於我這個「窩囊廢」蛋糕上，那層厚厚的糖霜是什麼呢？各大戲院依舊放映著潔莉安獨自擔綱、榮獲大獎肯定的電影《**我超氣傑克**》，似乎會繼續播個沒完沒了。

我向法蘭尼求援，但他根本幫不上忙。「你們回來之後，她就怪裡怪氣的，發生了什麼事嗎？」

最慘的就是我去哪裡都會撞見潔莉安。我們有四堂課都一樣，自習時間也相同。她接送我和法蘭尼上下學，所以我得徹底承受她的冷戰，那肯定是我捱過最激烈的戰火。

我求她開口說話，但她堅決不說。

她停在我家外面的人行道時，我忙不迭地向她道謝，在車上菸灰缸留下充裕的油錢，後來發現那些皺巴巴的鈔票又被塞回我背包前方的拉鏈袋。

我傳給她的多數簡訊都被已讀不回，就算回了也非常簡明扼要。那些代表「別再傳給我了，混帳東西」的文字包括：

對。不知道。也許。不必。

最後，我帶著她最愛的三層巧克力餅乾和我們私下最愛看的電影《保姆大冒險》到她家。潔莉安的門只開到足以讓她探頭出來，看到我時一臉不開心。

「你來幹嘛？」

「只是想看看妳。」我說。她動也不動，我舉起餅乾，「我來求和。」

「現在不是好時機。」她準備關門。

「傑克，是你嗎？」屋裡的人問。「潔莉安，請傑克進來。」

「媽！」潔莉安抗議。

門開了，屋裡一片漆黑，直到安德森小姐拿著蠟燭走出來。她穿著藍綠色長袍，深色頭髮往上紮。「傑克應該不怕黑吧，對不對？」

我搖頭，但有點困惑。其實安德森小姐無論說什麼，我都會附和，因為（一）她的義大利腔很迷人，（二）她是我見過最真誠的人之一。

「請進，請進。」安德森小姐用點燃的蠟燭再點一根遞給我，我跟著她和潔莉安走進廚房，蠟燭就舉在胸前，彷彿迷你手電筒，多邊形的影子鬼祟地攀在牆上。

「妳們家停電啊？」我問。

潔莉安不回答。即使在黑暗中，我都能看出她不高興。

「電力公司認為我沒繳帳單，但我明明繳了。」安德森小姐嘆氣，一手按著頭。「事情太多了，也許我遲繳了幾天，但也不至於……」她的聲音越來越小。

我假裝理解地點頭，「難免啦。」

「其實這樣也是不錯。」安德森小姐說，但神情似乎有點心不在焉。「沒有網路、不能看電視，也——」

「沒有熱水、冰箱、暖爐。」潔莉安插嘴。

「我本來要說**不會分心**，潔莉安，況且電力公司說晚上六點就會恢復了。」

「現在都快八點了，妳確定妳打過電話？」

「什麼意思？我說我打過。」

「那就好。」潔莉安說。

我突然覺得自己不該過來。也許潔莉安根本不是在氣我，她有更心煩的事情，只是我沒發現。

安德森小姐皺眉。「什麼意思啊？我打過電話……」
「知道了，媽。」
「潔莉安，人人都會犯錯。」安德森小姐的聲音開始分岔。
「媽。」
「就連妳也會。」
「**媽**。」
「我的意思是我知道自己不完美，但我努力了，我真的盡了最大的努力，潔莉安。」
潔莉安的語調軟化。「我知道。好嗎？我知道。」
她們兩人在點了蠟燭的廚房望著對方，最後安德森小姐打破沉默。「傑克，我上次在你媽的店裡買了超可愛的肥皂。你爸媽好嗎？」
我還來不及回答，光線就閃了一下，周遭恢復光明，電器發出刺耳的嗡嗡聲響。「看吧，乖女兒，」安德森小姐指著天花板的電燈，然後摸摸潔莉安的頭髮，「我說過，我會永遠照顧妳。」

⌛

「妳媽還好嗎？」我靠向流理台。安德森小姐早就上樓了。

潔莉安遞給我一個大碗，倒進剛從微波爐拿出來的爆米花。

「一樣，有時很低潮。」

「瞭解。」我搖一下大碗，讓爆米花平均分配。「妳好不好？」

潔莉安盯著我的表情彷彿當我是陌生人，彷彿我們才剛認識，卻已經不確定是否喜歡我這個人。「我沒有選擇，傑克，我沒有權利心情不好。」

我覺得自己很蠢，因為我早就知道了。我想幫潔莉安，只是不知道她到底有何困擾，即使我知道，我確定我也缺乏該有的素養。

「抱歉，阿潔。」我清清喉嚨。「所以妳爸爸還是……」

她在我們的杯子裡丟冰塊。「我以為你是來找我看電影的。」

「我是啊，可是……我的意思是……」

「那就看吧。」她走進起居室。

我們坐在沙發兩端看電影，看到一半時，我按了「暫停」。

「你不會是又要上廁所了吧，金恩。」

她只有生氣的時候會直呼我的姓。

「我們必須談談，阿潔。」

她雙手抱在胸前，「我**正在**說啊。」

「不對，妳當我是空氣，有時只是敷衍我，而不是跟我說話。無論我做錯什麼，請妳明白，我永遠心存歉意。」

我們相對無言了一陣子，又沉默了一下，潔莉安終於嘆氣，在嘴裡塞進半塊餅乾。她咬了又咬，終於吞下去，才轉頭看我。

「我大概愛波吧。」最後幾個字說得模糊不清。

「妳愛波？我不懂。」

她嘆氣，「是害怕，傑克。」她聲音輕柔卻很清晰。「我害怕，好嗎？」

「怕什麼？」

「所有事情都變了。」

「什麼事情？」

「所有事情。」她深呼吸。「首先是我的家庭，而現在似乎是我們兩人。上次我們從惠提爾大學開車回來，我第一次想到，你可能無法永遠陪著我。」

我啞口無言，我還以為只有我會想到這些事情。潔莉安似乎永遠都對自己、對自己的感情信心滿滿，很難想像她也會有不安全感。但是她這會兒就提醒我，她是多麼脆弱，我們所有人是多麼脆弱。

「很蠢，」她說，「我知道。你是我最好的朋友，永遠都是。大概是因為我對高中生活最後幾個月有一定的期望，以為我們會更加形影不離，以為我們會一起做所有高三生該做的事情，例如準備畢業舞會、準備畢業生餐會等等俗不可耐又非做不可的事，以後還會一起拿這些事情開玩笑。最後我們會一起畢業，一起慶祝，把這些小事丟在腦後，一起進入大學。我們的人生會進入新的篇章，並且再也不會回顧從前。結果你迷上凱特，希望和她在一起。你甚至因為她，寧可不和最好的朋友一起吃漢堡。」她想笑卻擠不出笑容。「你光想到**有可能**和她說話，都快樂瘋了。我不記得見過你這副德行，從來沒有。」

我差點說，**那是因為妳沒注意到我在妳身邊的模樣，沒注意到即使只是和妳待在同一個空間，我就有多興奮、多開心**。但我沒打斷她。

「大概就是因為這樣，我覺得……很渺小，彷彿你不重視我。我很難過，因為你……對我而言很重要。」

我滑到沙發另一端，縮短我們之間的距離，還差點打翻餅乾。「阿潔，妳是我最好的朋友，因為妳是我認識的人當中最好的人。任何事情都無法改變這一點。」

她的眼眶泛淚，眼神溫柔。我不確定自己看過潔莉安這一面，彷彿我讓她很緊張，沒有把握。

「真的？」她說。「你保證？」

「否則我不得好死。」

我們四目相對，我很快就想起當初為何如此迷戀潔莉安（其實我從未忘記）。

「傑克？」

「什麼？」

「你也是我認識過最好的人。」

我們又開始放映電影，坐在沙發上，抱著同一個抱枕。她的頭靠在我的胸口，我感覺得到她溫熱的氣息。我根本沒在注意電影，只想著四年前那一天，我在走廊撞上潔莉安，我這個艾利鎮的笨拙書呆子本來有機會贏得她的芳心——

抱歉我沒跟著滾下山，我說。她微笑，**以後再接再勵囉**。

有人敲門。我們動也不動，但是敲門聲再度響起。潔莉安從我身上坐起來去開門，回來時，旁邊已經多了一個人。

「不要又是這部電影。」法蘭尼哀號。「我換車兩次，可不是來這裡看這部無聊電影的。」

他用力坐到沙發上，正好是先前半個潔莉安和半個我占據的位置。潔莉安坐在他旁邊，他把她拉過去熊抱。他大笑，「嘿，那是厚巧克力餅的味道嗎？」

法蘭尼正把兩塊餅乾塞進嘴裡，我的牛仔褲就震動了。我撈出手機。

嘿，抱歉這麼久才聯絡。對了，我是凱特。

有半秒鐘，我考慮晚一點再回覆。我不想表現得太猴急，太喜歡她。可惜我等不及要與她聊天。

不必道歉，我讓她放心，**妳出現得不早也不晚**。

「誰傳簡訊給你？」法蘭尼超長的手指一把從我手裡搶過手機。「這個人讓你笑得合不攏嘴。」我想拿回來，但沒成功。「還來啦。」

來不及了，他從沙發上跳起來，差點打翻我的牛奶。法蘭尼笑著看我的手機，「我就說她一定會覺悟。」

潔莉安睜大眼睛。「是凱特。」

「沒有錯。」法蘭尼證實。

「很好。」她轉向我，勉強擠出笑容。「皆大歡喜了。」

法蘭尼把手機丟給我。「拿去。」他說。「你還等什麼？勇敢追求吧。」

關於勇敢追求這件事

問題是，所有牽涉到主動的事情，我都表現得很差。我比較算是等著別人主動的類型。

你：傑克，這種個性對你有好處嗎？

我：老實說，不算有。

所以我決定對凱特嘗試不同的方法。

積極主動。被動去死吧。缺乏活力下地獄吧。不要總想著柿子挑軟的吃。

那就趕快出手吧，傑克，你這麼說。所以我出手了，朋友。我拿出手機，手指在凱特的空白大頭貼位置盤旋，大拇指就快要按下沒有性別之分的圖片了。

我準備按。繼續準備。自從我幼稚園暗戀女生以來，這個問題就緊緊相隨，十多年後依舊揮之不去：**我究竟該說什麼？**

我心想，**做自己就對了，傑克。做自己，至少可以呈現真誠的那一面。**

我打字：**嘿，我就在妳學校附近，想一起吃麥片嗎？**

傻兔子，（大）孩子才有糖果吃

我得向媽借車，因為我的車子不斷發出怪聲、冒煙，情況恐怕不妙。

「你開我的車要去哪裡？」媽問。

「出去——」我無法控制自己的表情，笑容顯然大到從左耳延伸到右耳了。「——買麥片。」媽一臉**我兒子哪裡秀逗**，不過還是丟出鑰匙說：「家裡也沒有牛奶了。」

我也許該說明這個麥片得往東開九十分鐘，但如果爸爸事後問起她知情的程度，她就可以採用美國政府所謂的「推諉不知情」[11]。

總之我用力踩油門，還超速駛過停在高速公路中央分隔帶的巡邏車。警察不是正在休息，就是明白我是正要執行重要任務的男人，因為他視而不見。

下一秒，我已經開進一條長長的車道。我傳簡訊給凱特，**嘿，我到了**。

11 Plausible deniability，美國中情局在二十世紀六〇年代初創造的詞彙，用來描述高官隱瞞訊息的情況。

我的心臟似乎自動擠進飛彈形狀的紙箱，然後點燃火心，直接在我的胸口炸開，導致我的肋骨內像是有一萬多個火星噴發。我甚至還沒見到凱特。

光想到她就刺激我的汗腺，我癱坐在駕駛座，心想現在落跑回家是否太遲了。沒錯，我想見她，非常想。但我也不想搞砸這次碰面。

問題是，到處都是禁止迴轉的號誌。況且，有人敲我的車窗——

是她——頂著一頭棕色小波浪捲髮的凱特。她傾身靠近，示意我搖下車窗。我想照做，但我得先開啟電門，因為媽車上的配備都靠電力。我一開始只有開啟電門，而不是重新發動引擎，結果這樣開不了窗，還是只能重新發車。發車後我手忙腳亂地對付車窗，因為媽的車子已經切換成兒童安全鎖——顯然她不相信我或我爸有開車窗的能力——這時凱特已經笑到在地上打滾。最後我只能開車門。

凱特搖頭，問：「呃，你還好嗎？」答案是不好。

結果我回答：「很好。」

⧗

我們抱了滿懷的碗、湯匙、牛奶和麥片。她帶我到她最喜歡的地方，是她看書、畫畫的幽靜角落，就在河谷中。「這裡最適合我思考。」她坦承。「至少我都這麼告訴自己，否則我在這裡花上這麼多時間就太離譜了。」

我們穿過狹窄的步道，兩邊都是深紅色的岩石。我們望著河水繞過平滑的石頭，從容地流過。

就算她對披薩的餅皮高談闊論十小時，我也會洗耳恭聽，絕對聽不膩。但我們沒討論餅皮，只聊到我們都不喜歡芝心披薩，我們都是傳統披薩餅擁護派，**何必亂改好東西**。我們聊到在哪裡長大（她原本住在匹茲堡郊區）、喜歡哪些電影（我承認是《保姆大冒險》，諷刺的是介紹我看的人當年六十歲，也是我的保姆，暱稱「姥姥」；凱特愛的則是無意間看到的《少年維特的成長》，但我沒看過）。

「我打賭，你看了絕對沒辦法不又哭又笑。」她說。

「又哭又笑？」

她微笑。「只有碰上人生中最精采的事，才有可能同時又哭又笑。」

「還有什麼事情會讓妳又哭又笑？」

「只有我知道，你只能……」她稀哩呼嚕喝完碗裡的牛奶，一抬頭，臉上多了無敵可愛的水果圈牛奶鬍鬚，而且一點兒也不害羞。我幫她抹掉時，她依舊泰然自若。

如今麥片成了我最喜歡的食物。也許這就是人們創造碗和湯匙的意義。

真相和後果

想當然爾，我結束麥片之旅回家後，爸媽聽到我為了一碗人工口味的牛奶開了多遠的車，他們當然不高興。

「你錯過晚餐時間，傑傑。你去那麼遠的地方做什麼？」媽問。

「那邊的牛奶比較……」我聳肩。「有機？」

「傑克，別鬧了。」爸爸的聲音雖然充滿諒解，但依舊不失嚴厲。

「我去找人，」我脫口說出，「找朋友。」

爸媽互看一眼。

「好，我們認識這位朋友嗎？」爸問。

「不認識。我們……剛認識。」

「那你一開始為什麼不直說？」媽搖頭。

我老實告訴他們，答案就是我也不知道。於是我們接著討論何謂值得信任。應該說是爸媽討論，而我只有聽的份，並在必要時刻點頭表示同意。

因為爸爸是真正的英文科班，他的說教就是重複拆解語義——**傑傑，你知道值得信任是什麼意思嗎？這個詞表示你必須值得別人的信任。所以，信任……值得**——最後連媽都厭煩了。

「她叫什麼名字？」媽打斷爸。

「啊？」我說。

「不要裝傻。」媽用**我跟你玩真的**的語調說。如果說爸愛說教，媽就負責質問。「我是說你這個新朋友。」

「凱特。」我說。

「然後呢？」媽說。

「然後什麼？」

「說說這個**凱特**。她是誰？你們怎麼認識的？有什麼前科？」

「據我所知，沒有任何前科。她是惠提爾大學的新鮮人，我去參觀校園時認識的。」

「大姐姐啊。」爸爸讚許地笑。「有其父必有……」

媽惡狠狠地瞪了爸一眼，他立刻噤聲。「傑傑，爸和我不是因為你開車去惠提爾才生氣，也不是因為你喜歡這個凱特。而是你故意聲東擊西，這不是你的作風。」她皺眉顯示她的憂心。

我明白。父母一輩子都愛操心，孩子略微踰矩，家長就擔憂他們踏上黑道，或是人生從此變調。舉例而言，如果我借媽的車開到九十分鐘之外的地方，二十三歲時也許可能成為偷車大盜，最後被高速公路警察追得走投無路，躲進下水道，終生與鼠輩為伍，那該如何是好？現在只是錯過門禁，如果以後三十多歲都找不到工作，只能窩在爸媽家的閣樓，對著幻想中的朋友小歐說話怎麼辦？

我都懂。

「為了懲罰你，你媽和我決定……」爸看著媽媽，由她決定罰責輕重。

「先觀察一陣子。」媽說。

「對，先觀察。」爸覆議。「請你謹言慎行。往後幾週再出問題，就不准帶手機，不准參加派對，不准……」

「不准過好日子。」我幫他收尾。「明白，謝謝你們，謝謝你們先給我緩刑。」

「不必謝得那麼快，還有社區服務。」爸說。我忍住不哀號。

爸媽又互看一眼，可能要重新建立家長之間的默契。「沒錯，」媽還在打量爸爸的表情，「你這個月都得去諾藍小姐家除草。」

「還要幫她的狗狗撿大便。」爸補充。

這次我忍不住哀聲嘆氣了。諾藍小姐是個好人，但不愛用鏟子清理狗糞。她院子裡的狗糞多過草皮。「拜託，她家大概養了四十幾條狗吧。」

「少爺，闖禍就要自己扛。」媽說。我嘆氣。

「你知道你可以邀請朋友回家，傑克，我們也想要認識你的朋友。」媽說。

「我知道，我不曉得我哪根筋壞掉。」

「希望你學到教訓。」兩人不以為然地說。

這時如果頂嘴，就等於穿西裝襪跑過布滿地雷的結冰地。因此我低著頭，希望表情能傳達我的真心懺悔。

「對不起，」我說第一百次了，「很抱歉讓你們失望了。」

「你學到教訓就好。」媽說。她擁抱我時，我搖搖頭，爸爸拍拍我的腦袋。他們拖著腳步離開時，我還在搖頭，爸爸在門口停下腳步。

「傑傑，你到底有沒有幫家裡買牛奶？」

該死，回家途中忘了去買了。「沒有，爸爸，對不起。」

「嗯，」爸說，「我也突然想吃麥片。」

⧗

法蘭尼：小子，約會如何？

我躺回床上，閉上眼睛，又回到那個河谷。只是陽光、雲朵、河床的岩石都成了軟綿綿的粉彩棉花糖，天空閃著糖霜，銀色湯匙樹在香甜、輕柔的微風中搖擺，高唱著愛情，歌頌著喜悅。凱特和我就懶洋洋地飄在牛奶河上，屁股底下就是巨大的水果圈圈麥片。我們手牽著手，偶爾跟著唱，偶爾笑著，就算麥片泡到濕軟又如何？

無所謂。只要我們在一起，還有什麼事情更重要呢？

我：非常值得。

法蘭尼：我就知道。

法蘭尼：我有個大消息。

我：溫沃斯高中的球員都得了日本腦炎，所以你們自動拿下州冠軍？

法蘭尼：「折價券」要回來了。

我：你唬我?!

法蘭尼：我會拿這種事情開玩笑？

我：他出來了？就這樣？他們讓他出來？

法蘭尼：月底出來。

我：搞屁啊?!

法蘭尼：嗯。糟透了。

「折價券」要回來了

「折價券」是法蘭尼幫他爸取的綽號。當時他五年級，他的爸爸再次放他鴿子，而且還是他頭一次出賽的前夕。看著自己的麻吉被反覆糟蹋真的很難過，而且法蘭尼是我見過最忠誠的人。真的，我一點也不誇張。

和許多人一樣，法蘭尼和我的友誼可以追溯到遊樂場。對多數的小朋友而言，遊樂場是個神奇的地方，有亮晶晶的金屬溜滑梯，或生鏽的盪鞦韆。大家可以在那裡交朋友、自由自在地狂奔。對我而言，那裡就是我被欺負的地方。而且屢試不爽。

這時法蘭尼出現了。

在孩童時期，他的身材就很嚇人。他比多數家長都高，七歲時的聲音已經比大部分的爸爸還低沉，連我爸也包括在內。他不只一次在緊要關頭救我一命，其實我也搞不懂。我的意思是，我對他有什麼好處呢？除了分他吃冰棒？每次玩兩人三腳都害他輸掉？

對我而言，比賽要贏很容易，有一次他把棒球打得老遠，我們找了整個白天，那次他這麼說，**所以我才喜歡你，你不在乎輸贏。**

他錯了，我在乎。我只是發現得勝並非我的強項，所以我漸漸習慣勝利的反面。法蘭尼就是這種個性。即使碰上雨天，他也會說雨後就有彩虹。這倒是滿實用的，因為他比我認識的所有人都經歷過更多雨天。

⧗

「我本來以為永遠等不到這一天。」法蘭尼靠著我家後廊的柱子說，把石頭丟到圍籬外的玉米田。我們以前會在凹凸不平的田埂上比誰騎單車騎得最快，還會越過土丘，假裝自己是越野單車界的明日之星。我等著石頭落地，卻沒聽到聲音。

「多久了？六年嗎？」

「八年。」他又丟出另一顆石頭。「我都快忘記他了。就算有記憶，也沒一件好事。」

「你奶奶怎麼說？」法蘭尼聳肩。「那是她兒子，她也很矛盾吧。她說，如果我不願意，她就不讓他搬回來住。」

「你希望怎麼做？」

「不知道。她很高興兒子要回來了，同時也很傷心，因為她認為我沒原諒他。我知道她希望我怎麼做。你也知道她常說，**法蘭西斯柯，心胸要寬大**，根本是鬼扯。他的人生歷練比我長，應該要更懂事。就因為他毀了每個機會，搞砸人生中的每件好事，我就得心胸寬大。

這是什麼鬼邏輯？」

他突然往下坐在台階上。「如果我叫他閃遠點，我就是壞人。我讓他回來住，就是等著他再次出事。無論我如何決定，都註定倒大楣。這就是我的人生，對嗎？」法蘭尼笑著說。但我認得他快樂的笑容，這個可不是。這個笑容表示**我必須堅強，不能因為任何事情自亂陣腳**。我最常見到的就是這個笑容。

「你不能擔心別人的每個想法。」我告訴他。「只能選擇對你而言最正確的事情。」我知道說比做來得容易，但這是事實，即使聽起來就像《ＡＢＣ課後特別時間》[12]那一類的心靈雞湯。

「我有不好的預感。」

「什麼意思？」他咬住下唇。「我不知道，彷彿會有壞事發生。」

「也許你該拒絕奶奶，說你不想讓他搬回家。」

法蘭尼點頭。「即使他回來，你還是會來我家吧？」

我搭著他的肩。「我們何時讓『折價券』為我們做過決定？」

---

12 ABC Afterschool Special，美國影集，討論文盲、毒品、未成年懷孕等與青少年相關的話題。

「你說得對！『折價券』不重要。」他大笑。「有時我會忘記你是這種個性。」

「什麼？」

「忘記你是最悍的書呆子。」這次換我大笑。「那我應該謝謝你囉。」

他起身，長長的影子拖過院子，他又用力朝遠方丟了一顆石頭。我相信，即使我們離開，那顆石頭也還沒落地。「這是讚美，老兄。」他避開我的目光。「絕對是讚美。」

我把手插進口袋。「在可預見的未來幾週，我都在管束期，而且還要照顧狗狗。」

「看你以後還敢不敢偷開你媽的車。」

「嘿，我可是問過她的！」

法蘭尼咧嘴笑。「潔莉安說凱特很辣，你真的喜歡這個女生？」

「應該是吧。」我假裝漫不經心。

「你是乖孩子，多數時候都很守規矩。」他亂撥我的頭髮，就像大哥哥對待小弟弟一般。他偶爾會對我擺出這種神氣，儘管我比他大四個月。「你爸媽一定會因為你表現優異，提早饒了你。」

「他們這次很失望。」

「失望就是他們的責任。只要你還能參加練習，我們就沒問題。」

「對，」我說，「樂團要練習。」

開心果獻上的驚喜

光看我們可能看不出來。如果這種事有個模子，我們可能也不相容。我們三人都有在玩樂團。不，不是真的組**一個**樂團（至少是最近才組團）。玩樂團，這意思就像「**上學**」，是一種狀態。潔莉安演奏低音吉他，法蘭尼打鼓，我則是吹小號。但我不會唬爛你，我們演奏得很糟糕。好吧，平心而論，是我很差。潔莉安挺有兩把刷子，法蘭尼的鼓打得不輸人。但這也不公平，因為潔莉安一家都有音樂細胞，而法蘭尼是那種做任何事情都很上手的人。

即使我沒天分（相差甚遠），也可以靠努力（幾乎是孜孜不倦）來補強。這三個月以來，我們比平常更認真練習，因為兩個月後，我們新成立的樂團「開心果」即將首次登台演出。

當天是我父母的三十週年結婚紀念日。好吧，這場首次演出規模是小了點。整個院子的五十多歲中年人，也不見得是我們鎖定的聽眾。不過，總是個經驗。一百二十五人也不是小數目，對嗎？我們頗為興奮。

噓，總之不要告訴我爸媽，我們組了三人樂團，而且持續練習了好幾個月。我們想用這個方法，謝謝開天闢地以來最棒的兩個人。這是我們準備的驚喜。

構思

我考慮傳簡訊給凱特，但我想起媽媽說過的話，她說過我爸「手寫長信追求她」。但我的字很醜，而且我希望凱特能在今年收到這則訊息。

我把筆記型電腦丟到床上，點選「寫信」。

嘿，凱特……

太不正式。刪除。

最近好嗎，凱特，

不行，太想耍帥。刪除。

親愛的凱特，

很經典吧？

親愛的凱特，

妳對學生舞會有什麼看法？尤其是高中的學生舞會。如果妳不是太反對，也許願意考慮參加，例如隨我一同前往？我保證，當天絕對不像灑狗血的電影情節，不是高中魯蛇帶大學美女去炫耀，讓學校惡霸個個眼紅，也不是成為舞王，後面跟著一堆受歡迎的高中辣妹尖叫連連，彼此討論傑克．金恩何時成為風雲人物，此時他的好友還要在旁邊加油打氣，因為他們早就知道他遲早會發光發熱。

我不是高中紅人，但也不惹人嫌。我是個平庸的學生，所以妳參加舞會不會成為眾人焦點，因為大家很少注意到我，我是無名小卒。

為了避免以上文字語焉不詳，我的意思是：妳願意陪我參加畢業舞會嗎，凱特？

請（列印）圈選：願意／不願意／也許

祝順心

JK

註：儘管以下事項只會提醒妳，我還是個高中生，也就是我依然住在父母家，所以被迫遵守他們的家規。我想先知會妳，我被迫做社區服務。社區指的就是我的鄰居，服務內容則是狗糞。可悲的是，我沒打錯字，是的，是狗糞，不是本分。容我見面之後詳加解釋。就醬。請盡快回信，否則我可能會急死。

以上。

⏳

親愛的傑克，

我（大半情況之下）喜歡遵守指示。因此你也許可以想像，我迫不及待想印出你的電郵，圈出我的決定，然後——

問題來了。你要知道，我沒有府上的地址。

所以囉——

我只能把你的電郵存成PDF檔，開啟PDF編輯軟體，用軟體的螢光筆選項圈出我的答案，存檔，上傳到我的電郵，再回覆你。所以這封信有附件。我知道，我知道，我們從小就知道不能信任附件。請放心，不要害怕開啟，就我所知，附件沒有任何病毒和／或爆炸物。至少我傳送這封電郵時沒有，我按「傳送」之後，如果有任何變更，恕不負責。

我只能告訴你，我不討厭舞會，即使是高中舞會也一樣。但我反對跳舞，或者應該說我的身體不喜歡。與刻板印象相左，並非所有黑人天生都具有節奏感和韻律感。我跳舞時只會兩腳左右移動，即使只是這樣，我都還會亂了拍子。如果往後再牽涉到你、我，和音樂，請把這點銘記在心。

此外，你的社區服務太慘了。也許你可以利用這段時間，好好反省你為何會走上罪犯之路（是否和你開令堂的車來找我有關？），想想自己該如何重新振作，成為一個好好撿狗糞的公民。這麼一來，這項服務就非常有建設性，畢竟你有因循苟且的傾向。好比你偷開車，加上毫無吃麥片的禮儀──好小子，你竟然喝掉最後一滴牛奶！

好了，不能再寫了，因為我寫信就沒時間念書，沒溫書雖然很有趣，卻是成績的毒藥。

祝好

凱特

註：你知道自己的首字母縮寫是JK嗎？打賭你以前不知道（JK！）

〔附件：願意不願意也許.pdf──已掃描，無病毒〕

我下載凱特的附件，如下：

為了避免以上文字語焉不詳，我的意思是：妳願意陪我參加畢業舞會嗎，凱特？
請（列印）圈選：願意／不願意／也許

怎麼做才能在這個世上不覺得如此孤單

雖然爸媽對我失望（不是，不是對**你**失望，乖兒子——是對你的**行為**失望。我們愛你，小傑克），雖然我還在管束期，他們還是准許法蘭尼來家裡過夜。不，這不是家長常犯的前後不一致——一會兒叫你往東，一會兒又要你往西——是因為法蘭尼的奶奶每兩個週末就要值一次大夜班，所以過去這幾年，只要他想留下來，爸媽都會無條件同意，這個週末也不例外。我很感激有他陪伴。

管束期並不可怕（鋤草、撿狗糞、不要惹麻煩），但我腦中都是凱特，我無法甩掉她的**也許**，無法不多想這個答案的可能性。現在只要能讓我分散注意力都好。

一如往常，法蘭尼堅持和我爸媽一起吃晚餐，而且要在飯廳吃。

「你知道我對在廚房吃飯的看法。」法蘭尼說。

「我知道，我知道。但是在廚房吃飯很方便啊，因為食物就在旁邊。」

「廚房是沒什麼不好，但是飯廳之所以稱為飯廳，不是沒有道理的，因為它就是要我們在那裡用餐。」

我以前聽過這個理由。但我認為法蘭尼如此迷戀飯廳的真正理由，是因為他的奶奶拒絕讓任何人接近飯廳方圓百里，只差沒用保鮮膜把餐桌椅包好。

我認輸。「好吧，隨便，就去飯廳吧。」

法蘭尼微笑，「我就知道你會懂。」他皺皺鼻子，「老兄，你該去洗澡了，非常需要。」

我哀號。「我今天清理諾藍小姐的院子，這輩子沒看過那麼多狗大便。」

「犯錯活該被懲罰。」

「隨便啦。你奶奶好嗎？」

法蘭尼聳聳肩，「還是一樣操得半死。」

「這樣啊。」

「我很擔心她。她是很健康沒錯，但我真希望能多幫一點忙，你知道嗎？」法蘭尼的奶奶從他九歲時開始撫養他，他常說，**我很幸運。我家附近有很多孩子身邊都沒有一個可以信賴的大人。**

法蘭尼的奶奶就是「信賴」一詞的象徵，她隨時都有兩份正職工作，打平收支。此外，她永遠有兼差，總是駝著背坐在縫紉機前改西裝，以及參加洗禮用的長袍，大概俄亥俄州每件婚紗都由她修改。法蘭尼也會幫忙，可能在百元商店幫忙裝貨，或是在保齡球館負責消毒鞋子。

「我看到你媽的廣告。」法蘭尼咧嘴笑。

「拜託別提。」

「我很愛你媽，你也知道，只是……」

「法蘭尼，我警告你喔。」

「她很美，真不知道你怎麼受得了。」

「因為她是我**媽**啊，當然受得了。」

爸媽很疼法蘭尼，多數家長都是。他對大人有一套並不意外，而他就是那麼值得信賴。如果爸媽考慮讓我**自己做某個決定**，只要說法蘭尼也會**這麼做**，他們幾乎都會**同意**。

況且，法蘭尼就是媽媽夢寐以求的那種體育健將兒子。媽在大學時代是校隊，而且還是頂尖運動員。她最愛說，**出門是淑女，上場是煞星**（對了，我媽在運動場上的舉止——找裁判吵架、對教練下指導棋、痛罵對手的吉祥物——正好提醒我們，「粉絲」就是「瘋子」）。

總之，媽和我（通常還有爸爸）都會去看法蘭尼的每場比賽（籃球、足球、棒球、田徑賽），還會幫他奶奶留個位子，因為她上班無法準時到場。當她在第一節尾聲氣喘吁吁趕來時，法蘭尼總是笑著聳肩說她過的是**有色人種的時間**[13]。

---

13 Brown people time，二十世紀初的美國貶義說法，意思是有色人種沒有時間觀念，因此常遲到。

「你的女性朋友最近如何了，小伙子？」法蘭尼問，把過夜的包包丟在我臥室的地板。

我馬上眉開眼笑。

一聽到凱特的名字，我就開始傻笑，這代表什麼呢？

「哈囉？傑克？」法蘭尼用捲好的襪子丟我，但我不為所動。我已經魂魄出竅，飄到凱特宇宙了。

「還說我見色忘友？拜託，如果你多認識她幾個月，會是什麼狀況？」法蘭尼說。

「她很酷，你一定會喜歡她。」

法蘭尼走到我臥室門邊。「只要你喜歡她，我就喜歡。可以關燈嗎？」

我點頭。他關了燈，房裡一片漆黑。

法蘭尼的身影走過房間，掏出手機，放在牆邊充電。他滑到「常用聯絡資訊」頁面，手指放在潔莉安的臉孔上，圓圈裡就是她的臉。我想到自己也常做同樣的事情，指尖離她的臉孔不到一公分。只是我的手指不敢往下點，因為腦子太過害怕。但法蘭尼不必怕，他點了潔莉安皺起臉頰的狡黠笑容。

「嗨，寶貝，我也想妳。」他對電話說，臉埋在被子裡，喃喃地說著只有他們才知道的笑話，聲音則是**我永遠都想要妳**的認真語氣。

至於我呢——

我開始讀書，腦中卻掛念著凱特。很快我就丟開書，開始看IG，也找到凱特的帳戶。我瀏覽著她和朋友歡笑的照片、和家人耍蠢的模樣。無論身在何地，身邊有誰，凱特永遠笑容滿面。

一會兒之後，法蘭尼停止低語。他掀開被子探出頭，眼睛被頭髮蓋住。

「你笑什麼？」他壓低音量吼我。「快睡覺！」

「少管閒事。」

「嘿。」他的長手臂像怪手般伸出來，將他的手機放到我的書桌上。「說真的，謝謝你收留我，我很需要。最近我家……不說你也知道。」

我放下手機，伸手關檯燈。「嗯，我也很高興你來。隨時歡迎，你知道的。」

就算在朋友之間，有時光是知道自己對彼此的意義還不夠。

有時還是得把話說出口。

「傑克。」他在幾分鐘之後開口，聲音很模糊，彷彿如果我已經睡著，他就不想吵醒我，彷彿他不確定是否要說出內心的話。

「什麼？」

他仰躺，手枕著頭，他那認真盯著天花板的模樣，天花板實在當之有愧。「等他出來，奶奶要準備豐盛的晚餐，顯然每道都是他最愛的菜。」

「是嗎？」

「知道哪件事很怪嗎？原來他和我都很愛吃洋蔥豬排。世界是不是很小？」

「超小。」我覆議。雖然我也愛洋蔥豬排，也相信大部分人都喜歡。

「總之，我想……我不知道……你是不是——你知道，願意去。去我家，等他回來之後。我不知道，如果有個人在場似乎比較好。可以支援我，或是緩和氣氛。我想過要找小潔，她很棒，也很支持我。但我不知道我是否準備好要介紹女朋友給我爸認識了，所以我想……也許你……可能很怪，對不對？我簡直像個小娃娃一樣。該死，算了，當我沒說，好嗎？太蠢了，我有病。」

「法蘭尼，我願意去。」

「真的？」

「當然。如果他發神經，放心，我們一起修理他。至少我可以跳到他的背上，想辦法把他逼到牆邊，而你可以痛扁他。」

「『折價券』一定會嚇傻。」

「他會希望自己沒出獄。」

「對。」法蘭尼翻身面向牆壁。

有一瞬間，我想像法蘭尼的爸爸裹著棉被，盯著類似的牆壁，但我無法想像他都在想些什麼。

「他一定會希望沒出獄。」法蘭尼的聲音漸漸變小。

曖昧階段

凱特：傑克，我們可以聊聊嗎？方便通電話嗎？

這種情況有點可怕。**方便通電話嗎**當然有可能是好事，讓人心情大好，但是對我而言，這句話絕對是壞事。當然啦，我的資料庫很小，但我不是沒有過這種經驗。

我：好啊。

「嗨。」電話另一端傳來凱特的聲音。

「嗨。」我重複。

「嗯。」

「嗯。」

「我同意陪你參加畢業舞會之前，有件事情必須先告訴你。」

「妳來自外星球，回故鄉的時間剛好就是我的畢業舞會？」

她大笑。「不是，我回老家的時間早就過了。」

「喔，所以妳卡在地球了。」

「我寧可認為自己是永久派駐地球的外星使節。」凱特說。
「所以不能回去就沒那麼難過？」
「對，可是這個地球少年跑出來攪局。」
「地球人就是這樣。」
「我倒覺得他是特例。」
我不知道她口中的特例是不是好事，但聽起來不壞。我的心臟在胸口裡反覆側翻。
「請問妳答應陪我參加舞會之前，我需要知道什麼？」
她嘆氣。「我說過我剛分手嗎？」
側翻的心臟突然停住。「妳說過，我記得。」
「我恐怕還沒徹底走出來，傑克。」
「這是什麼意思？」
「一言難盡，這種情緒很複雜。」她打住。「總之，他陪我走過許多瘋狂階段，以前凡事都找他，我一下子很難抽離。」
「妳的意思是妳還想跟前男友約會？」
「我不認為。」
「我不懂。」

「我的意思是他還在我身邊。我們已經不是情侶，但也沒徹底分乾淨。」

「所以妳的感情狀況就是**一言難盡**？」

「不是，我們已經不是情人了。」

「這和我們有什麼關係？」

「我陪你參加畢業舞會，但我們能不能不當情人？或是先觀察看看？」

「嗯。」我當然希望凱特陪我參加舞會，但我天生笨拙，而且這些附加條件可能有陷阱。

「我只是想對你誠實。我沒碰過這種狀況，也覺得很困惑。我覺得你很棒，傑克，也想陪你去參加畢業舞會。如果你還願意讓我陪你去的話？」

我的理智還來不及分析風險，情感面就已經先跳出來。「我們願意。」

凱特大笑。「我們？」

「我是說我，我願意。」

我透過電話都能聽到她微笑。「傑克，我等不及親自和你一起耍尷尬了。」

「我也一樣。」

我會在妳的愛情城堡周圍挖一條護城河

凱特和我認為，她應該先認識一起參加舞會的夥伴。爸媽這晚有事出門，我們四個人就約在我家碰面。

「兩位，她是凱特。」我說。「凱特，這是我的朋友。」

潔莉安大笑。「除了是朋友的其中一員，我也是女生。嗨，我是潔莉安，很高興認識妳。」

「我也是，久仰大名，」凱特說，接著又補充，「我聽過很多你們的事。」

「妳的T恤很棒，」法蘭尼指著凱特，「別說妳看過『護城河』現場演唱。」

「好吧，」凱特說，「我也不會說鼓手是我姐的現任男友。」

「別鬧了，妳是說真的嗎？」

「我不會拿『護城河』開玩笑。」凱特說。

「天啊，妳一定要幫我們弄到票。妳有辦法嗎？」

「寶貝，別激動。」潔莉安插嘴。「你拜託別人送你上月球之前，至少讓她先脫大衣吧？」

「沒關係。」凱特說。「我絕對有辦法弄到門票。你們兩週後的星期五有事嗎？願意開車去底特律嗎？」

「妳在開玩笑嗎？」他大吼，跳上餐椅，像瘋子一樣握緊拳頭。「這是開玩笑，對吧？傑克，你和她串通好？」

「別看我。」我說。凱特微笑。「我保證，我不會拿這種大事開玩笑。」

「天啊，我們要去底特律看『護城河』的演唱會，親愛的，妳聽到了嗎？」法蘭尼在椅子上跳上跳下。

潔莉安伸手安撫他。「請原諒我的男朋友。只要我記得，一定會澆水，但是他太少曬太陽了。」凱特和我大笑。

潔莉安問：「親愛的凱特，我們今晚為了妳使出渾身解數。有蝦子口味的泡麵。」

「為了我？」凱特大笑。「我吃原味就可以了。」

但潔莉安不聽。「不行不行。」她說。「貴賓一定要吃大餐。」

凱特眉開眼笑，「謝謝。」

「那當然。」潔莉安說。她撕開泡麵包裝，把麵倒進爐子上的滾水中。

「我可以幫忙嗎？」凱特問。

潔莉安笑了，一手插腰。「妳吃過泡麵吧？這種食物連**我自己**都不必幫忙。」

「不如我來擺碗盤？」

「這我通常都逼男生做，不過……」潔莉安指著櫥櫃。「碗在那邊。」

「好極了。」凱特說。

我看著潔莉安，再看看凱特。我唯一動過真感情的兩個女人共處一室，準備一起用我小時候的老舊碗公吃鮮蝦泡麵？

很奇怪吧？怪的是，一切又那麼自然。

⧗

兩個小時後，法蘭尼已經切換到說故事模式。我們就算沒笑死，也半死不活了。

「當時傑克呆呆站著，褲子掉到腳踝。卡洛威太太滿臉通紅，抓著大掃把跑過來，只不過她不是要用那種掃把掃體育館，而是要把我們的頭打掉。」

「別說了。」凱特差點把「酷愛」氣泡飲噴出來。「後來你們怎麼辦？」

法蘭尼打量我。「就是做了小朋友都會做的事，逃之夭夭啊。還要默默祈禱，希望她不會打電話給我們的媽媽。」

「天啊。」凱特捧腹大笑。

法蘭尼搖頭。「說真的，傑克沒把褲子穿好。妳真該看看他當時跑步的模樣，活像中邪似的。」

「那是我第一次，也是唯一一次跑贏法蘭尼。」我補充。

「敬美好時光。」法蘭尼把杯子舉到桌子中間。

「最美好的時光。」我同意，拿杯子碰他的杯子，女生也隨後加入。

我去車庫的冰箱拿冰淇淋，凱旋歸來時（我找到巧克力軟糖和花生奶油口味），法蘭尼和潔莉安互看一眼。法蘭尼搖頭，把高腳椅放回廚房中島區。

「傑克小子，我們要走了。」法蘭尼宣布。「我還有歷史報告要寫。」

「噢，不會吧。」凱特抗議。「什麼時候交？」

法蘭尼眨眼，「明天、早上、八點。」

「你卻這麼鎮定。」凱特大笑。

「凱特，妳還不知道，我們這位法蘭尼是拖延大王。」我說。

「只是**大王**等級？你太瞧不起法蘭尼了。」潔莉安補充。她收走餐桌上的盤子，我放進洗碗機。

「兩位，我們都知道壓力只會讓我表現更優異。」

潔莉安用屁股把洗碗機推回去。「只有在這種狀況可以逼你寫功課，我也很難反駁你。」

「媽啊，妳正中要害。」法蘭尼說。

「可憐的寶貝。」潔莉安雙手環繞他的腰。

「我愛妳，寶貝。」法蘭尼靠向她，她用鼻子摩擦他的胸口。
「好噁心，」我大叫，「我們在這裡**吃飯欸！**」
「去開房間啦。」凱特說。
很難想像有什麼事情比我兩個最好的朋友談戀愛更美好，也很難想像他們不是天造地設的一對。他們離開時，法蘭尼回頭大叫：「你們兩個孩子玩得**開心點**。」潔莉安回頭，擠出歉疚的笑容，催法蘭尼走向車道。
我鎖門，然後往後靠著門。「好了。」我說。
我瞇眼，對凱特擺出傑克·金恩極具誘惑、難以抗拒的眼神。只是這個眼神至今尚未帶來任何好處。
「好了。」凱特覆誦。「現在該做什麼？」但凱特的聲音顯示她有幾個點子。
「電玩，」我建議，語氣可能太過興奮，「或是看電視？妳喜歡大學籃球聯賽嗎？三月球季正好剛開始。我也可以去打個奶昔，我媽可能有冷凍的餅乾麵團，我們可以……」
「傑克，」她把略微彎曲的食指壓在我的唇上，「你一說電玩，我就心動了。」
我的意思不是她無法打敗我，但我根本無法專心。我不斷用眼角偷瞄她，擔心她可能只是我的幻想。
她連續狂贏八局。「你還好吧？好像心不在焉。」

「可能是因為我有心事。」

「什麼？」

「妳想聽真話？」

她大笑。「誠實是好事，好啊。」

「我想親妳。」

「喔。」她說。但我聽不出她的意思。

所以我可能搞砸了。太快了吧，傑克。

「那怎麼還沒親？」她問。她的問題如同聲納般盪開，迴盪到我內心最深處。**怎麼還不親呢，傑克？怎麼還不親？怎麼還——**

我還來不及回答，她就已經抬起我的下巴，捧著我的臉，將嘴唇湊到我嘴上。

她的嘴唇就像鑰匙，因為我馬上就張開雙唇。

然後——

然後——

煙火滿天飛啊，各位。

滿天煙花。

商場閒聊

畢業舞會的前三天，我到商場試穿正式禮服。但是潔莉安翻每件洋裝時，我的主要功能就是她的錢包護衛大臣，也負責質問法蘭尼，因為他試穿了每套禮服，堅決要找到「最值得展示他好身材的那套」。

「凱特不來找我們？」潔莉安問。我們剛走出第兩百家店，法蘭尼手裡除了扭結麵包之外，什麼也沒有。**傑克，不能空肚子逛街啊**，他說。**肚子餓就會亂選一通**。

我搖頭。「她有個約非去不可。」

法蘭尼拍拍我的紙袋大笑。「也許不來更好，否則她會發現你的色盲問題有多嚴重。」

「你少煩他。」潔莉安說。「謝謝妳，潔莉安。」我說。

「我個人覺得傑克學不會色彩還挺可愛的。」潔莉安說。

「哇，我恨你們兩個。」我說。

也許我之前不熱衷畢業舞會——因為牽涉到跳舞、女生，也許還包括與女生**共舞**——但多虧凱特，我現在覺悟了。

蘭花

我不太瞭解花。其實是完全不瞭解。我請媽媽幫忙挑凱特的裝飾花，因為（一）媽媽會很開心，（二）到底要上哪兒買裝飾花？我們在溫室裡的每排通道來回穿梭。最後媽媽終於停住腳步。「就是這個了。」她捧起我見過最鮮豔的黃色花朵。

「好極了。」我說。十分鐘後，我們已經上路回家，用透明盒子裝的蘭花就放在我的腿上。媽從隔壁座位看我。「傑傑？」

「媽，什麼事？」她一手離開方向盤，抹抹眼睛。我對她微笑。「媽，怎麼了？妳該不會後悔了？我們可以回去換虎百合，還來得及。」「你是傻瓜。」她邊流淚邊笑。「我很好。」她用手指撥亂我的頭髮，我想起她坐在我房間的床邊地上，手指劃過我的頭皮──那些夜晚，我求她陪我到我睡著為止。「我以你為榮，傑傑。我很驕傲你有今天，你的所作所為都讓我自豪。」我只能點頭，輕聲說：「我愛你，媽。」──你還能對創造你的女人說什麼？「凱特會愛死你的蘭花，但原因和這朵花無關。」

「我愛你，媽。」我又說了一次，這次沒這麼小聲了。

退場

爸爸的狗仔攝影師模式火力全開。

他跟前跟後，拍攝我刮鬍子、刷牙、翻遍整個抽屜找我最愛的襪子。

「傑克，看一下這邊。」

「爸，拜託，」我哀求，「凱特到了之後，你不要這樣喔，好嗎？」

「我不能隨便答應。」爸爸眨眼。「頭稍微往右轉。不對，不對，太多了，再回去一點點。很好很好，不要動。不要動喔……先別動。」

「爸，我的脖子快斷了。」

媽媽雙手環繞爸爸的腰。「傑傑，這就是你爸爸的人生意義，讓他玩個夠吧。」

我不再擺姿勢。「我不想侵害爸爸享樂的權利，只是不希望他把快樂建築在我的痛苦上。你們都知道我討厭拍照。」

「可是你好帥。」媽從爸爸身邊走來捏捏我的臉。我躲開。「我請凱特在門口等我好了。」

「哈哈哈。」爸爸假笑。「我還是不明白你為什麼不去接她。」

「我說過，她這週回爸媽家，她說我沒必要大老遠開去載她過來。我也想說服她，可是她堅持不要。」

「哼。」爸嗤之以鼻。「以前我那個年代……」

「你沒有車，而且那是四月有史以來風雪最大的一天，你長途跋涉六十公里，也沒穿件保暖的大衣。但你還是堅持去接媽媽參加畢業舞會。」

「而且他到的時候，還是好**性感**。」媽補充。

爸爸笑開懷。「我的西裝又濕又皺。記得嗎，你媽逼我先把外套掛在暖爐上烘乾，才肯讓我出門？」

媽大笑。「我爸說你得坐前座，你的表情才好笑哩。」

「那個人**根本**發神經，說什麼『不准在我眼皮子底下手來腳去』。他不知道就算他看著，其實我們……」

爸把媽拉到懷裡，輕啄她的臉頰。媽大笑，拍拍他的手。「不要帶壞你兒子。」她說。「遺傳到你的基因就已經夠可憐了。」媽轉向我，一臉憂心。「傑傑，你會小心吧？」

我知道她要說什麼，也不想再討論下去。「媽，拜託。」

「千萬不要冒險，寧可有萬全準備，也不要……」

「媽。」我語氣堅決。

「聽你媽的話。」爸堅持。「我們太年輕，也太有活力，還沒到當祖父母的時候。」

這就是獨生子的福氣：擁有爸媽全心全意的關切。

這也是獨生子的缺點：擁有爸媽全心全意的關切。

「我有萬全的準備，謝謝你們關心，雖然我很不自在。」我拿出手機，凱特已經遲到十五分鐘。

爸爸看穿我的心事。「她可能去加油了。」

「她一定在路上了。」媽附和。

十五分鐘後，我傳簡訊給凱特。

我：嘿，只是想確定妳沒事。希望妳只是遵守有色人種的時間觀，哈哈哈。

十分鐘後依舊沒有任何動靜。

媽從廚房大喊：「傑傑，要不要吃點東西再走？免得胡思亂想。」

「不用，謝謝。」

我撥凱特的號碼，電話直接切入語音信箱。我又打一次，還是一樣。

我脫掉西裝外套，披在客廳的跨腳椅上，沒必要讓西裝皺掉。我在爸爸旁邊的沙發坐下，他捏捏我的肩膀，咕噥了幾句幫我打氣。我也含糊地道謝。

我聽到有車子開到我們的車道，我跳起來，拉開窗簾，剛好看到那部車倒車離開。

「搞錯了。」我宣布。

「不如打到她家吧。」爸建議。

我聳肩，「我只有她的手機號碼。」

「要不要查電話簿？」

我微笑。「電話簿是什麼？」

我打給凱特，這次留了語音訊息。客廳雷聲轟轟，外面下起滂沱大雨。我的手機響了，但只是法蘭尼。

法蘭尼：你也該出現了吧！準備改寫歷史了嗎，老兄？

我沒回覆。

我再發了一則簡訊給凱特。

媽從廚房端出兩盤晚餐，放在我們面前。她先親親我的額頭，再親爸爸。

「謝了，親愛的。」爸說。

「謝了。」我勉強擠出這句話。

爸爸叉了花椰菜，「兒子，也許你該去找她。也許——」

他還沒說完，我已經穿上西裝，套上鞋子。

媽突然出現在前門，一手拿著黃色蘭花，一手拿著車鑰匙。「小心開車，傑傑。」

「謝謝媽。」我接過鑰匙、花朵，衝出去，忘了外面正在下大雨。

「傑傑，記得帶雨傘！」媽在我背後大喊。

但我不能回頭。

上車時，我已經淋成落湯雞。

我加快速度，駛過長得一模一樣的街區、一模一樣的房子、一模一樣的院子。車子匯入高速公路車流，大雨拍打著擋風玻璃，輪胎切開許多小水窪。

我的手機響了。

潔莉安：你在哪裡啊？你們應該在畢業舞會結束之後和我們碰面！哈哈哈😉動作快一點！

我的油門踩得更深了。

我差點錯過出口，沿著中島甩尾，狂切兩個車道，幸好最後成功了。但我一方面也想著：

傑克，你這是做什麼？

你覺得會發生什麼事情？

你開到她家門口，她來應門，然後呢？

然後呢，傑克？

我不知道。

即使我已經用手機定位，輸入她家的地址，還是開過頭了。我在某個鄰居家的車道迴轉。凱特家的前門有個半透明窗戶，屋裡很暗，也沒有任何動靜。

我的電話響了。

「傑克，我非常抱歉。」凱特對著我濕淋淋的耳朵說。

「妳沒事吧？妳在哪裡？」

一陣良久的靜默。「我不能去參加畢業舞會，我知道這麼做很糟糕，但是我保證，如果我可以……」

「凱特，我是不是做錯了什麼？我不明白。」

「不是你的問題，我只是不知道該如何解釋。」

「請妳試試看，試著解釋。」

「希望你知道……我很抱歉。」

「妳很抱歉？」

「對。」

「就這樣？」

「我不知道該說什麼。」

「說什麼都好，凱特。因為妳到目前為止，什麼也沒說。」

「傑克……」

「畢業舞會兩小時前就開始了，而我一直在等妳。」

「你沒去？」

「我們說好要一起去的，凱特。我們說好……妳在哪裡？在家嗎？」

「不在。說來話長……」

「沒關係，我有的是時間。」

「我要掛斷了，傑克，對不起。」

「我知道，妳說過了。」

「再見，傑克。」

「等等，凱特——」

但她掛斷了。

「差一點」的詛咒又應驗了。我靠著她家前門，兩腿發軟地往前滑。我靠著大門癱坐，衣服皺巴巴、全身溼答答，腦子一團亂。

我把全世界最鮮艷的蘭花放在凱特家門口。回到車上時，雨停了。

那當然。

如何忘記某個人（當你的心成了一攤爛泥，如何再次讓它凝固）

要是你想知道如何忘記某個人，最不該問我。但我可以告訴你千萬不要做哪些事情。千萬不要做的事情，我偏偏都做得出類拔萃。

千萬不要：拒絕淋浴。等你發現自己有多臭（當你自己的腦子都無法讓你不發現時，你知道自己有多臭嗎？）已經來不及了。

千萬不要：因為自我厭惡，就一次吃完好幾盒餅乾。

千萬不要：在自己的枕頭上流鼻涕，T恤也不要，毯子也不成。其實我沒哭，但我知道有時就是會不自覺地流眼淚。這時候情緒很激動，事實上，你想哭就哭吧。

但我要澄清，**我沒哭**。只是有東西飛進我的眼睛。媽媽換了一種衣物柔軟精，我因此嚴重過敏。爸爸逼我當他的二廚，所以我非切洋蔥不可。

總之，你在我臉上看到的東西，我都有一百萬個理由可以解釋。

⏳

朋友似乎認為樂團練習可以癒合破碎的心。所以才把我從床上拖到潔莉安家的車庫。

「你不能靠睡覺來減輕痛苦。」潔莉安說。

「誰說的？」我反駁。

「我們開始玩音樂，你就會好多了。要從哪一首歌開始？」法蘭尼問。

「不要選情歌。」我咕噥。

「有點難，畢竟我們是針對結婚週年派對來選歌。」潔莉安說。我聳肩，「隨便啦。」

法蘭尼和潔莉安對視。「史提夫．汪達那首如何？」法蘭尼建議。一般而言，從這首開始演奏是個好主意，這是我爸媽非常喜歡的曲子——我也很愛——但今天聽著史提夫吟唱著「墜入愛河」，只讓我心痛。

「一定要嗎？」我問。但潔莉安已經開始倒數。才演奏三十秒，我就出了狀況。我停止吹奏。

「別停。」潔莉安說。

「重新跟上。」法蘭尼鼓勵我。

我努力了，可惜沒辦法，我比平常吹得更差。這倒是不容易做到。

「下一首吧。」法蘭尼建議。潔莉安再次倒數。這次我努力吹到主旋律才叉音。

「爛透了！」我大吼，差點把小號摔到地上。

「休息十分鐘吧。」潔莉安說。

「永遠都別再演奏了。」我開始滑手機。

「傑克，你在看什麼？」潔莉安問。

「沒什麼。」我上下滑動。

「他正在看她的IG。」法蘭尼哀號，搶走我的手機。

「嘿！」我抗議。

「你需要有人管管你，老兄。」法蘭尼說。「這是為你好。」

我的手機響了，我想繞過法蘭尼，但是他擋住我。「還我電話，法蘭尼，我說真的。」

「別激動，不是你的，是**我的**手機響。是教練，我得接。」法蘭尼把我的手機丟給潔莉安。「不要讓他接近任何社群媒體，知道嗎？」他走出去。「嗨，教練，什麼事？」

我向潔莉安裝出最可憐的表情。「想都別想，」她說，「那張臉沒有用。」我噘起下唇。

「嘟嘴呢？」我問。

「你這招對我沒用。」她把我的手機塞進牛仔褲，雙手抱胸。

「好吧。」

「傑克，你好嗎？我到底該多關心你？」

「輕微到中度？我不知道。」

她微笑。「我可以接受中度。」

「妳呢？」我問。

「我怎樣？」

「妳最近好嗎？」她聳肩，「還過得去。」

「妳媽呢？」她嘆氣。「她這週過得還可以，結果他打來了。」

「妳爸？」

潔莉安點頭。

「他在哪裡？」

「正要回家。」

「回家？回這裡？」

「不是，**老家**那個家。象牙海岸那個。」我完全沒料到。「喔，哇。」

「對，哇。」潔莉安一屁股往車庫沙發坐。「他會回到這裡的，只是回去探親而已。『把事情想清楚。』他說的。」

「要把事情想清楚竟然得開這麼遠。」

「所以我和法蘭尼才會相處得這麼融洽，我們兩人的爸爸都更愛他們自己。」

我也在沙發上坐下。「別這樣，妳爸很愛妳。」

她冷笑。「家長再三保證，他們只是躲避對方，不是丟下你。他們發誓，一切都不會改變，但是每件事都漸漸不一樣。」

「我不懂愛情。」我坦承。「順利的時候很開心，問題是愛情不會永遠都是順境。」

「也不是沒有例外。我的意思是，有些人就摸清了其中奧妙，對不對？你的爸媽就是。」

「大概吧。但他們也不是一路順遂。」

「不過那就是人生吧。總是會有問題。但要不斷努力，為自己所愛的繼續奮鬥。」

「如果那些事情不能回應你的感情呢？」

「那你就完了。」潔莉安笑了一聲。

「所以結局不重要，重點或許在於幸福快樂的時刻，哪怕只是稍縱即逝。」

「也許。」

「我錯過了什麼？」法蘭尼大步跳回車庫。

「沒什麼。」我說。

「可多了。」潔莉安說。

「好吧。」法蘭尼先看我，再看看潔莉安，我們都笑了。

我跳起來，舉起小號。「準備演奏了嗎？」

那不是我演奏得最棒的一次，但也不是最差的一回。

被放鳥的城市不見得是悲慘世界

儘管法蘭尼使出許多神乎其神的球技，艾利鎮高中黑豹籃球隊在季後賽第二輪以六十二比五十七輸掉。潔莉安和我在停車場等他。

我們一看到法蘭尼，潔莉安就抱住他，他彎腰回抱。

「你打得超棒。」我們輪流告訴他。

「謝了。」他說。「可惜還不夠棒。」

潔莉安搖頭。「那要看你問誰。」我上了後座，潔莉安開車，法蘭尼坐副駕駛座。

「我知道我蠢到家，但我以為他今天會來。」法蘭尼說。「他已經出獄兩週，到現在還音訊全無。就算他不想跟我有任何瓜葛，也應該回來看他媽媽。這個女人身無分文也拚了命幫你在獄中採買雜貨，來回搭三小時的車去溫斯頓丘看你這個穿橘色連身裝的死人臉。你至少應該打通電話，讓她知道你沒事。然後再鼓起勇氣拒絕回家吃晚餐，即使你媽不斷哀求你，一心想做你最愛的料理。說真的，我真不曉得，我怎麼以為他會改變。」

潔莉安一手放開方向盤，摸摸法蘭尼的臉頰。我的喉嚨突然有塊拳頭大的團狀物，那東西又大又燙，黏呼呼地咳不出來。就卡在我的喉嚨，而且熱得要命。

我的手機響了，我立刻想到凱特。距離我們上次通話已經將近兩週。

結果是媽發簡訊：**告訴法蘭尼，我們愛他！**

「那是他的損失，法蘭尼。」潔莉安說。她的語氣輕柔，也許她說的是**他迷失了**。反正，她都沒說錯。「那個老頭去死吧。」法蘭尼說。

「法蘭尼，也許他——」我開口，但法蘭尼已經轉換話題。

「靠，轉大聲一點。」法蘭尼說。他調大音量，隨著貝斯的聲音抖肩。

潔莉安碰了一下車頂，頂篷往後滑，將月光和呼嘯的風都收進車裡。

「你們相信嗎？我們竟然一週後就要畢業了。」我起身，探出頭。

「是我們的天下囉！」法蘭尼大喊。

我們那夜到處兜風，買速食，探頭對路人、對下弦月、對我們的失望心情鬼吼鬼叫。是啊，也許這樣做比不上你爸爸終於出現，說他愛你。比不上你的爸媽認定他們依舊相愛，決定再試一次。比不上你的心上人打給你，承認她始終無法忘記你。

在真實人生，破碎的心沒有電玩的補血功能。

但這麼做多少有些幫助。

並不是無濟於事。

年度精采派對

「開心果」不會奪回葛萊美獎的最佳現場演奏獎，但是我們在我爸媽的三十週年慶賣力演出。媽喜極而泣，爸咧著嘴笑得像個瘋子。兩人緊緊擁抱我，彷彿要壓碎我的肋骨。

總之，派對大成功。

大家離開之後，後院成了鬼城，只留下迎風飄揚的彩帶和發亮的小燈泡。爸媽幫我們所有人倒了紅酒，法蘭尼和潔莉安也包括在內。

「你們太厲害了。」爸爸說。

「是我們的榮幸，金恩先生。」法蘭尼說。「我們至少可以做這點小事。」

「傑克，你確定有錄影吧？沒忘記？」媽問。

「有啦。」我說。

爸牽起媽的手。「我和你媽要去樓上陽台喝酒。」

法蘭尼眨眼。「兩位小朋友玩得開心點。」

「好噁喔。」我插嘴。

「也許我們應該和傑克講解小鳥啊、蜜蜂啊這類的事情。你們覺得如何？」法蘭尼說。
「他夠大了嗎？」
「差得遠呢。」媽說。「也許再等個……」
「大家晚安囉。」爸領著媽走出廚房。「潔莉安、法蘭尼，你們可以睡沙發。」
媽從廚房探出頭。「不能睡同一張！」
爸把她拉回去。
我們在地下室看先前的表演，突然我的電話響了。心不在焉的我差點直接接聽，卻突然想起這個名字、這張臉屬於誰。
一切都停止了。
世界成了黑白畫面。
彷彿有人在我的喉嚨裡放進吸塵器，吸走我所有的器官。
潔莉安從地上抬頭看我。「誰？」
我決定不接。
顯然是按錯。大概是屁股壓到，或是有人玩她的電話，所以找錯傑克。
有一千個理由絕對不是她找我。
我不該接電話也有一萬個理由。

問題是我的意志力不夠堅強，無法克制自己的手指。

「喂，傑克嗎？」

她的聲音刷新世界自由式紀錄，已經在我的腦中快速游了三圈。

「傑克，是我……」

我沒答腔，沒辦法。我百感交集，所有話都在我口中打結。

「傑克，你在嗎？」

我的舌頭無法動彈。

「我明白你不想說話。我知道你為何生氣，可能還很困惑、傷心。害你不開心，我要道歉。對不起……我也和你有同樣的心情，傑克。憤怒、困惑、傷心。只不過我是對自己，因為錯都在我。我很抱歉，我對所有事情都很抱歉。我很怕，傑克。我怕你知道實情之後的反應，怕你瞭解真正的我。怕你會因此離開，要任何人留下都太過分。傑克……你曾經害怕失去某個人，以致於覺得長痛不如短痛嗎？

我發誓，我打給你不是因為我歉疚。我打給你是因為我覺得……傑克，一切就像你不拿鑰匙、只靠電線短路就發動我的大腦一樣，我想和你度過餘生最後的時刻。這算得上是道歉嗎？世界上這麼多人，我臨終時只想要你陪在我身邊。我知道，這很詭異，我甚至不太瞭解你，對嗎？你也不瞭解我，不瞭解真正的我。但我知道自己的心情，傑克，我不在乎別人知不知道。我知道你懂，傑克。我知道……」

我需要面紙，也許還需要兩三張。

「傑克？拜託，說說話。叫我滾開，說我打錯電話了，叫我別再來煩你。說什麼都好。」

「凱特？」

「什麼？」

「別說話了。」

「我試過，結果失去了你。」

「……」

「傑克？」

「妳在哪裡？」

⧗

「傑克，你要去哪裡？」潔莉安從地毯上跳起來。

「晚點打給你們。」我已經走到地下室樓梯的中間。

「傑克！」法蘭尼在後面大叫。「傑克！」

一天裡的某個時間

我去找她的路上，大概違反了每一條交通規則。

我的車子差點衝過木製柵欄，因為警衛女士放我進停車場的動作慢條斯理。我跑過五百個一模一樣的走廊，停下來問兩次路才找到。

443房。

我差點撲倒從她房裡出來的護理師。

「對不起。」我望著她背後的房間。有張簾子擋住病床，室內光線昏暗，只有朦朧的月光。

護理師對我的道歉不感興趣。「你是家屬嗎？」

「是。」我說謊，因為我不希望她趕我走。但我又希望誠實做人，便說：「不是，我是她的……我認為我——」

「他和我們是一起的。」房裡有個女人說。於是護理師讓到一旁。

「你一定就是傑克。」女人說，她伸出雙手，我直接走進她的懷裡。雖然從沒見過，但我猜她是凱特的媽媽，而且與她擁抱絲毫不尷尬。此外，她有超級好媽媽的味道，這種媽媽總是隨身攜帶各式急救繃帶，並隨時面帶微笑。

「我是凱特的媽媽。」果不其然。

「很高興認識妳，愛德華太太。我的意思是，真希望能在其他狀況下見面。」我吞吞吐吐。

她抹抹眼睛，「叫我蕾琴娜就好。」

「我最好還是稱您愛德華太太，如果我媽聽到我喊您的名字，她會殺了我。」

她的笑聲聽起來像是從水裡傳出來。「那好吧，傑克。」

「凱特不會有事吧？」

愛德華太太搖頭。「我們還不知道，她不……天啊……」

我想都沒想又抱了她一次，她的身體略微抽搐。一會兒之後，我轉向簾子。

「去吧。」她說。

我慢慢繞過簾子，有許多幫浦颼颼叫，許多小燈閃啊閃，還有機器嗡嗡響。凱特就在這些儀器的正中央。

「嘿。」我說。

「嗨。」她皺了一下眉頭，彷彿連說話都會痛。「沒想到你願意見我。」

我走到床腳，「我一方面不想，一方面又想。」

「你氣色真好。」她說。

「妳也是。」我說。

「騙人。」

但我沒說謊。

她示意我靠近一點。「我不會咬人，」她說，「至少這次不會。」她想擠出笑容，又痛苦地皺著臉。

我靠得更近一些，繞過地板的管線。

「妳好嗎？」我問。真是個蠢問題，我可以靠賣這些有機、放養的蠢問題維生。

她皺眉又笑了。「喔，我很好，這間醫院的巧克力奶昔超好喝，所以我決定來住院。」

「我是白癡。」

「你不是。」她咬唇。「很高興你來了。」

愛德華太太清清喉嚨，「我去……餐廳……買咖啡。要不要幫你帶什麼？」我都忘了病房裡還有她。

「不用，謝謝，媽。」凱特說。

「我也不用。」我說。

愛德華太太點頭，捏捏凱特的腳。「我馬上回來。」她說，然後走進走廊，護理師在後面喊她。那個護理師低聲說話，但動作激昂。凱特的媽媽不斷點頭，然後兩人擁抱。

「傑克，我很抱歉沒去畢業舞會。」

「妳有充分的理由。」我說。「如果妳想道歉，就只能怪妳沒老實告訴我。」

「多數人聽到『我有遺傳性疾病』都很倒胃吧。」

遺傳性疾病？什麼意思？各種可能性在我腦中迅速旋轉。

「幸好我的名字不是『多數人』。妳要不要告訴我怎麼回事？妳為何住院？」

「好。」凱特點頭，接著又搖頭。「其實我不想。」

「凱特。」

「我知道，我欠你一個解釋。我保證以後會說，但不是現在。現在我只想和你享受這一刻，忘記我是個生病的女孩。我想要你看我的眼神就像以前一樣，彷彿我沒有戴著氧氣罩，回到我們相識的那個時候。那時我們坐在別人家的廚房，一起吃麥片。」

我抗議，因為我當然想搞清楚狀況，瞭解凱特住院的原因，但我希望她更開心一點。我希望她在我身邊有安全感，就像她也給我安全感一樣。

「好吧，現在別說，」我說，「但以後要告訴我。」

「我保證以後會說。」她說，表情更加燦爛，彷彿眼裡換了燈泡。

「給妳。」我舉起商店的塑膠袋。「我知道這不是水果圈，但我至少帶了禮物。」

「偶像！」

「其實只是派對剩下的點心。」

「天啊！你爸媽的週年慶！該死，我好愧疚。你應該陪家人，不該來這裡。」

「不要難過，反正派對結束了。」我在袋子裡翻找。「沒什麼了不起的點心，只有好吃的地瓜燉菜，喔，還有菠菜千層麵，希望妳不介意是中間的部分。好吃是好吃，但我不確定妳能不能吃起司。喔，還有美味的週年慶蛋糕。妳知道，這蛋糕搭上醫院的巧克力奶昔肯定是絕配。」

「傑克，你現在得了好多分啊。」

「這是蛋糕的末端。」

她拍手。「你帶了蛋糕的末端，也就是有特多糖霜的部分？」

「特多糖霜。」我說。「如果沒帶特多糖霜的那塊，我會來看妳？」

我們一言不發地坐著，不是因為我們無話可說，而是因為我們恰巧有太多話要說。

凱特想微笑，試圖默默擦掉鼻子和眼睛之間的淚水。「我還真會選時間，天啊，超失敗。今天對你爸媽而言是特別的日子，你不該困在這裡。」

「我沒有困在這裡。」我一次抬起一隻腳，抬得夠高，她越過床邊的圍欄才看得到。「我的腳沒問題喔，看見沒？」我還轉個圈圈。

「誰曉得呢？還真的沒問題呢。」

我搬了一張摺疊椅到她的床邊。「妳想聊什麼？即將來臨的大選？聯邦緊急事務管理署？還是我該說個故事給妳聽嗎？」

「不要，不要，或許。哪種故事？」

「我想的是無聊、平淡無奇、與花園有關的故事，結局皆大歡喜。」

她把被子往上拉，我幫她擺好枕頭。她在這張床上看起來好渺小，襯著死白床單的臉孔也顯得更蒼白。

「我喜歡無聊的故事。」她說。「無聊很不錯。」

「很好，因為妳眼前這位就是全世界最無聊的說書人。」

「今天真幸運。」

我牽起她的手，她的手指冰冷。我聽到氧氣輸入她鼻子的嘶嘶聲，聞到酒精棉花的苦味。

我對她微笑，**一切都會沒事**，我告訴自己。

「我昨晚做了一個超級瘋狂的夢。」她說。

「是嗎？」

「對，夢到你成了偉大的小說家，不過這一點也不意外。你的某部作品要改編成舞台劇，而你沒想到我會去看，我就坐在觀眾席。能去我就很開心了，也很高興能觀賞你的作品。落幕之後，我在外面等你。你出來後走向朋友，我說：『嘿，麥小傑。』從你腦袋轉動的模樣，即使你背對著我，我也知道你認出我了。你轉身對我笑，向我走來，我們四目相對，然後……」

她打住。

「然後呢？」

「然後夢境徹底改變。我突然變成一部車子，就像變形金剛。很有意思，我成了大紅色的車子，有黑玻璃和防滾架。」

我笑了，「妳才是我們當中真正的作家。」

她搖頭。「我想應徵**繆斯女神**的職位，不知道這份工作找到人了沒？」

「還沒。」我握緊她的手，她也回握，這是我們之間的摩斯密碼。

「我在哪裡找到妳的？」我問她。

「在某個破爛又有尿漬的樓梯上。」

「那是最棒的樓梯。」

「最棒的樓梯。」她附和，接著移開目光，望向簾子。那張簾子很厚重，但是她的眼神彷彿能望穿它。也許她辦得到，也許她來過這家醫院，待過這類的地方，因為來過許多次，知道簾子後有什麼。

「傑克？」

「什麼？」

「如果發生了什麼事情，希望你記得我——」

我打斷她，「別說這種話，不會有事發生。」

「停。」她再度握緊我的手。「聽我說。」

我點頭，否則我的聲音一定會分叉。

「我要你記得我……不要記得我是一個有著鳥仔腳、住在普通市郊又生病的黑人女孩。我要你記住這一刻，這刻月光落在你的肩頭，延伸到夜裡，星星閃閃發亮，就把這一刻當成我。雨絲斜斜打下來，濃霧團團聚攏，路燈一閃一閃。每當你看到這樣的夜晚，就想起我對你微笑的模樣。把我，把我們的戀情，當成一天裡的某個時刻。」

我開口，但什麼也說不出來。只是稍微噘嘴，又闔上。

護理師進來，幫凱特注射止痛點滴。她告訴我，凱特會因此覺得想睡，我能幫上最大的忙，就是讓她休息。

我希望能幫上凱特。

只是我不知道什麼對凱特最好。我的腦袋一分鐘轉了一千次，卻什麼也想不到。

我只能默默坐著，看著凱特的眼皮跳動著，直到她進入夢鄉。

「傑克。」她永遠閉上眼睛之前說。

「我在這裡。」

「告訴法蘭尼，『護城河』的事情我很抱歉，我欠他一場演唱會。」

我握住她的手，「他死不了的。」

她的嘴唇略微往上，似乎想笑，隨即又闔上。

她的母親帶咖啡回來之後，我啜飲了幾口，味道不新鮮也無所謂，至少凱特休息時，我有事做。我坐著等待下一個階段。

喝完咖啡之後，她的母親壓壓我的肩膀。「傑克，回家吧，她醒來後我再請她打給你。」

「妳還好嗎？」我問她。

她點頭。「愛德華先生馬上就到，我們不會有事的。」

我想反駁，結果最後只是抱抱她，我似乎也該多抱抱自己的母親。我低頭看凱特，遲疑了一下才親親她的額頭，她沒動靜。「晚安，一天中我最愛的時刻。」我說。

⧗

我關掉頭燈，家裡又黑又安靜，洩了氣的氣球纏繞著信箱。再過幾小時，天就亮了。真奇怪——你花了許多時間、力氣做某件事情，然後這件事結束了，而另一件事已經取而代之。

我進屋裡時被小號的箱子絆了一腳，要安靜溜上床還真困難。

不過也無所謂，因為爸媽已經在廚房等我。

「傑克。」媽低聲說，彷彿再提高一分貝，我就會自燃。她打量我的眼睛，「她好嗎？」

「她不會有事的。」我告訴他們。

「怎麼回事？她怎麼了？」爸問。

「我不確定，她不肯說。」

「我很高興她沒事，這點最重要。你應該打給潔莉安和法蘭尼。」媽說。「他們很擔心。」

「他們走了？」我問。

「我不久前開車送他們回家。」爸說。

我點頭。「抱歉，我不該沒說一聲就衝出去。」

他們都搖頭，發出嘖嘖聲。

「別道歉，」他們說，「你做得對，傑克。」

上樓之後，我傳簡訊給法蘭尼，讓他知道我沒事，早上再碰面。正要爬上床時，潔莉安打來，我們約好明天早上一起去醫院。

我把法蘭絨的被子往上拉，想著生命裡的每個人，想著我的家人、朋友。我想到凱特窩在醫院病床上。是，我很害怕，害怕將來，害怕未知的事，害怕人生討厭的轉折和無法預料的變化。但我也知道自己非常幸運，擁有這麼多人，擁有這麼多。我不知道自己怎麼會如此幸運。想著想著我便睡著了。

凱特打來的鈴聲把我從深沉睡眠中吵醒。

我伸手拿手機，凌晨三點三十七分。我先清清喉嚨才說話：「妳睡得好嗎？」

「傑克，抱歉這麼晚打給你。」

這聲音很像她，但不是凱特，我知道出事了。

「傑克，你還在嗎？」她的媽媽說。「她走了，傑克，凱特走了。」我沒掛斷，也沒拿開電話，但我也沒說話。我還能說什麼，只能說大家都騙我？凱特的媽媽、護理師、凱特都說謊。

她只是需要休息。妳只是需要休息，他們說。

為什麼他們每個人都說謊？

我繼而一想，她一定知道的。她說，**如果發生了什麼事情**。

我恨月亮。

我恨星星。我恨漸漸黯淡的天空，我恨雨，我恨霧。我恨醫院，我恨床單和床。我恨世界上所有機器。我恨護理師、醫生。他們必須讓她活下去，這也是我該做的事情。我最恨的就是自己。我可怕的謊言，**妳不會有事的**，我這麼說。我沒有權利，我沒說對。我錯得離譜。

「我馬上過去。」我終於回答，只是不知道凱特的媽媽是否還在電話的另一頭。我跌跌撞撞下床，踩到運動褲時滑了一下。我把腳硬套進舊球鞋，衝向樓梯。但是我頭昏腦脹，樓梯又黑，我沒踩到第一階。

我頭下腳上地往下滑，雙手拚命想抓牆、抓欄杆，但手指滑開，我無法停止。我的速度沒減慢，身體打到每個階梯。我又滾又撞，最後終於停住。我無法呼吸，喘不過氣來。我無法思考，各種思緒在我腦中彼此碰撞。

「傑克，你還好嗎？傑克？傑克！」

有人在樓梯頂端尖叫，但我不認得那個聲音，可能是媽，可能是爸，也可能是上帝。走廊的燈開了，我本能地想擋住眼睛，但我的手臂無法動彈，我甚至無法擺動手指。我聽到木板嘎嘎響，聽到驚慌的聲音。「打一一九，叫救護車，傑克！傑克！」

接著是最可怕的痛楚。

我的腦袋就像冰淇淋紙盒，彷彿有人想把我的腦漿挖出去，用薄薄的湯匙，一次挖一瓢。接著兩耳之間傳出尖銳的噪音，我知道這是最後一刻了。

晚安，傍晚；晚安，世界。

晚安，傑克。晚安。

續集通常很糟，可是……

你相信愛情之後還有人生嗎？

死亡與我的預期有出入。我的人生畫面沒有跑馬燈跑過，也許負責幻燈片的人決定放過我，免得我覺得無聊。沒有浩瀚無邊又無處可逃的漫天黑暗。我不覺得輕飄飄，不覺得自己正在漫無目的地飄浮。

結果，死亡就像醒來。不久前我才摔下整座樓梯，因為腦袋撞到地板才停住，能醒來（即使是死後）就已經是一大勝利。

但我也不認為天堂就是**傑克，歡迎醒來，我們很想你**。我以為應該會看到醫院病床，總之張開眼睛之後，我不確定會看到什麼。也許是消毒過的白牆。也許電燈的人工光線打在我身上。也許爸媽就站在我床邊。

但預期心理就是這麼奇怪，多數時候，我們的預期只是自欺欺人。因為眼前是剝落、發黃的壁紙。俗氣的迪斯可燈光。還有震耳欲聾的音樂。沒有彈豎琴的可愛小天使。只有聲音不乾不脆、又隆隆響的貝斯聲。還有別人的聲音，但不是我爸媽。也沒人指引我**走向亮處**。這些聲音年輕、無憂無慮、興奮歡樂。這些聲音盡情地吶喊著，充滿活力。有人抱怨再也沒有像樣的音樂，聽他說話的人也有同感。**見鬼了，沒錯**，她大喊。

我摸頭。雖然我剛剛扮演尋找牆壁的人形魚雷，卻沒流半滴血。我的感知都沒問題，我可能還活著。我還活著。我的視線模糊，但顯然我坐在樓梯上。但這不是我家，也不是我家的樓梯。當然也不是我剛剛自殺式攻擊過的那道。

我認得這間屋子，認得這面醜陋的壁紙，認得這道彎彎曲曲的樓梯。我在這裡出現過，就一次，而且是好幾個月前。但不可能啊，我顯然撞壞腦袋，現在一定是昏過去了。

或者我搞錯了。我是不是……活著的相反呢？

我摸摸胸口、雙腿，都摸得到。

我摑自己一巴掌，會痛。

沒道理啊，也許這間屋子是中繼站，上帝之類的角色正在審查我的資料？

就算這裡和天堂有一丁點關係——如果是，我也不想表現得忘恩負義——未免也太平庸。這種音樂、燈光，還有過去四十秒聽到的髒話，都沒有天堂的氣氛。當然啦，我平常也沒多想過天堂，或死亡。

事實上，唯一提到「天」的人，就是房間另一端看電視的小鬼。

「天啊，也搶個籃板球吧。他們顯然被痛宰嘛。」他對站在旁邊較高的人說。

電視主播的聲音一點也不平靜。「這肯定是**今年最糟糕**的一場比賽！」

高個子搖頭。「他們不可能進得了季後賽。」

慢著，我知道這場比賽，我甚至**看過**。州立大學後來居上，還搶在裁判吹哨前，手忙腳亂地投進三分球才贏球。我之所以記得，是因為法蘭尼後來幾天都說個不停。

我環顧室內。我見過這些人。

穿著領口超低的尖領毛衣的男子。有凱蒂貓紋身的女孩。這和四個月前的場景一模一樣。

我還沒望向廚房，就知道誰在那裡。靠在流理台邊，身旁圍了一群人的就是我最好的朋友。潔莉安。

我們四目相對，她揮手。我不假思索就對她舉杯，點頭示意。她微笑，我彷彿被雷打到，每次都不例外。她要我過去，但我還沒站起來，就已經聽到我確定再也聽不到的聲音。我回頭，聲音的主人正在搖頭，彷彿等待我讓路一秒，就是多糟蹋這個夜晚一秒。接著，她說出我永遠不會忘記的、神奇的第一句話：

「抱歉，你堵住樓梯了。」

我正式瞭解震驚的意義了。

太**驚人**了，我**驚呆了**。

奇妙的是我糟糕的運動技能還能用。我立刻站起來。

「妳怎麼會在這裡？」我驚呼，身體已經往前，準備做出最緊密、最具深意的擁抱。

但是她躲開，做出**好噁**的表情，我見過她對十二隻腳、八隻眼睛的蟲子做出同樣的表情。

「你搞什麼啊？」

我大笑。「怎麼，我有腐屍的味道嗎？」我舉起雙手，快速聞一下腋下。

凱特一臉困惑，甚至迷惘。但她也抽了抽鼻子，「可能。總之我沒習慣擁抱陌生男子。」

「陌生男子？我哪算——妳酒喝多了嗎，我確定——」

這時我才想到。

凱蒂貓女孩。籃球比賽。**你堵住樓梯了**。

她不是裝傻，是真的不認得我。我們還沒交換電郵信箱。她還沒放我鴿子，沒去畢業舞會。爸媽的結婚週年派對還沒到。我們甚至還沒共吃一碗麥片。

就各方面而言，我們毫無共同的回憶。

這是最開始的開始。

我們又成了陌生人。

也不能說完全陌生，我認得她，仍舊可說是徹底愛上她。

但是她不認識我。從她的表情看來，她離愛情還有一萬光年遠，就連「差一點」都談不上。

我們笨拙地站著，她清清喉嚨，我才發現她之所以還站在原地，是因為我擋住她無法下樓。
我貼著黏膩的花朵圖樣壁紙，「喔，我很抱歉！」
「很高興認識你，抱歉先生。」
「我的名字不是『抱歉』……」
她大笑。「這是你第一次和人類互動嗎？或者你總是這麼緊張兮兮？」
我好想觸碰她，就算只為了確定她是不是真的都好。「只有碰上特別的人才會。」
她微笑，「所以我一定**很**特別囉？」
「最特別了。」
她眨眨眼睛。「我打賭你一定對所有人都這麼說。」她往下走一階。「下次見囉，抱歉先生。」
「好。」我莫名其妙地對她用力揮手，彷彿我是她媽，正看著她第一次自己搭校車。「很高興認識妳。」**這是第二次**，我心想。
「我也是。」她咧嘴笑。「大概吧。」
「等等。」我在後面喊她，但我的聲音被人群淹沒。
她消失了，走進派對的人潮中。
至於我，我在樓梯上靜止不動。怪的是，這次樓梯的尿味沒那麼重了。

就算你說你解決了全球暖化問題。

或是你真的找到「公園廣場」，贏回麥當勞的大富翁[14]大獎。

我也聽不到你說話。

因為凱特。她還活著。

潔莉安在我身邊，她把薯片丟進嘴裡。「嘿，阿傑，玩得開心嗎？」

她怎麼那麼快就走到樓梯上？我後來才發現，我已經下樓，飄進廚房。我這裡所說的**飄**不是真的飄，我之所以覺得有必要解釋，是因為畢竟我回到了過去，如果你以為我開始飄，是因為我是鬼魂的話，我也沒辦法怪你。

「嗯，這個派對……很棒。」我在人群中尋找凱特。「妳玩得開心嗎？」

潔莉安聳肩。「我還希望我們可以一起，不要有別人干擾，好好地聊聊天。」

我暫停尋找凱特，望著潔莉安。「一切都好嗎？」

14 麥當勞於一九八七年推出大富翁遊戲，在食物中附上印花，大獎是一百萬美元。「公園廣場」是遊戲的某個地產印花。

「都很好。只是我們最近都沒單獨相處，不是忙學校，就是打工或忙家裡的事，我們永遠沒空。」

「我聽到了。」我繼續找凱特。

「你找什麼？」

「沒什麼。」

「騙人。是某個女孩嗎？你認識新朋友了，阿傑？」

我冷笑。「我？認識新朋友？是啊是啊。」

「天啊！」她用手肘撞我的肩膀。「她在哪裡？我想會會她。」

「沒什麼。」我說。「我們才剛……我不想誇大不存在的事情，可是……」

「我幫你找，她長什麼樣子？」

「我想想，她是黑人，深色頭髮，棕色眼睛。」

潔莉安搖頭。「好，你縮小範圍到只剩一半的人了。還有呢？她穿什麼，大情聖？」

「類似毛衣的洋裝，腰間繫了皮帶。」

潔莉安彈指。「喔，我見過那個女孩。她拿了水果酒離開了，應該是吧。至少出去了，也許——」

沒等潔莉安說完，我已經撲向門外。

請提醒我是如何認識你的

我繞著屋子狂奔，閃開抽菸、喝酒的人群，終於看到她靠在房子邊。她拿著杯子，盯著手機。她察覺有人靠近，抬起頭。「抱歉先生，你跟蹤我？」

「誰？我？」我問。

「不是，你背後那個鬼鬼祟祟的小子。」

我忍住不回頭。「我只想確定一下，後面不是真有個鬼鬼祟祟的小鬼吧？」

她笑了，「除非你後面有鏡子。」

「妳很幽默。」我的語氣帶有一種懷念，因為我想起她以前總能逗我笑。

「從來沒人這麼說過，」她回答，「謝了。」她啜一口杯子裡的飲料。「你是什麼系的？」

「啊？」

「我知道我知道。很爛的搭訕台詞吧？**老兄，你什麼系**？但我就是這麼弱，請多包涵。」

「我不是這裡的學生。」

「不是嗎？」她一臉驚訝。「所以你是州立大學？」

「我只是週末來惠提爾大學。」

「週末？你朋友是這裡的學生？」

「還不是。」我不好意思地說。「我來這裡參觀。」

「參觀大學？所以你還是高中生囉？」

「我高三了。」努力壓低聲音。「在學生中心時，還是妳當導覽。」

她指著我的模樣彷彿手指可以揮出閃電，「你是後面那個沉默的孩子！」

「對，就是我。」我小聲回答，聲音還是特別低沉。

她大笑，「又大、又壞的高三生。」她模仿我低沉的聲音。「怎麼？你覺得週末過來就可以認識大學傻妹？」

我退回平常**天啊，前面有個女生**的口吃狀態。「不是，呃，妳誤會了。我只是，我是說，我不可能做那種事情，絕對不會。朋友都知道我不是這種人，事實上，我——」

「放輕鬆，我開玩笑的啦。」

「喔，我就知道。」

「你當然知道，你高三了嘛。」她把杯子靠在前廊欄杆上。「抱歉先生，你餓嗎？」

其實我不確定這到底是什麼狀況，我為何又回到這一天。也不知道自己是否真在此處。

我不知道自己是否隨時會醒來，發現自己早就昏迷，或是整件事都是我在做夢，或是有人惡整我。

但一想到我和凱特可能還有機會，就覺得精力充沛。我跳躍著，彷彿剛發現自己會飛。彷彿即將首次飛翔。

「餓，」我說，「來點食物很不錯。」

她把長得要命的薯條放進嘴裡。「對了，我的名字是凱特。」

「我是傑克。」

她指指我幾乎沒動的漢堡，「我還以為你很餓。」

我咬了一小口。「我是啊。」才怪。我還不瞭解自己為何能回到過去，怎麼吃得下？

我還不明白我**為何**在這裡。為何是這個時間。而且和**凱特**在一起。

她皺眉。「你該不會是永遠都說好的那種人吧？就是那種超級好相處的人？」

「不是。」我咀嚼漢堡。「可能今晚心情特別好。」

她挑眉，「是嗎？」

「我能說什麼？今晚大概是**萬中選一**的難得夜晚吧。」

「你很有自信，我喜歡，一定是萬人迷。」

「妳可能很驚訝，但高中不流行書呆子。」

她吃起另一條薯條。「放心，找工作時，書呆子特別吃香。況且，大學最棒的一點就是可以重新塑造形象。」

「妳以前是什麼模樣？」

「我？我還沒變身成功。」

「不要改變太多，否則我怎麼認出妳？」

她用餐巾紙擦嘴。「傑克，我們以前就認識嗎？」

我搖頭。「為什麼這麼問？」

她盯著我，我也盯回去。多數人都會覺得尷尬而別開目光，但我們沒有。

「就是這個，」她說，「就是這個原因。」

「什麼？」

「你望著我的眼神，彷彿我們已經認識了一輩子。」

⧗

「妳現在想做什麼？」我問。

我們在餐館外面，溫度似乎下降了二十度。

凱特拉下袖子，雙手插在毛衣裡。「我要回去睡覺了。我有份報告要交，而我甚至還沒開始看書。」

「喔。」我絞盡腦汁，想延長這一晚。

「況且你的朋友不會擔心你嗎？」

「我的朋友？」

「你說你和朋友一起來。」

「喔，對，潔莉安。不會，她不是那種瞎操心的人。」

凱特往上看，月亮低頭望著我們。「真好，小鳥才操心。」

「今晚就別操心，做件好玩的事吧。如果妳現在可以去任何地方，妳會去哪裡？」

「任何地方啊。」她重複，然後拍著下巴。「威尼斯。」

「好吧，」我大笑，「換成開車可以到的地方。」

「是有個地方，但那裡很偏僻。」她猶豫了起來。「你不是連環殺人犯吧？」

「還不是『連環』。」我保證。「總要有個開始吧。」

「變態。」她微笑。「傑克，你有種我說不出來的特質，我一定會找出那是什麼。」

「很好，加油。」

「還滿美的。」
「滿美的？」穿著高跟鞋的凱特轉了一圈。「看看四周，傑克。這片溪谷不是只有滿美的，這是世上最棒的地方，你以前可能不知道。」
「以前不知道，現在明白了。」
「一定要知道。」她試著在圓木上平衡，腳步精準又優雅。
「妳是舞者嗎？」
她回頭看我。「以前是。」
「為什麼不跳了？」
她低頭看溪水，把手伸到水裡，撿起一顆光滑的石頭放在手心端詳。「命運有其他安排。」
「我不覺得妳會聽從別人安排，命運也無法左右妳。」
「是喔。」她把石頭丟回水裡。「你不瞭解我，對吧？」
「抱歉。」我說。「我沒有別的意思，我是說——」
「我知道你的意思，別道歉。」她繼續往溪谷走。「想看看很酷的東西嗎？」
我們在河床上往前走了幾百公尺，我才知道她帶我走到哪裡。我們腳下的位置，就是上次一起吃麥片、聊未來的地方。當時我不知道她生病了，也不瞭解她。當時我們還處於**喜歡**的階段。

她指著天空，「今晚的星星很多。」

「它們彷彿在互相競爭，**我最亮！才怪，我最亮**。」我拉高聲調，假裝是星星。

她笑了，「你的看法很有意思。」

「這不是我頭一次聽到這句話，一聽到就揪心啊。」

「不，有意思是好事，非常好。」

我再也等不及了，我沒辦法。「凱特，我可以問個問題嗎？」

她移開目光，重新望著天空。「應該可以吧。」

「我先警告妳，妳可能會覺得奇怪，或時機未到。」

「這下你嚇到我了。你不是要我親你這類的吧？」

「還沒有，也許有一天會發展到那個階段。如果妳處理得當，也許有機會。」

她大笑，笑聲傳進我的身體深處，就像以前一樣。「你到底要問什麼？」

「記得喔，我警告過妳。」

「知道啦，趕快說。」

「妳對高中畢業舞會有什麼看法？」

麥片殺手

最後我們到了「節約」超市。站在陳列麥片的走道上。看了就令人氣餒，眼前有好多種麥片可選。就算站在走道盡頭，盒子彷彿就在我們眼前大幅增生。

凱特和我肩並肩。「妳最愛哪種？」

她聳肩。「你呢？」

我聳肩。「只要是麥片，我幾乎都喜歡。」

「對，但總有一種最喜歡。」

「妳呢？」

她大笑。「我一直都最愛水果圈圈。」

我低頭看手裡的籃子。「我們可能需要推車。」

她咧嘴笑。「賽跑囉？」

「預備，開……」

她已經跑了。

我追上去，接著就在麥片這排走道狂衝，把盒子掃進推車裡。我們不偏袒任何一種，水果口味、堅果口味、小麥口味，什麼都無所謂。只要能在牛奶中浮起來，就會進到我們的推車裡。

我笑個不停。

凱特推著購物車追我，想撞我腳跟，就是那種腳踝後面被撞到，有點痛又惱火的感覺，通常被撞到就會罵髒話、大叫，一邊單腳跳。幸好我動作夠快，每次都躲開凱特的推車攻擊。我們在異國風情食物走道衝刺，衝過蔬菜水果區，最後終於把整車的麥片推到「凍原」。

也就是乳品區。

凱特呵呵笑。「我們需要很多牛奶。」

「這裡會賣乳牛嗎？」我問。

輪到我們結帳時，收銀員的表情真經典。「呃，想買的東西都找到了嗎？」當看著我們把一盒又一盒的麥片放上輸送帶時，她這麼問。

我轉向凱特，點點頭。「我想不到還需要什麼了。」

凱特搖頭，一副**這傢伙有夠俗氣**。但她把手插到我的手裡，和我十指相交，周遭的一切變得模糊，只剩下我、凱特，和運著無窮無盡麥片的輸送帶。這個世界有了意義。

我們把戰利品拖上凱特的宿舍房間，開始大吃特吃，再差幾匙，體內的糖霜可能就要自燃了。凱特的地板都是吃了一半的麥片盒子和俗氣卻可愛的小贈品。我們身上都有麥片盒底附送的紋身貼紙，凱特的前臂有噴火龍，我的肩膀上則是我們認為應該是可愛袋鼠的貼紙。

凱特搔搔頭，「別人可能以為我們嗑了藥。」

「好吧，」我說，「剩下這些全麥和人工口味的麥片寶藏該怎麼處理？」

凱特舉起一根手指。「我有個點子。」她抱了滿懷的麥片盒子。

我把空碗推到旁邊。「等等，妳做什麼？」

「走吧！分送麥片囉。」她宣布，然後走向門口。我跳起來幫她開門。

「妳要不要說說妳究竟想做什麼？」

「你還在等什麼？趕快拿啊，麥小傑。」

我們敲遍宿舍每扇門，隨意把麥片塞到一臉吃驚的人手裡——但是他們拿了都滿臉謝意。因為每個人的人生都需要「傻兔子」、「船長」，甚至是喜歡巧克力的朱古拉公爵[15]。

每個人都應該體驗魔力。

朋友類接觸[16]

潔莉安甚至還沒開口，我就知道這場對話一定不愉快。她靠在車邊，肢體語言就令人想到幾個美妙的詞彙，例如：

火大。

惱怒。

嚴重毆打。

「你跑到哪兒去了？」潔莉安問。

「抱歉，」我舉起雙手，「我非常非常抱歉。」

「你不知道如何接電話？我還以為你發生什麼不測。」

15 傻兔子（Silly Rabbit）、船長（Cap'n）和朱古拉公爵（Count）都是麥片的卡通人物。

16 這章的標題Close Encounters of the Friend Kind 仿自《第三類接觸》，為史蒂芬史匹柏執導的電影，內容是關於溫和友善的外星人。

「我忘了時間，也沒想到……對不起，阿潔。」

她雙手插腰。「這件事和毛衣女孩有關係嗎？」

我點頭。

「我就知道。」她的表情放鬆了一點點。「昨晚玩得開心嗎？」

我雙手插進口袋，用腳跟當支點，前後搖擺。「還不錯。」

「大情聖，我們得趕快滾回家。你的行李呢？」

「那個喔。其實，我想，呃……留到今晚再回家。」

「你知道我得趕快回家溫習明天的法文考試。抱歉，傑克，反正你的女朋友不會消失。」

「我覺得……也許……妳應該……自己先回去？」

「你胡說什麼？那你要怎麼回家？」

「搭公車。」我輕柔地說，鞋子已經在地上挖出小洞。

「我是白癡，對吧？之前還以為這週末可以好好聚聚，結果我們去參加派對，你整晚都不見人影。我心想，**沒關係，我們說好一起吃早餐**，結果你根本沒出現……」

該死，我完全忘記我們約好吃早餐。

「你整個早上都讓電話直接轉進語音信箱，最後到我車子的旁邊，說什麼你要自己想辦法回家。」

「阿潔，不是這樣的。我很抱歉，我真的想……因為發生了不可思議的事情。」

「不可思議的事情**還在**發生中，傑克。」她說。「希望你玩得開心，真的。請幫我問候毛衣女孩。」

「阿潔，我只是……不要這樣，拜託。妳不懂。」

她用力開車門，「我非常清楚。也許回去之後再碰面吧，如果你還記得如何使用手機的話。再見，傑克。」

她開上路，而我向她揮手。

原來這就是感覺快樂又難過的情景。

⧗

凱特和我在圖書館找到安靜的一隅，她溫習經濟學，我則努力端詳她有多可愛。我的學習模式就是盯著她看，如果她察覺了，我就立刻別開目光。

「怎麼了？我臉上有東西嗎？」她從書裡抬起頭。

「沒有。」我向她保證。「但是我的嘴唇可以幫妳清理。」

她大聲咕噥。「我還以為人類沒辦法更土了……」

「結果我出現了。」我幫她講完。

她翻白眼，但臉上掛著微笑。

「凱特，我可以問一件事情嗎？」

「什麼？學校還有另一場舞會？」

「妳還好嗎？身體感覺怎麼樣？」

「為什麼這麼問？」

「不知道。」我說謊，否則我**何必**問她。「妳好像有點蒼白？」

她仔細看著我。「我很好，傑克，謝謝。」

「那就好。」我說。「太好了。」

「事實上我這二十四小時可能太累了。」

我點頭。「因為我們跑來跑去。」

我很愧疚，因為我不想害凱特不舒服，卻又不知道該怎麼做。「或許別再辦超市馬拉松了。」我建議。

她微笑，「麥片走道短跑才是我的專長。」

生活令我嗨（2.0版本）

我搭午夜公車回家，爸媽很不高興。

媽在電話上：瘋子都搭半夜的公車。

我：我相信瘋子不如妳所想，他們可不是只在特定時間搭車。

爸：不要對你媽裝聰明，她很擔心你。

媽：你爸爸還烤了牛排。

我：對不起，真的。

爸：現在也無計可施。

媽：也許我們應該去接你。

我：我不覺得這是……

爸：沒必要的。

我：我同意爸爸的看法。

爸：你回家之後，我們要討論什麼叫做值得信任。

我：（嘆氣）好。

爸拿開電話對媽說話：親愛的，看來今晚只有我們兩個用餐了。不如跳過正餐，直接上甜點。

媽對爸說：我準備了兩三道甜點，不知道你是否吃得消。

爸：我很餓，寶貝……

我：呃，兩位，如果你們私下有話要說，請把電話拿遠一點。或者呢，還有個功能叫做「靜音」。

爸：早上見，傑傑。

媽：小心安全！上路之後打給我們！

我：好，我會從公車站走回家，畢竟只有兩——

爸：好極了！晚安！

掛斷。我也愛你們。就這樣。

這趟路程加上中間開開停停，大概是兩個半小時。我決定瞇一下。

意思當然就是我根本睡不著。

原因甚至不是車子發出臭尿布工廠的味道，或是「座椅」上的膠布多過人造皮。

而是因為我大概永遠無法再睡著。我怎麼睡得著？

如果現在真的是**過去**，我為什麼會在這裡？

世界上有這麼多地方，為什麼上帝、宇宙、阿拉、佛祖，誰都好，會把我放回**這裡**——放到破爛的階梯上，而旁邊是幾乎可算是我此生摯愛的女孩。那位已經過世的女孩，現在活蹦亂跳，氣我擋住她下樓的路？但這個女孩完全不記得我，也不記得過去的四個月。

我是不是該做些不一樣的事情？這次是不是該改變什麼？

凱特剛過世，我就重生了（這個詞彙太電動風格？）應該不是巧合。

也許我應該幫助她活下來。

因為凱特的未來不該就這樣結束。

也許每個人都會重新經歷某一段人生。但是大家從來不討論，實在是不可思議。

回到家時，爸爸在沙發上打呼。我決定找媽媽測試我的理論。

「呃，媽，妳在忙什麼？」

「趁機把水果裝到罐子裡。」

「現在是半夜三點欸。」

「不是所有人都可以半夜搭公車玩樂。」

「妳贏了。」

「嗯哼，我知道。」

「對不起，我不是故意讓你們操心。」

聽到這句話，媽的白眼都快翻到後腦勺。「傑克．艾里森，最好不要讓我聽到法院要找你。」

我親親她的臉，她搖頭，搖晃桃子。

「媽，可以問個問題嗎？」

「天啊。」

「妳這輩子是否曾經昏倒、承受劇痛，懷疑自己就快要炸開，結果一醒來，竟然發現自己回到幾個月前？」

媽放下杓子，用抹布擦手。「傑克，你是不是嗑藥了？」

⧗

因為我依舊睡不著，只好找事情殺時間。我打開筆記型電腦，寫一段新訊息。

親愛的凱特：

妳在信箱看到這封信時，我知道妳會作何感想。我們就先處理這封信的棘手問題，妳說好不好？

這封信絕對不是為了繼續追問我在溪谷提出的問題，就是妳說妳考慮考慮再回覆的那個（妳確切的說法是，「經過一段合理的時間之後再說」）。拜託拜託拜託，無論如何，請不要覺得現在就得回答那個問題。因為這不是我寫這封信的理由，好嗎？

如果妳想回答那個問題，請用自己的時間。因為這封信有其他目的，懂嗎？

好。

很高興我們先把話說清楚。

現在可以說明這封電郵真正的目的了。也就是我要對妳擺出老媽的架勢。誰不喜歡偶爾當當媽寶，尤其是透過陌生人的電郵哩？

妳吃得好嗎？有沒有攝取足夠的蔬菜水果？因為我們很容易忘記吃這些食物。我媽喜歡偷渡這些食材到我的盤子上，有時甚至會把它們偽裝成肉類，非常有創意。她會把茄子切成丁骨牛排的模樣，時時叨念著身體與靈魂的關聯——傑克，身體健康反映你心靈的狀態——我知道我知道，很荒謬吧☺

凱特，別這麼想，妳早就看穿我的詭計了，是不是？

好吧，也許我稍稍誇大了事實。

我知道，我都知道，不老實絕對不是展開戀情（或友情）的好方法，但是我很緊張。

好吧，老實說，我嚇死了。

我承認，其實這封信可說是（明明就是）上次我在溪谷問的問題，因為我希望妳答應我。

如果妳還在猶豫，以下是我個人的資料，希望妳會因此決定說「好」。

我穿了高筒球鞋（而且有鞋墊）之後是一百七十五公分。如果我們要參加任何該穿高筒球鞋的活動，這個資料就非常有用。

我最愛的食物（除了麥片之外）就是豬五花，主要是因為人們對豬五花的批評遠遠少於培根，其實兩者根本都一樣。

我喜歡爆米花口味的雷根糖（如果問我最好的朋友潔莉安和法蘭尼，他們會說我實在莫名其妙），也很愛讀實體書（我喜歡紙的味道），喜歡世上所有人，而且宇宙無敵超愛在海邊散步得沒完沒了。我不信任蘋果手機的人工智慧助理軟體，但我愛谷歌。我想要巧克力色的拉布拉多犬，但我爸假裝對狗過敏，其實只是因為他怕狗，而現在我只能在網上看巧克力色的拉布拉多可愛影片。

我非常討厭學校舞會，畢業舞會也包括在內。

但我願意為妳開先例。

千萬不要有壓力。

雖然我剛剛說不要有壓力，妳一定覺得壓力山大，但如果妳不能來，或是妳不想來，我也明白。這是高中舞會，妳當然不想參加，但如果妳願意，那就太酷了。無論如何，千萬不要有壓力。

傑克

遠遠超過百分之百

我傳簡訊給潔莉安，問她隔天是否還願意接我上學，但她沒回覆。她關掉手機的已讀標示，所以我不知道她是否已讀不回。

因此，當她在我們常坐的餐廳座位出現時，我很意外。

但也覺得如釋重負，因為（一）法蘭尼趁午休去健身，（二）我正面臨兩難的抉擇，猶豫要獨自用餐，還是破壞學生餐廳的生態，在學期中換餐廳座位。

「嗨。」我說。

「法蘭尼呢？」

「去練啞鈴了。」我繃緊不存在的二頭肌。

「喔。」她咕噥了一聲。在我看來，如果她知道只有我們兩人獨處，肯定不會出現。

接著是尷尬的沉默。

我技巧性地利用無關緊要的小事打破僵局。「侯斯坦太太竟然取消小考欸，不可思議吧？誰會做這種事啊？」

潔莉安認真地盯著手機，彷彿美國總統隨時會打給她，請教海外軍隊部署大計。

「可以問個問題嗎，阿潔？」

她模糊地說話，我決定認定她說的是**當然**。

「妳還要氣我多久？」

「不一定。看你還要當多久的混蛋？」

我瞄了一眼手錶。「呃，差不多當到現在為止吧。」

她不再看著手機，抬頭瞪我。「你確定？」

「百分之一百二十確定。」我說。

她煩悶地唉了一聲，「我最討厭這樣。」

「怎樣？」

「說某某事情超過百分之一百，彷彿世上真有這種可能。如果你想強調自己有多認真，何不乾脆多說一點？為什麼不說百分之九百？百分之五三八三？數學再爛，至少也可以發揮創意。」

「潔莉安？」

「什麼？」

「我百分之一二三四四二四分之確定我已經當完混蛋了。」

「很好。」她微笑。「現在我只差百分之七十二就能相信你了。」
「真好，比我預料得還多。」
「對對對。」她坐到平常的位子。我遞給她一片花生奶油酥餅乾，她很快就丟進嘴裡。
「阿潔，是不是哪裡出事了？」
她嘆氣。「你真想知道？」
「當然。」
「早上家裡停電了，因為我媽忘了繳帳單。我發現一疊過期的帳單都沒拆封，她最近似乎都在放空。」
「哇。」
「我今天早上還洗了個浪漫的燭光冷水浴呢。」
「不可思議。」
「你說得對，相信我。」
「妳爸最近有消息嗎？」
「還是一樣，不斷重複同一句話。我告訴他，他中年危機爆發的時間選得還真是好。」
「真糟糕，他決定回象牙海岸更惡劣。」
潔莉安的表情糾結，「等等，你怎麼知道他要回去？」

「我，呃。」趕快圓掉，傑克，快想啊。「我只是隨便說說，妳知道，如果**我**對人生感到困惑，我可能會回到，呃，我長大的地方，尋找答案。就是這樣吧。」

她打量我的臉，不相信我的解釋。然而，除了「我有穿梭時空的能力」之外，還能有什麼解釋？

她別開目光，開始把玩項鍊。「小時候總以為爸媽很有智慧，知道自己在做什麼。突然有一天，你發現他們和你一樣困惑，只是年紀更老。」

「妳是說我們都沒救了？」

她從我的包裝袋裡拿了另一片餅乾。「差不多吧。」

我收到一封又一封的回信

在令人昏昏欲睡的第五節自習課時，這則訊息跳出來：

親愛的傑克：

我不得不承認，我一收到你的信就覺得壓力山大，但因為你說千萬不要有壓力說了十幾次，所以我的壓力真的煙消雲散。太神奇了，真是出乎我預料之外呢，謝謝你囉。☺

其實我比較傾向拒絕你的提議，以下是我用項目符號列出的理由：

畢業舞會令凱特深感恐懼，因為……

- 跳舞令我害怕。我恐怕不符合黑人女孩特別有節奏感的刻板印象，甚至也沒有在派對喝掛的白人的節奏感。說我同手同腳，恐怕都還高估我。
- 我看到派對彩帶就緊張，可能是因為我會聯想到蜷曲成團的彩色紙蛇。
- 我會推倒水果酒缽。不要問，總之這是真的。無論在哪裡，只要有水果酒缽，我一定有辦法打翻。任何地毯都無法戰勝我！

● 我討厭穿洋裝。為什麼派對不能穿運動褲、頭髮用舊髮帶（不是時髦的復古風喔）紮高，人們卻不認為妳是騙子，或認為妳以後可能成為老姑婆？誰不喜歡穿運動褲？

● 我是章魚。好吧，這個不是真的，都怪九年級的英文老師尼爾森太太，她認為論說文一定要有五段。但是她也把手機說成應答器。

希望你現在更清楚情況有多棘手——至少更瞭解受邀對象。也許你希望收回邀請？

如果沒有，我倒有個嚴肅的問題想問你，事實上是兩個。我知道，凱特認真起來就像（請在這裡填入荒謬的狀況）。

我要問了——請原諒我即將提出的問題非常俗氣——如果滿分是五分，這題可能有個四點五分吧。

1.傑克，我為什麼覺得我早就認識你？

2.為什麼儘管我寫這封信解釋我不該陪你去畢業舞會，但其實我早就決定要陪你去？

當然，前提是你還願意找我去。如果先前你還不清楚，現在已經有充分證據顯示，我自己也瘋瘋癲癲。如果你不想再找我去參加舞會（或不想再約我去任何地方），我完全諒解。

凱特

註一：聽我說，傑克？

註二：千萬不要覺得有壓力！☺

我立刻回信：

親愛的凱特：

說到瘋瘋癲癲，我們可能上輩子就認識。

總之我希望這輩子好好認識妳。

事實上，越快越好。

妳覺得如何？

我，妳和自毀性地公開跳舞拙樣（也就是畢業舞會）？

傑克

第六節課時，我收到回覆（太好了，凱特回信速度超快。有時候我們為了裝酷、擺譜，寧可晚點才回覆，也不肯忠於自己的心情。**興奮、開心**都是老土的情緒。但凱特不一樣，凱特三十八分鐘後就回信）。

親愛的傑克：

這是徹頭徹尾的正式回覆，我願意。

但我先前沒警告過你。我剛分手，大概才兩個月吧。可是（也許我不該告訴你）我還沒忘記他，也許是因為他似乎永遠在我身邊，也許是因為他真的陪著我。我提出分手，因為我的理智知道我們不適合彼此。但是我該死、不忠、天真又愚蠢的心……

我不曉得，傑克，這種事情就是無法搞清楚，你知道吧？（哈！）就像你假裝你和你派對那個朋友之間什麼都沒有，她的名字是潔兒，我沒記錯吧？

好吧，我知道她的名字是潔莉安，老實說，我心裡有種奇怪的拉扯情緒，我一方面想假裝我忘了她的名字……我知道，有夠無聊……但至少我勇於承認自己的問題，對吧？勇於承認也是一種優點？😜

不要否認我說的不是真的。

我看過你看她的表情，彷彿有支箭射穿你的屁股。我請你離開樓梯大概有兩分鐘吧，

你才知道後面有人。高歌的小鳥在你頭上轉圈圈，我一看就知道。☺

放心，我不會往心裡去。儘管我們很投緣，但其實我們幾乎不認識彼此，是不是？只不過上輩子交往過。

傑克，我不想搞砸事情，這應該要是上一封信的第五點——我習慣毀掉所有好事。任何事情快要水到渠成時，我就會搞砸，我是人肉鏈球。也許摧毀、破壞就是我的專長，與其逃避否認，我還不如樂觀接受。

總之，我警告過你了，小子。

我＝又大又蠢的麻煩精。

看，我光一封電子郵件都寫得這麼怪裡怪氣。

凱特

親愛的凱特：

英雄所見略同吧，我猜——

謝謝妳坦承目前的感情狀況，我完全能理解理智和情感不同步調。有時甚至太理解了。

但潔莉安的事情，妳只講對一半。我曾經很想與她交往，那曾是我最渴望的夢想。但她和我註定要當朋友——其實是註定當好朋友——我也很開心有她這個朋友。她上次才說，她幾乎是我的保鑣，她的責任就是保護我不受傷。我問她要保護我不受什麼傷害，她說，任何事情。我很幸運，有這樣關心我的朋友。她的男友法蘭尼也是我的好兄弟，事實上，我們三個是最好的麻吉。所以妳可以想像，我對她懷有／隱藏另一種情愫，有多詭異／尷尬／痛苦。我曾經在派對上（就像我們認識的那個），差點對她說真話。後來發生了某件事情（可能是命運／冥冥中的力量／巧合／天意），我因此沒說。無論如何，我不後悔，尤其是現在。☺

總之，我不想草草結束，但我有在玩樂團，得去找法蘭尼，所以現在先寫到這裡。如果妳恰巧聽到類似麋鹿在風洞大叫的聲音，放心，那只是我們樂團在暖身。好吧，我說謊，那是我們試圖在演奏。

演奏時，絕對沒有任何麋鹿受傷。

傑克

註：說說妳從沒告訴別人的事情（妳大概沒想到我竟然可以這麼俗氣，意外吧，我就是呢！）。

監禁的諷刺意味

我去置物櫃前找法蘭尼——這是我每天樂團課之前的慣例——依然沉醉於凱特的信件。

「老兄，準備搖滾一番了嗎？」我把小號盒子當成吉他彈。

但法蘭尼用力關門。「我不去。」

我大笑，「你有更大的事要忙？」

「只是今天不想待在書呆反斗城。」他低聲說，轉頭離開。「請幫我問候大家。」

我抓住他的背包。「你先是跳過午餐，現在又不想練團？怎麼了，老兄？」

「一切都好得不得了。好好享受練團，好嗎？」「練團」彷彿成了髒話，剛才那句話也可能是**臭小鬼，好好享受你風平浪靜的人生，好嗎**？

「好好好，我難道會聽不出你在說謊？到底怎麼了？」

我終於與他直視，難怪他一直避開我的目光。說他兩眼血絲還算客氣，「天啊，法蘭尼，你一直喝酒嗎？」

「老天爺，法蘭，你一直喝酒嗎？」他學我說話。

「不會吧，法蘭尼，你要搞這套？你這麼努力，如果老師看到……」

他垂下目光，眉頭深鎖。「你哪位？我的導師嗎？接下來要教訓我為何毀掉大好機會？別鬧了。」

他繞過我，但我再次抓住他，這次更用力。「法蘭尼，我們認識的時候才……我甚至不記得我們還沒當朋友的歲月。如果發生了什麼事情……你可以告訴我。我竟然還得——」

他打斷我。「別說了。」他的聲音尖銳、強硬，走廊有幾個學生因此回頭。但法蘭尼的目光犀利，於是大家繼續進行手邊的事情。他回頭面向我，聲音依舊尖銳，但壓低音量。「傑克，你到底想怎麼樣？」

我要你告訴我，你爸爸要出獄了。「就不能老實說嗎？」

「真沒想到你這麼老套。」他咬住下唇，勉強擠出笑容，充滿血絲的眼睛泛著淚光。法蘭尼往上看天花板的鹵素燈，瞳孔反射出朦朧的白光。「你要遲到了。」

「怎麼回事，法蘭尼？」

遲到鐘聲響了。

「看吧？」我往上指。「來不及了。現在你非說不可，我因為你遲到了。你知道我**痛恨**遲到。」

「你一定有毛病。」法蘭尼差點笑出來，但忍住了。「『折價券』因為表現良好，要提早出獄。很諷刺吧？他的名字竟然能和『良好』出現在同一個句子裡。」

⌛

「折價券」出獄的消息雖然不是新聞，我卻因此想到更長遠的「大局」。

我原本以為我回到過去是為了拯救凱特。也許我也是為了法蘭尼回來。也許我可以幫每個人一把。

親愛的傑克：

既然你提了，我昨天下午的確聽到麋鹿哭喊聲。當時我心想，真希望有人能安慰那頭可憐的動物，那聲音不斷傳來（乾咳），麋鹿不斷哭喊。所以——你什麼時候才要說你玩團？願意為一人觀眾演奏嗎？（為了避免你不明白，那個觀眾就是我☺）

至於潔莉安和法蘭尼，當朋友願意保護你免於任何傷害，表示你有世界上最棒的朋友。一般朋友可能精於這個，另一個又擅長那個，有朋友願意做所有事情實在非常難得。當然，你應該早就知道。

那麼，沒有任何人知道的事情呢？

小時候，我會吃蜘蛛。不是因為我覺得牠們迷人*或特別好吃**，只是因為我想吐絲，創造自己的美麗蜘蛛網。

結果我只覺得反胃。

我可以聽到你捧腹大笑的聲音。

我相信你心裡一定還有其他想法，但這件事千真萬確，我只對你一人說過，理由很明顯。換你了，傑克，輪到你說件別人不知道的事情了。

非常期待聽到精采萬分、或至少丟臉到家的糗事，吞食蜘蛛網動物的我才不會覺得只有我這麼難堪。

凱特☺

*我的確這麼覺得

**並沒有

⌛

親愛的吐絲凱特：

其實我來自未來，不過也就四個月後啦。但理論上而言，那的確是未來。老實說，如果妳知道四個月能改變多少事情，一定很驚訝；全世界幾乎都不一樣了。我不該覺得理所當然，因為我的心情正好相反。能回來真的很好，非常好。

現在妳知道了，這就是我沒告訴過任何人的祕密。我信任妳可以保密。

〔刪除這封電郵信件或是稍後傳送？〕

儲存。

〔草稿已儲存〕

撰寫新郵件。

親愛的吐絲凱特：

但我沒機會另外寫一封，因為爸爸叫我下樓吃飯，後來法蘭尼來我家一起吃。我整晚絞盡腦汁，尋思如何對爸媽提起「折價券」要假釋出獄、而法蘭尼又不會從桌子另一頭刺殺我的方法。我想不到好方法，只忙著擋開法蘭尼的叉子，因為他想從我盤子裡偷走媽做的義大利方餃。

但我也只是假裝抵抗。

⧗

「法蘭，『折價券』要回來。」我說。

爸媽已經就寢，我們在地下室。「金屬裝甲隊第五代」遊戲的光打在我們臉上，我們驚險躲過敵人砲火時，類比搖桿在我們姆指下發出響聲。

「怎樣？」法蘭尼問。他及時啟動超能力，殺了敵方最厲害的玩家。

我聳肩。「我覺得你應該有心理準備……你也知道他的紀錄不佳。我希望你不要放在心上，如果……你知道……如果他沒……如果他沒有……」

「非得現在談嗎？我現在正忙著痛宰敵人欸。」

「我一直掛念這件事情。」

「不必浪費時間想**那種**事情，好嗎？」

「好，抱歉。」

我納悶自己是不是搞砸了，是不是說得太多。我偷瞄法蘭尼，卻看不透他的心情。他專注地盯著螢幕，緊閉著嘴，專注地皺著眉毛。我們沉默地坐著，只有手指快速移動，耳邊盡是敵人倒地哀號的悲鳴。

飄飄然，飄飄然

我說服自己，不要失去凱特的最佳策略就是緊緊盯住她。至少盡可能陪在她身邊。所以：我們一起熬夜，通常是她溫書，我假裝看書，其實只是看著她溫書；她一回頭，我便裝得超認真。但當她看到我教科書上下顛倒，便不以為然地搖搖頭。

我們一起吃一堆不健康的食物。有一輛賣玉米捲餅的餐車開到半夜，我們常去，他們的酪梨莎莎醬**好吃到爆**！

我們常待在溪谷，天南地北什麼都聊。有個下午，她竭盡所能地說服我新推出的「星際大戰後傳」三部曲比「正傳」好看，我問她究竟有沒有看過《帝國大反擊》。

她努力幫我惡補我錯過的超酷獨立電影，結果我們幾乎看遍所有精采獨立製作作品。我特別喜歡《少年維特的成長》和《她和她的小鬼們》。

我們隨時會在她的宿舍房間舉辦「奇差舞技大比拚」派對，搞得她的室友很鬱悶。

當我們溫書休息、去買玉米捲餅、去溪谷、不間斷地看電影時，我們就接吻。

「你會厭倦接吻嗎？」凱特問我。

「吻妳？不可能。」我向她保證。

「你確定？」

「嗯。」我說。「也許我們該實驗一下？」

凱特挑眉。「是嗎？」

我衝過去。我們就在圖書館書架之間，除了幾張桌子外的一個女生，旁邊都沒人。

「否則無法知道。」我說。

她微笑，手放在我的後腦勺，那姿勢都快讓我融化了。她親我的鼻子、臉頰、嘴唇。

然後往後退，看著我。「為了實驗，對不對？」

我靠得更近。「我熱愛科學。」我邊親邊說。

我沉醉在凱特的雙眸、嘴唇，及不規律的氣息裡。

這個數學原理很簡單：我和她相處的時間越久，越不想離開她。

我可能染上了凱特這種癮。世上似乎沒有任何解藥，就算有，我也不要。我知道我不可能要這種解藥。

我會拒絕治療，不顧醫生建議也要出院，甚至懶得脫下病人袍，懶得脫掉大小皆宜的防滑襪。**傑克，你要住院，這是為你好**，醫生、護理師懇求我。但我不以為然地揮揮手。

因為我很開心，管他上不上癮。

快樂的反面

但是傑克只想待在凱特身邊有不好的一面。

我打開廚房電燈，差點心臟病發。

「爸，你躲在廚房做什麼？」

「我沒躲起來，在自己家裡怎麼躲？我睡不著，而且要等你回家。」

「沒事吧？」我走到櫃子前，取出玻璃杯，開冰箱拿葡萄汁。

「妙了，我也打算問同樣的問題。」

葡萄汁比往常更甜。「我很好啊，怎麼了？」

「我不知道你今晚怎麼了。」

「我出門。」

「你忘了要先幫我整理倉庫，才能把新的除草機放進去？」

「抱歉，爸爸，我忘了。」

「你媽還指望今天完成。因為如果不能把除草機放進去，就不能把她訂的派對桌椅擺進車庫。」

「我說過我很抱歉。」

「我也聽到了。」

「我現在去調整位置，明天放學就搬。」

「傑克，我們都做完了。」

我很驚訝。「做完了？你不可能自己搬完。」

「你說得對，所以你媽才出動。法蘭尼也過來幫忙，潔莉安也來了。沒有他們，我不可能做得完。」

「到底怎麼一回事？」

「為什麼這麼說？」

「你關著燈等我回家，顯然很不高興……」

「不是不高興，傑克，是失望。」爸爸啜飲水。「也很擔心。」

「擔心什麼？」

「你最近的行為好像已經成了固定模式。」

「我的行為。」我說。「我只是忘記回家幫忙搬東西，你打給我就好啦。」

「我打了。」他說。

我從褲袋拿出手機，發現手機關機了。不是我不小心按到，就是電池沒電了。「喔喔，是我不好，爸，我沒發現手機——」

「這就是問題所在，傑克。你最近常忘東忘西，常說你沒發現，已經成習慣了。」

「爸，我只是忘了這件事。」

「你沒忘了今晚家裡要聚餐？朋友要來吃你媽做的牛肉辣豆醬？」

他說得對，我**忘了**。連續忘記一晚兩件事，的確太過分。

「我會打給法蘭尼和潔莉安，他們會諒解的。我們這個週末再聚餐。」

「傑傑，我們已經聚完餐了。」

「有家人缺席就不叫家庭聚餐。」

爸爸聳肩。「你媽和我準備了很多菜，我們不想浪費。」

我雙手抱胸。「你這麼做只想證明一件事。」

「什麼事？」

「你說囉。」

「傑傑，迷戀這個女孩是一件事——」

「凱特，她的名字是凱特。」

「——但不能犧牲愛你的人，不能犧牲支持了你這麼多年的人……」

我差點說，她也支持我。而且我們讓彼此很快樂，你應該也覺得開心。我不能毀了這段關係，不能錯失這個修正事情的機會，不能再搞砸，風險實在太大。絕對不能再用差一點的心態，因為我不可能擁有第二次機會，更別說在談戀愛這方面了。

但我無法對他說明，說出來的風險是宇宙無敵大。即使是願意相信我的爸爸，都不可能相信。

「爸，我以為世界上就屬你最瞭解這種事情。」

「傑克，你覺得我會瞭解什麼？」

「你本來以為人生是黑白的，卻突然碰上無法解釋的好事。一旦真的碰上這些好事，就是盡情擁抱，擴大自己的世界……努力發揮最大潛能。看看你和媽，看看法蘭尼和潔莉安。為什麼我就不行呢？」

「你可以，你也會碰上。但現在你、法蘭尼和潔莉安都還是高中生，你還有大好人生，還有機會找到真正讓你開心的事情。不必急著——」

「誰說我急？為什麼我不能現在就碰到真愛？如果凱特就是我的靈魂伴侶呢？大家都說要等待人生的美好事物，但有時這些好事來得比你想像中還要早，有時你不必久候。」

「如果你對她有這麼強烈的感情，為什麼不帶她來？不介紹給你媽和我呢？」

因為我不想分享她，因為時間就這麼多。「你希望我說什麼？」

「傑傑，我們都愛你。相信我，你開心，我們也快樂。我們都同意凱特似乎是個好女孩，可是……也許你們進展得太快。也許……」

我迅速喝光葡萄汁，把杯子放進洗碗機，準備上樓，不想再聽爸爸說話。因為我以前都聽過，大家總說你快樂，他們就快樂，後來又害怕你的幸福影響他們的快樂，這時他們就沒那麼祝福你了。

好吧，我沒必要說得那麼複雜，總之你們應該聽得懂。

「我說過，抱歉我沒回來，真的對不起。但我很累，要上床睡覺了。」

「嗯。」爸輕柔地說。「晚安，傑傑。」

給法蘭尼、潔莉安：兩位，抱歉今晚沒回來。我搞錯行程，以為是下個禮拜，拜託原諒我好嗎？

法蘭尼：老兄，你這次欠大了！

潔莉安：抱歉，你哪位？

我：我知道！我保證付利息！

我：媽啊，阿潔，妳傷了我的心！

潔莉安：這個號碼的主人以前是我們最好的朋友傑克，但他現在失蹤了，大概從人間

蒸發了……

我：他的確失蹤了。你們不智地揭發我們外星人要占領地球的計畫，接下來就換你們兩個成為人間蒸發的三、四號……

法蘭尼：花惹發？一號和二號是誰？

潔莉安：他要說美國總統。

我：美國總統。

我：嘿！不要把我說得那麼頭腦簡單！

潔莉安：相信我，我這不是演戲😉

法蘭尼：另一個人間蒸發的人是誰？

我：我知道就好，不關你的事，絕對不相關！

潔莉安：顯然是凱特！

我：對，凱特也意外發現我們的計畫。媽的！我有這麼好預料嗎？

潔莉安：你真希望我回答嗎？

法蘭尼：不要有異性沒人性，老兄！不要見色忘友啊！

我：潔莉安，希望沒冒犯到妳^^

潔莉安：沒問題。就精神層面而言，我的確不算異性啊。

法蘭尼：沒錯！最近阿潔比你更像男人，傑克。

我：抱歉，兩位。我爸已經指出我最近多混帳，我很抱歉。

法蘭尼：顯然凱特可以提供潔莉安和我做不到的事情，所以……哈哈哈。

潔莉安：你最近爛透了。你和凱特交往也可以善待朋友，還翹掉我們為你爸媽準備的樂團練習。不會吧？

我：我知道，你們說得對，我沒有藉口。

我：對不起，我覺得左右為難。我應該在朋友和女友之間找到平衡，沒想到這麼難。

法蘭尼：喔，的確很難！笑屎我了，拜託！不要用小頭思考，就沒事了。

我：法蘭尼，一如往常，你總有睿智的建議。

我：我只想說謝謝你們不恨我。

法蘭尼：有時你真的是多愁善感的白癡。

潔莉安：閉嘴啦，傑克！我說真的！別說了。

我：我也愛你們❤

我知道，你們一定認為經過今晚，我就會恢復正常，不再讓爸媽和朋友失望。

你們錯了。

大錯特錯。

因為不到一個星期……

給法蘭尼、潔莉安：嗨，我……今天可能無法趕去練習。我臨時有事。

潔莉安：不會吧?!只剩六週就要辦派對了，我們根本還沒準備好，傑克！無論是什麼事情，她都可以等等。

法蘭尼：老兄，這已經是你第五次翹頭。如果你已經覺得這件事情不重要，就直說。

要知道，這是你的點子，也是你爸媽的結婚三十週年慶。

我：我知道，我知道。你們知道，除非有充分理由，否則我不會取消。

法蘭尼：你真的知道嗎？

三十分鐘後……

潔莉安：你還好嗎？真的，你最近怎麼回事？

我：很好啊，我很開心。

潔莉安：很高興我們其中有一個人很開心。

我：慢著，怎麼了？

潔莉安：我上次的法文報告拿了B⁻。

我：搞錯了吧！

潔莉安：沒有，這是我應得的成績。

我：妳應該拿到最高分。

潔莉安：我記得以前好友傑克會幫我溫習，但他最近忙著做其他事情，哈哈哈。

我：一切都沒變啊，阿潔。

潔莉安：一切都變了，阿傑。

我：什麼意思？

潔莉安：算了，沒事。

我：我不能就這樣算了。

潔莉安：你一定可以。

我：嘿，對不起，阿潔，真的。

潔莉安：我先去忙了。

潔莉安：對了，你也該找法蘭尼聊聊。

我：他沒事吧？

潔莉安：就快見到「折價券」的可能性讓他很心煩，他最近過得亂七八糟，但我也明白，我很擔心他。他討厭談這些事情，你可以幫幫他，傑克。

我：我會找他談。

潔莉安：祝你好運。

潔莉安：這次我真的要閃了！

我：Parle plus tard？（晚點聊？）

潔莉安：Nous verrons（再說吧）

五分鐘後……

給法蘭尼：嗨，很抱歉，我又要翹掉樂團練習。

我（等不到回覆）：希望你知道，我隨時都在你身邊。無論你想不想談，我都在你身邊，好嗎？

我：抱歉我最近都不見蹤影。交女朋友真的很花時間，我終於知道你和潔莉安為什麼這麼忙了，哈哈哈😀

我：好吧，你隨時回覆都行。

我：我愛你，老兄。

我：迅速刪除上一則留言，改成：

我：😎

九十分鐘後……

法蘭尼：我沒事，老兄。你這個罪惡的混帳東西，不必擔心我！哈哈哈。

我：幹嘛這樣？

法蘭尼：既然你問了，可以幫我一個忙。

我：什麼事？

法蘭尼：奶奶明晚邀請「折價券」來吃晚餐，我知道現在才說有點趕，你還是願意來嗎？

我：我會去，幫我留個好位子。

我很開心，因為我知道到頭來法蘭尼和我還是會互相扶持。

凱特的臉孔在我的手機上閃啊閃。

「妳不是該去上課嗎？」我問。

「快遲到了，我現在走路的速度快到我很不舒服。」

「難怪妳的聲音彷彿像站在摩天大樓頂端。」

「沒錯。你正在忙什麼？」

「呃，看書。」我迅速把《怪獸大破壞3》遊戲按暫停，把遙控器丟到旁邊的坐墊上。「為什麼問這個？怎麼了？」

「我想和你說話。」

「我正在聽。」

「我想看到你的臉，也希望你看到我。」

「妳是說用FaceTime嗎？」我大笑。

但她沒笑。「我說真的，我得見到你本人。」

「喔。」我納悶發生了什麼事情，為何要突然急著見面。「妳還好嗎？」

「很好。」她似乎答得太快。

「確定？」

「對。」

「好，妳要約什麼時候？」

「不知道，我明天早上要交報告，現在還沒動工。晚上還要陪我姐去參加頒獎典禮，她堅持我非去不可。明天可以嗎？」

「明天。」我複述，但我早知道明天行不通。我才剛答應法蘭尼我會去他家，不能又答應另一個約。法蘭尼需要我。

但是凱特如果想見我，說她生病——

如果我明天就會知道我為何回到過去呢？

我怎麼能冒這個險？

不行。

我必須兩邊都答應。

凱特清清喉嚨，「如果不行，也許我們可以另外約。」

「妳要約何時？」

「隨時都可以，你決定。」

「呃……」

我明天有整天的課，還要考慮惠提爾大學到這裡的路程。如果我翹掉最後一節課，又能避開塞車時間，也許我可以赴兩個約，完成兩件事，可以陪法蘭尼和凱特。那就皆大歡喜，完美無缺。我知道，如果我說我趕不上、早有無法取消的計畫，凱特也會諒解。然而，這是我重新經歷的一段人生——我依舊不明白為何能有第二次機會——我不想浪費百分之一秒。如果我先前有學到任何教訓，那就是沒有理所當然的事情。你必須把第二次機會當成瀕臨絕種動物，好好珍惜。

「真的，傑克，如果趕不及……」

「沒關係，我過去，就約明天下午。」

「你確定？」

「絕對沒問題。」

今天上學的時間過得超級慢，彷彿始終等不到第十節課。我已經想好如何開溜，整天都在鋪梗，營造我腸胃不舒服的假象：多次要求上洗手間。

每節課都跑出去，姿勢就像胃部絞痛時的駝背模樣。

我去了一趟醫務室，護理師阿姨問過我母親之後，給我吃了抗酸劑和藥水。

我甚至翹掉第五堂的自習課，那堂的老師剛好是教我歷史先修課的藍道曼太太。

「傑克，你臉色很不好。」藍道曼太太看我逆時鐘按摩腹部，身體縮成一團、往前傾，彷彿我身上的腔室隨時會炸開。

「我沒事，老師，謝謝關心。我的胃有點……今天有點不舒服。」

「這樣啊。」藍道曼太太給我上廁所許可證，「也許你應該回家休息。最近正在流行腸胃型感冒。」

「妳說得對。」我覆議。「可是歷史考試怎麼辦？」

藍道曼太太點頭，似乎正在慎重考量。「你可以週五再補考，反正我那天放學後得留下來監督留校查看的同學，所以……」

「謝謝妳，謝謝老師，妳人最好了。」我說。

「小心，傑克。我受不了嘔吐物，如果你吐了，接下來可能就換我吐。」

「瞭解。」我說。「抱歉，老師，非常抱歉！」

欺騙天真無邪的藍道曼太太，我是不是有點愧疚呢？那當然。

但我還是得考試，又能兼顧我的女朋友和法蘭尼。這筆交易是不是太划算了？

超商流沙

我親吻凱特，向她道別，親了一次又一次。我無法停止吻別凱特。

她大笑，親我的臉頰，幫我開車門。「你最好趕快走，麥小傑，法蘭尼在等你呢。」

「對。」我說，卻不想離開她。我想不斷親吻她，幾乎不惜付出任何代價。

但她說得對，我必須趕快上高速公路。

「希望你大老遠趕來，」她說，「覺得不虛此行？希望你喜歡。」她指著副駕駛座的一個盒子。

我往前傾，再次親她。「妳更值得我來。」我說。「我喜歡，真的。」她眉開眼笑，我願意竭盡所能，只為了再看到這個表情。

「你趕快走吧。」她說。

我把頭探出窗外，同時倒車。「我再打給妳。」我答應她。

我從後照鏡看到凱特揮手的身影越來越小，最後終於看不到她的笑容。

最初十五分鐘，我開得很快，後來就被困在下班車潮。交通癱瘓，有人按喇叭、比中指、彼此飆髒話。這些人顯然不在乎我必須在半小時內趕回艾利鎮。

我的右車輪也不在乎。

當車陣漸漸散開，我發現平常的引擎雖然要死不活，速度也不會拉不上去。起步的時候似乎很慢，但就算馬力不強，也不會慢成這副德性。

接著我聽到金屬摩擦聲。

旁邊車道的女駕駛搖下副駕駛座窗戶，示意我也搖下窗子——

「爆胎，」她在高速公路上大喊，「你的車子爆胎了！」

我開到路邊，等車子漸漸開走，才下車證實我最擔心的事情。

要命。

完蛋。

我踢地上的石子路，其中一顆石頭從爆掉的輪胎反彈，打中我的小腿骨。

你知道，禍不單——

好了，這下還下起大雨。

不知道哪裡來的傾盆大雨，彷彿人類剛奪下錦標賽，上帝便決定把所有開特力運動飲料倒在我們的頭上。

想當然爾，我花了整整八分鐘才找到鐵橇，就整整齊齊地藏在行李箱的暗室。只是棒子和千斤頂都嚴重生鏽，幾乎無法使用。

我拿著生鏽的工具，冒著破傷風的風險，想辦法換輪胎。車子就從我頭上呼嘯而過，每個飽滿的輪胎都把骯髒的雨水濺到我的臉上、衣服上，雖然我早就泡在大雨中。這時我有了重要領悟。

我要遲到了。

還有，我是個爛人。

⌛

我終於開到法蘭尼家的街上，也知道我徹底搞砸了這件事。

因為我遲到一小時，應該說是遲到九十分鐘，而不是六十分鐘。

因為法蘭尼坐在前廊台階上，表情之憤怒是我前所未見。我還沒停好車子，他已經走過來，全身散發怒氣。

我的腸子嚴重打結，彷彿紮了一個法式辮子。我深呼吸。

「你死到哪裡去了？」我雙腳還沒下車，法蘭尼已經開始咆哮。

「法蘭尼，」我舉高雙手，「我很抱歉，我碰上塞車，而且──」

他搖頭，雙唇間發出的咻咻聲，讓他彷彿是被人用力轉開的氧氣罐。「塞車？只是十五分鐘的車程，傑克。你說什麼塞車？」

如果能解除緊張氣氛，我也很想說謊，但我沒有勇氣，法蘭尼和我不騙對方。我也可以怪罪爆胎，但那也只是片面的事實。「我不是從家裡過來。」

他站在我車子副駕駛座那側，我還站在駕駛座旁邊的路上，擔心靠他太近，自己可能遭遇不測，中間還是有個屏障比較安全。

「否則你剛剛去哪裡？」他問我。

「法蘭尼，我……」我說不出口。

「哇，你竟然選擇女人，不顧最好的朋友。」

「不是這樣的，我──我去……那裡。沒錯，我是去了，但不是你想的那樣，我以為她要說的話很重──」

「很重要？你要說的是這個？」現在他走到我身邊。「去你的，傑克。」他的胸膛只離我五公分，只不過他的胸口上下起伏，似乎稍一使力，就能吹倒一棟紅磚小屋。

他氣得可以把一座大陸從地圖上吹掉。

他撞我，我往後踉蹌，本能地舉起手臂防禦。我們認識以來從沒打過架，可能我們都有共識，知道他可以輕鬆打敗我。

「法蘭尼，聽著，我回來了。我會進去對奶奶和『折價券』道歉，大家還是可以好好吃頓飯。或者我也可以去買個冰淇淋回來……」

我放下雙手，終於看著法蘭尼，好好正眼看他。他眼眶潺濕，我還聞到啤酒味。像在說**我不是小酌了一、兩杯，而是喝了一、兩箱**。

「冰淇淋哩。」他重複我的話。「現在去買已經來不及了。」

「交給我，先讓我進去——」

「你沒聽到我說話。」

「我知道你很氣我，如果你願意——」

「他走了。」

「他走了，什麼意思？去哪裡？」

法蘭尼聳肩。「也許回到牢裡。」

「你在說什麼啊？」

有人對我們按喇叭，我才想起我們站在路中央。我閃開車子，法蘭尼根本不在乎他是否妨礙交通。對方又按了喇叭，我想把法蘭尼拉到人行道邊，但他甩開我的手之後又推我一把。

我的腿撞到自己的車後方，差點絆倒。

「對不起，我不知道究竟發生了什麼事情，法蘭尼。」

「你應該來，結果你沒來。」

「我知道，我知道，我道歉。」

「你道歉。」他冷笑，轉身面向正要繞過他的車子。「他道歉。」他對那個駕駛說，用指節敲對方的車頂。「嘿，他道歉！」他朝天空大叫。

「到底怎麼了，法蘭尼？」

「你想知道？你真想知道？」

「對，拜託告訴我。」

「你遲到，而我堅持要等你，因為我最好的朋友知道今晚有多重要，一定已經在路上了，好嗎？我們，奶奶、我和『折價券』就坐著乾等，氣氛尷尬得要命。他努力閒話家常，可惜我沒那個心情。我問奶奶有沒有冰淇淋做脆皮水果派，自告奮勇要去街口商店買。結果他說他要去。」

法蘭尼坐在我的後保險桿上，我站在他旁邊。

「半小時過了，那傢伙還沒回來。」

我在法蘭尼身邊坐下，本以為他會挪過去一點，但他沒動。

「奶奶很擔心，可是他用的是易付卡電話，我們沒有他的號碼。她說，去找他。我原本以為他碰上以前認識的女人，結果到了商店，發現外面有三、四部警車。鄰居小鬼說有人想搶便利商店，我頓時覺得頭昏腦脹，因為這傢伙如果中彈等等，奶奶可能會傷心而死。」

法蘭尼吞了一口口水，有部車子開過，車內的重低音震天價響。

「我想走近一點，有個警官攔下我，要我退後。但我繞過他，繼續走。結果他從我背後抓住我，直接把我壓到人行道上。所以我才會看到他，看到『折價券』。他就坐在警車後座，我們四目相對，他拚命扭動身體，用臉撞後車窗，敲玻璃大喊，嘿，那是我兒子，別碰我兒子！我聽到自己大叫，天啊，『那是我老爸，那是我老爸！』整件事一點真實感也沒有，一點也不像真的。」

「我不知道該說什麼。」我說，因為我真的不曉得。我鼓起勇氣，一手繞過他的肩膀，他憤怒地弓起背，卻動也不動。「我們開車去警局，打聽他犯了什麼罪，看看能不能把他弄出來。」

「奶奶去了，她打給你爸媽，他們約在警局碰面。」

我知道這是我的錯。法蘭尼說得對。如果我準時赴約，沒有人會如坐針氈。不需要跑一趟街口商店。不會有人被逮捕。法蘭尼不會恨我入骨。我卻遲到了。

「這傢伙出獄還撐不到三天，誰有這種能耐？」

「一定搞錯了，法蘭尼。」

「唯一的錯就是我以為他會改。」

「對不起，我遲到了。如果我準時就……」

「你如果以為我現在會饒過你，那就錯了。」

「我知道。」我點頭。「對不起。」

「況且，」法蘭尼起立，那抹詭譎的笑容彷彿是超級大反派，路燈在他背後投射出昏黃光暈，「你幫了大忙。他遲早會出包，你只是幫忙省了中間那段時間。」

法蘭尼沿著人行道往前走，我還不知道是否該跟上，他便已經走進屋子，用力關上大門。

⧗

精采的來了。

你可能納悶凱特要對我本人說的重要事情究竟是什麼，對嗎？

你和我一樣，可能以為與她的病情有關。以為她想當面告訴我。

不過你和我一樣，都猜錯了。

她要見我，是因為今天是我們的三個月紀念日，而她有禮物要送我。我很愧疚，因為我沒準備任何禮物；看到她準備的東西有多棒，我心情更差。

那是數位相框，裡面放了她精心挑選的合照。

沒錯。我拿到根本不配擁有的電子紀念品，而法蘭尼找回父親當天，卻再度失去他。

⌛

法蘭尼不再跟我說話。

潔莉安要我另外想辦法上學，**等他冷靜下來再說**，她向我保證。

我沒爭論。

我應該得到更糟糕的懲罰。

媽想說服我相信法蘭尼爸爸的事情不是我的責任，他是成年人，該為自己負責。我很感謝她盡力安慰我，心裡也知道那只是媽媽說的好聽話。

「爸爸呢？」某天放學後，我問她。

「呃。」媽認真地打電腦。我從她背後偷看，她正在打某份試算表。「應該是和法蘭尼在一起。」

「喔。」我說。「為什麼？」

「一起去買禮服吧。法蘭尼可能需要協助。」

「這樣啊。」

「他會回來吃晚餐，你有事找他？」

「沒事。」我說。「不重要。」

媽拿下眼鏡，但依舊握在手裡。每當她要宣布重要大事，就有這個習慣。「現在法蘭尼很不好受，你爸和我認為，由他幫忙法蘭尼選禮服，可能是個好點子。法蘭尼似乎很興奮。」

「一定的。」我知道我不該嫉妒，畢竟爸媽一直要我多陪陪他們，我卻一有空就去找凱特。錯不在他們，也不在法蘭尼，可是——

「什麼意思，傑克？」

「沒事。」

她盯著我看，「凱特好嗎？」

「她很好。」

「是嗎？你們關係很好？」

「夠好了。」

「畢業舞會快到了，你準備好了嗎？」

「也許妳願意陪我去花店？幫我挑選送她的裝飾花？」

「喔，乖兒子，我很樂意。」媽說。「只是我店裡很忙，又要籌畫這個週年慶派對……我很想幫你。法蘭尼已經請我陪他去了，我們可以一起去，一定很好玩。」

我揮揮手。「沒關係，你們還是照原計畫進行，我不想壞了你們的興致。」

「傑傑，別這樣，不如你和我……」

我勉強擠出微笑。「放心啦，媽，我完全能諒解。反正我自己挑朵蠢花不成問題，小事一樁。」我親她的臉頰，然後迅速轉身，假裝忙著找櫃子裡的東西，因為我的眼睛和鼻腔突然不舒服，湧上一道水氣。

「你確定沒有其他心事？」媽問。

「沒有。」我小心抹抹眼睛、鼻子，才轉回來面對她。「我確定。」

她張嘴想說話，但我快速離開廚房上樓。

我們再複習一次：與凱特無關的事情都越來越糟，而且全是我的錯。

我以為我是回來救凱特的，但也許需要拯救的是我自己。

⧗

法蘭尼的爸爸被判入郡監獄九十天，因為他擾亂社會秩序。

簡直是鬼扯一通。

便利超商的老闆顯然以為「折價券」不打算付錢買巧酥冰淇淋。

他告訴「折價券」，店裡不歡迎他。

「折價券」聽了很不高興。

他決定在店裡慢慢逛，悠閒地看著不打算買的商品，因為那是他的權利，他和所有人一樣都擁有這個權利。

最後他終於把冰淇淋放在櫃檯上，等著老闆結帳。

老闆不從，非要他離開不可。

你哪裡有毛病，「折價券」說。

我的毛病就是你，就是你們這種人，老闆大叫。**馬上給我滾！**

我這種人，「折價券」複述。**我，這，種，人**。他覺得怒火中燒，他不是善罷甘休的類型，但他想到他的媽媽、兒子在家裡等冰淇淋。於是他收拾情緒，拿起價目掃描機，瞄準紙盒旁邊的條碼，看了價格，加了稅。他丟下錢，從櫃檯抓起塑膠袋，把冰淇淋丟進去，然後往門口走。

可惜他還沒走遠，老闆娘就已經報警，更幸運的是不到一條街外就有巡邏警車。

所以——

你看過這個場面。

想接著寫，就自己寫吧。

如何回家

最恐怖的是你甩尾卻不自知。來車瘋狂閃燈、按喇叭，你卻危險地偏向左側。你只希望最後張開眼睛，不會為時已晚。

「傑傑，吃晚餐了。」媽在樓梯底下呼喊。

我走到桌邊看到多了兩份餐墊，爸正領著法蘭尼和潔莉安上座。

我看著媽媽，她點點頭，似乎在說，**是時候了，傑傑**。

起初氣氛很尷尬。因為法蘭尼忙著玩**避免與傑克四目相交**，而且還非常精通。

「法文課上得如何？」我問潔莉安。

她大笑。「我不想這麼說，但沒有你幫忙溫習就是不一樣。」

我心情激動。「我也不想聽到妳說『妳不想這麼說』，我懂，我迷失了一陣子。」

「你是啊。」法蘭尼同意。

「我道歉。我對你們不夠好，你們卻始終都這麼照顧我。我該向各位道歉，也許是因為我終於得到一心渴望的東西。而我的兩位好友、我的爸媽早就擁有這種感情——與另一個人密不可分，與另一個人命運相連，彼此的關係緊密得分不出兩人之間的界線。」

潔莉安咬唇。「形容得太美了，阿傑。我們也希望你幸福，法蘭尼和我都想看到你快樂。你值得有人愛你、寵你，所以我們才努力諒解，所以我們才想給你多一點空間。」

「我知道。」我說。「你們真的很棒。」

媽捏捏我的手。「問題是你不必放棄原來的世界，才能證明你對另一個人的感情。你要結合兩個世界，這時你會得到更多，不會更少。」

⌛

「嗨。」整理餐桌時，我對法蘭尼說。

「嗨。」他在嘴裡嘟囔。

「我做的事情不可理喻，我真的……」

法蘭尼搖搖頭。「算了，我們洗完碗，我一定會報仇。」

「啊。」我從喉嚨發出開心的聲音。

「你這個小伙子等著被好好修理吧。」他大言不慚。「我會在『金屬裝甲旅』給你好看。」

他推我的肩膀。

潔莉安在我們後面說**好噁**。我不在乎，照樣推回去。

說好的畢業舞會

畢業舞會前一晚，我輾轉難眠。

當然，我無法不想凱特，但我還有其他心事。

我想到上次的畢業舞會。

想到當時陰晴不定的心情——起初我以為凱特放我鴿子，後來才知道她住院了。

如果明天又舊戲重演呢？

如果凱特沒來？如果她不舒服呢？

但凱特來了，而且比往常更美，我想都沒想過她還能更迷人。

「妳覺得如何？」我一開大門就立刻問她。

「呃，其實有點緊張。」她說。

「就這樣？沒了？」

她大笑。「興奮？我不知道你希望我說什麼。」

我只想問她，妳覺得身體無恙嗎？我仔細打量她，但我也不確定要注意哪些症狀。她看起來似乎沒事。

「傑克，你不介紹我們認識你的女伴？」媽在我後面問。「我發誓，他不是狼群帶大的。」

「抱歉。」我說。「媽、爸，這是凱特。凱特，這是我爸媽。」

「很高興認識妳，凱特。」爸說。「久仰大名。」

凱特露齒笑，「希望他沒言過其實。」

媽眉開眼笑，「你們好登對。凱特，我可以抱抱妳嗎？提出這種要求會不會很詭異？」

「媽。」我抗議。

但凱特大笑，伸出雙手。「我喜歡擁抱。」

「原來如此。」凱特點點頭。「我沒參加自己的畢業舞會，就是錯過這些節目啊。」

今年的舞會主題是「狂歡節」[17]，屋裡的塑膠珠鍊大概比全世界其他地方加起來還要多。

「對。」我盡情欣賞眼前的景象。「這些……全都是。」

「我現在要翻開上衣了嗎[18]？還是等一下？」

「雖然我很想叫妳**現在**翻，不過還是**等等**吧。」

「好主意。」她拉我到舞池裡。「首先，我們先進入沒有節奏感的狀態吧。」

「沒問題。」我彈指，但是根本找不到音樂節拍。幸好凱特超級沒有節奏感。

「太好了，超可怕的舞步。」我說。我自己的舞姿既像恰恰，又像踩著輪子累壞的北極熊。

「你自己也非常恐怖。」她用力擺動雙臂，讓她不是像身上著了（隱形）火而正努力撲熄，就是像嘗試累積足夠的動力飛上天，就像《歡樂滿人間》[19]的瑪麗．包萍一樣升空，從天井離開舞會。

「你怎麼稱呼這個動作？」她往後退，應該是為了好好看清楚我的精采舞姿。

「不是很明顯嗎？困在電梯上的雞。」我一拍都沒錯過，兩手不斷亂拍，雙腳跳上下一個隱形台階。

她接著旋轉手臂，發出**呼咻**的聲音，不停轉啊轉。我不得不問：「這又是什麼？」

「風車上的貓。」

我們整晚幾乎都在舞池裡，丟光自己的臉，超級刺激。

17 Mardi Gras，又名為「懺悔節」。許多人透過狂歡方式慶祝，又以紐奧良和雪梨最著名。塑膠珠鍊是這個節日的特色，在當天可當成貨幣使用。

18 許多女生會在狂歡節瘋狂露點，只希望別人把珠珠丟給她們。

19 原片名為Mary Poppins，美國歌舞奇幻電影，講述有魔法的保母到瀕臨破碎的富裕家庭的故事。

「如果用果汁盒裝這些水果酒，一定更好喝。」凱特在重低音的音樂下大喊。

「果汁盒最棒。」潔莉安說。

「果汁盒敬總統。」法蘭尼高舉塑膠杯大叫。

我舉杯，「果汁盒敬沙皇！」

我們聽到最愛的「護城河」歌曲時，四個人同時跳出最爛的舞步。

「我沒想到有人會比我更喜歡『護城河』。」法蘭尼對凱特說，因為她竟然能唱出每一句歌詞。

「如果說那是因為我認識他們，聽起來會不會太臭屁？」凱特問。

法蘭尼站定。「給我滾啦[20]。」

「好，我滾。」凱特說。「可是如果我走了，就不知道如何邀你們去看演唱會了。」

「妳說真的嗎？」法蘭尼上下跳。

「妳不知道妳做了什麼。」潔莉安大笑。

「傑克，你幹嘛把凱特藏起來？」法蘭尼質問。最近似乎很多人這麼問。

最後一首慢歌時，我把手放到該放的地方——就是她的腰，離臀部只有幾公分——凱特也沒為難我。她的臉靠在我肩膀上。此時此刻，這裡就是我覺得最幸福的地方。

但她的身體顫動了一下。

「沒事吧？」

「沒事。」她說。「剛剛覺得有點怪，不過只有一下下，現在不會了。」

「妳確定？」

「我們跳舞吧。」

但歌曲還沒結束，凱特就帶我走到走廊。

門還沒完全關上，她就說：「傑克，我得走了，馬上就得離開。」

「去哪裡？」我問。「怎麼回事？」

她已經氣喘吁吁地向前走，眼神彷彿極度痛苦。「我很抱歉我得這麼做。」

「我不明白，妳要去哪裡？」

她用力按電梯按鈕。「對不起。」

「慢著，告訴我妳怎麼了。」

「我錯了，我不該和你在一起，不能如你所願。對不起，傑克，我不該來。你就忘了我吧，好嗎？忘了我。」

20 Get out of here，另一個意思是「我走運了」。

電梯門打開，凱特進去，脫了高跟鞋，用同一隻手拿手提包和鞋子。她用力按鈕，似乎希望門趕快關上，希望早一點離開我。

「凱特，等等。」我大叫。「我忘不了妳，我永遠忘不了妳。」我一手伸到電梯裡。

「拜託，傑克，讓我走。」她突然怒吼。

「等等，我問一件事就好，妳還好嗎？」

「你說什麼啊你？」

好問題。「我不知道，妳覺得不舒服還是……很虛弱嗎？我只是……」

「我覺得我不該在這裡，傑克，就這樣。」

「可是……」

「拜託，別攔我。」

我後退，否則還能怎麼辦呢？門關上，凱特就在我眼前消失。

那就像黑板沒擦乾淨，依稀還能看到先前的字跡。我忘不了上次的畢業舞會，我不能讓凱特獨自離開。我用力拍電梯按鈕，但眼前只有兩部電梯，一部停在十樓，動也不動；另一部則緩緩降到大廳，載著凱特進入黑夜。

我拉開厚重的樓梯間大門，半跑半滾地下樓，如同鎖定目標、不斷冒汗的人型魚雷。我衝進金碧輝煌的大廳，腦袋就像支點，汗水左右甩動。有位老婆婆看到我來勢洶洶，差點心臟病發，其實我只是盯著凱特那部空蕩蕩的電梯。

我衝出黃銅的大門，晚上冷冽的空氣衝進我的肺部，我看到凱特站在計程車邊。凱特上車時看到我，兀自拉上車門。

計程車的後車燈就像兩個鮮豔的驚嘆號，標示凱特的離去。

我倒在水泥地上。猶如剛被輾死的小動物。

心臟劇烈跳動。我無法呼吸。我什麼都做得不對，連呼吸都不會。

接著輪胎發出嘎嘎聲。我坐起身，剛好看到計程車迅速倒車回飯店車道，路邊的野草都被壓得倒向人行道。

凱特回來了。

計程車司機跳下車大喊：「你是傑克？」

我站起來，「我就是。」

「打一一九！」

我向大廳大喊：「叫救護車，馬上打一一九！」我衝下飯店台階，拉開後座車門。

凱特躺在椅子上，胸部上下起伏，表情扭曲。「凱特，妳怎麼了？怎麼回事？」

司機喃喃自語地說：「她是不是需要呼吸器？天啊，上帝救救這孩子。」

「傑克……」

「凱特，告訴我該怎麼做。」

但她意識模糊。

「凱特，跟我說話。」

「傑克，」她的呼吸微弱，「留下來陪我。」

「我絕對不走。」我爬進車裡，輕輕地把她的頭抬到我的大腿上。

不遠處傳來救護車的警笛聲。

「凱特，妳不會有事的。」

「對不起。」她說。

我不知道該讓她繼續說話，還是吩咐她省點力氣。我什麼都不知道。我為何什麼都不知道？

「妳不需要道歉。」我摸著她的頭髮。「呼吸，凱特，慢慢呼吸，慢慢來。」

「怎麼回事？」是法蘭尼。「你們還好嗎？」

我搖頭，「凱特不對勁。」

「天啊。」潔莉安傾身靠近門邊。「有沒有人去求救了？」

「救護車就要來了。」我對他們說。「有人要來幫忙了。」我貼著凱特的耳邊重複這句話，

她幾絡頭髮飄到我的臉上。

警笛聲就在我們的上方。

我從後照鏡看到幾乎整個畢業班的學生都站在台階上，不是捧著臉，就是抱著彼此。

兩個醫護人員出現，為凱特戴上氧氣罩。我只能看到她的眼睛，黯淡又噙著淚水。

「大家讓開！」醫護人員啞著喉嚨大叫。他們迅速把凱特搬到擔架上，將她抬到救護車裡。

「你們要帶她去哪裡？」他們把凱特抬進救護車之後，我匆匆跟上去。

「你是家人嗎，孩子？」女醫護人員問。

「我是。」我說。

她知道我說謊。「上車。」她說。

「不要干擾我們就好。」另一位男子說。

「傑克！」潔莉安和法蘭尼站在路邊。「我們開車跟上。」

我點頭。救護車關門，警笛大作。我盡量別干擾他們，只伸手握住凱特。她虛弱地捏捏我的手指，這樣也無所謂，我無所謂的。

「她不會有事吧？」我問醫護人員。

我看得出她想說「不會」，卻又不想騙我。

⧗

醫院人影晃動，各種儀器閃閃發亮。

有人高聲喝斥，機器開始啟動。

再拿一瓶點滴過來！

立刻戴上可調式氧氣面罩！

嘿，點滴呢？我昨天就叫你們拿點滴來了。

她這隻手的血管不好打，我看看另一邊，別擋路，走開！

這孩子為何在這裡？

他和她一起來。

他不能待在這裡。小子，你必須出去，我們會照顧你的朋友。她好一點之後，我們會通知你。

璜恩，快打點滴。

食鹽水嗎？

不是，打氯化鉀。

要做動脈血液氣體分析？

對，要動脈血液氣體分析、全套血液檢查、基礎代謝檢查，全都要做，崔西。凱特，

凱特，聽我說，看著我，妳必須呼吸，慢慢來，親愛的，放輕鬆。

來了！

終於。

嘿，這孩子怎麼還站在這裡？這可不是實境節目，拜託誰帶他去候診室。到底要我說幾次？

「來吧，跟我來，走這邊，我們走。沒事的，你坐這裡，好嗎？我們剛裝第四台，你努力找，應該有節目能看。要喝東西嗎？那邊有水，也有噁心的咖啡，如果你真想喝的話。開玩笑的啦。好了，不要這樣……聽我說，她不會有事。她情況穩定之後，我會出來，我會帶你去看她，你就知道她好了。好嗎？……好嗎？」

我們很愛說**一切都會OK的**，其實我們根本不知道，況且OK有許多含意。

例如：

這種麥片還OK。

那部電影啊，還OK吧。

我要等我爸說OK，才能開車去旅行。

這個詞用在人身上，通常不太妙——

你覺得新同學怎麼樣？

呃，似乎還OK。

嘿，我聽說你媽媽的事情了。她還好嗎？

她ＯＫ。

嘿，聽說你摘掉一個腎臟，還好嗎？

我還ＯＫ。

ＯＫ並不令人寬慰，效果不如大家所料想。

那名護理師、醫生、急救人員或守護天使，無論她是誰，總之短跑回去，推開「禁止非作業人員進入」的門。那兩扇門前後擺動，我考慮追上去，將球鞋卡在門中間，衝回凱特身邊。但門停止擺動，發出厚重的鏗噹聲。那種上門的聲音似乎更像監獄，彷彿把我和其他非作業人員關進牢裡，離開我們所愛的人。

離開我們需要的人。

所以他們才能努力拯救他們。

所以當他們無能為力時，我們才不會在場。

⧗

同一名女子四十三分鐘之後又回來。我看著每分鐘滴滴答答走過，卻不知道法蘭尼和潔莉安何時抵達，只知道現在他們分別坐在我的左右邊。

女子微笑，我猜應該是**好事**。

「她ＯＫ了。」她向我保證，又是ＯＫ這個字。「再等半小時，你就可以去看她。」

「怎麼回事？」

女子擰著手。「我不能和她未授權的人討論病情，抱歉。」

我點頭。「她沒事就好。」

「她沒事。等半小時吧。」她走進推門裡。

「看吧。」法蘭尼重重嘆口氣。「一切都很好。」

「傑克，你打給她爸媽了嗎？」潔莉安問我的模樣，彷彿她不是第一次問這個問題，也許我太恍神，以致於先前沒聽到。

「他們在路上了。」我說。

「我想知道究竟是怎麼回事。」潔莉安說。

「我也是。」我說。「我也是。」

「幸好我們都在。」法蘭尼說。

「我也是。」我說。「我也是。」

「你確定你沒事？」潔莉安問。「你好像失了魂。」

她說得對。

我的心思飄到第一次畢業舞會，當時我淋雨站在她家門口，等她來應門，等她解釋為何突然不想與我有任何關係。

現在我知道那晚的重點不在我。

凱特不能陪我參加畢業舞會。

因為她忙著拚命活下去。

⧗

我進她房間時，凱特笑了，但我不相信她。

我知道她是為了讓我放心。

但我一點也不放心。

連差不多都沒有。

我站在門口。

「嗨。」她說。

「嗨。」我說。

她拿掉鼻子裡的氧氣管，放到額頭上。「過來。」她拍拍病床。

我走過去。「妳可以拿掉氧氣管嗎？」

「不行。」她承認。「但如果我一切都照規定來，會過著什麼樣的人生？」

「凱特，怎麼回事？」

「我病了。」她說。

「什麼病？妳哪裡不對勁？」

「**我**沒有不對勁。」

「我不是那個意思，我是說……請你告訴我，凱特。只要能幫忙，我都願意。」

「傑克，我不是機器，你無法修理我。」

我順著她的目光望向窗外。

「我不是那個意思，我不想修理妳，妳沒損毀，凱特。對我而言，妳原來的模樣就——」

「我有狀況，但我本人沒有問題。」

「妳有什麼狀況？為什麼不直接告訴我？我不明白，妳為什麼這麼……這麼保密。妳都住院了，而我只想幫忙，只想更瞭解妳，我會想辦法……」

但她切開我的話，像交通警察般舉起雙手，**停**，**不准動**。「我不喜歡你，不是那種喜歡。」

「哪種？」

「我的意思是我**不能**喜歡你，對不起，傑克，你是個好人，幽默又——」

換我插嘴。「不必發好人卡給我，好嗎？」

「我辦不到。」

「妳辦不到什麼？」

「這個，我不能跟你交往。」

「誰說要跟妳交往？」

「傑克，你不知道未來會發生什麼事情，但我知道。相信我，這樣最好。」

我差點大叫，**我完全知道未來會發生什麼事！問題就在這裡！**但我忍住了，反而說出我想相信的話——

「凱特，未來掌握在我們的手中。」

她咬住下唇。「桑德想復合。」

「桑德是誰？」我問，但我一說出口就知道了。「喔。」

「對，喔。」她似乎希望能把話收回去。

「桑德啊，他的名字當然是桑德。」其實我一百萬年也猜不到這個名字，但是聽到最新頭號大敵，就是該說這句話。「妳上次說他不適合妳。」

「我說過，也許是。他……可是有時你……」

「有時你什麼？」

「說來話長。」

「那就簡要說明，因為我實在不理解，凱特。」

「你可能也不想理解。」

我聳肩，她說得對，我不想理解。但請問誰想？佛羅里達州的埃佛格萊茲根本沒有青春之泉，龐塞．德萊昂[21]想理解嗎？當人們嗤之以鼻，說誰想喝花生做的湯，喬治．華盛頓．卡佛[22]先生想理解嗎？我認為，**理解**根本就受到過分吹捧。

「好吧。」我說。「請妳回答我，妳為何跟我一起在這裡？而不是和桑德在其他地方？妳為什麼參加我的高中畢業舞會？妳這種人明明可以和更酷的人做更酷的事情？」

她皺起鼻子。我不是想把凱特做的每個動作、每個表情都視為超級可愛。但她那麼美，美得令人屏息，即使她沮喪，即使她**因為我**而覺得沮喪，我依舊得用上十二萬分的意志力，才**不會**融成一攤爛泥。

「傑克，我自己也是一年前才剛從高中畢業。」

「妳知道我喜歡妳，凱特，很明顯，對不對？妳知道我有多喜歡妳吧？然後妳答應陪我

21 Ponce de Leon，文藝復興時期的西班牙探險家，在佛羅里達附近的海岸登陸，將該地命名為聖奧古斯丁。相傳他是為了找尋青春之泉才遠渡重洋。

22 George Washington Carver，美國教育家、農業化學家、植物學家，為第一個進入愛荷華州立大學並取得農業碩士學位的黑人。他發現種植棉花會導致土壤貧瘠，於是在阿拉巴馬州提倡種花生，改善土壤品質。

參加畢業舞會，我們又一起慶祝交往三個月，而且……難道是我瘋了？我可能是瘋子。但我們之間難道只是我自作多情？」

她搖頭，一副**我不想多說了，別逼我**。我知道自己也許該打住，因為她即將傷透我的心，但我沒辦法打住。我一方面知道這段感情無法天長地久，所以希望趕快做個了結。

但另一方面又希望盡可能往後拖延，最好能拖個沒完沒了，和凱特繼續維持不痛不癢的感情。

「傑克，我保證，你不會有事的。」

「妳不可能知道。」

「總有一天，你會完全忘記我。」

「每個人都說我記憶超群，就連大象都對我說過。」

「你該走了。」她伸手按鈴叫人。

「我問妳，桑德有什麼是我沒有的？妳為何選擇他，不選我？」

「傑克，別這樣，這麼做很愚蠢。」

我笑了，傻氣又邪惡，因為我突然覺得勇氣倍增。然而那不是值得稱許的勇氣，不是男主角奮不顧身衝向火海的那種英勇：**他知道他必須立刻行動，他知道人命關天，把別人都看得比自己重要，他非去救人不可**。不是。我這種勇氣就像松鼠決定蹲在高速公路中央，打算只用意志力讓聯結車剎車。

結果——

還需要我透露結局嗎？

「凱特，我想知道，為什麼是他？不是我？」

「因為桑德一直都在，我的人生出狀況時，他就是第一個陪伴我的人。他有時會不會很混帳？那當然！但我瞭解他，知道他是什麼樣的人，也知道情況惡化時，他一定會幫我加油打氣。」

「就算情況不惡化，我也希望能支持妳。」

「不要再對我這麼友善。」

「我不只想對妳友善。」

她搖頭。「抱歉，但我永遠不能愛上你，傑克，真的不行。我從來沒想過要傷——」

我已經跳下病床，「別說了。」這一切已經超過我所能承受的，每件事情、所有事情都超出我所能負荷。

我推開門，差點打到四個人。他們和凱特長得極其相似又各有不同，我猜是凱特的家人。

「借過。」我擦身而過。

那群人當中的女孩對我微笑，「傑克。」她呼喚我名字的語氣彷彿曾經叫過這個名字，彷彿聽過許多次了。

「我就是。」我說。

「嗨，我是綺拉，凱特的姐姐。」

「很高興認識妳。」我努力擠出這句話，淚水湧上不屬於它們的地方，也就是我的眼睛。

「對不起，我得走了。」

我沒等她問我要去**哪裡或為什麼**。

我跑過整條走廊，回到候診區。

「我們走吧。」我對法蘭尼和潔莉安說。

「等等，怎麼回事？」潔莉安問。

「傑克！」法蘭尼在我背後喊。

但我已經跑到外面。

已經吸入寒夜的空氣。

已經擦掉蠢眼睛裡的蠢淚水，告訴自己的蠢心臟要振作。她不適合我們，我告訴蠢心臟**趕快忘了她**。

但我知道，我的心不相信我。

我們所知的人生

當然啦，之後的日子糟透了。

世界變成黑白，而且還是毫無光澤的黑白色調，一切都灰撲撲的。我就是典型的那種自怨自艾、為情苦惱的青少年，可以一連好幾天都穿同一條牛仔褲，展現我的痛苦。

然而一週都穿同一件牛仔褲，也不會有人側目。

因此，為了讓我的傷心更醒目，我還穿同一件上衣。

那可不是普通的法蘭絨或素色襯衫，否則太容易失敗。對，你連續兩天穿兩件紅色法蘭絨襯衫，也許今天這件的白色格紋和昨天的米色格紋略有不同？這可不行！要讓人知道你為情所傷，一定要全力以赴。所以我穿的上衣與眾不同。

是件白色T恤，正中央有個巨大轉印圖樣。

這是查莉奶奶兩年前送的生日禮物，中間那隻瓶鼻海豚笑得莫名其妙，鼻孔噴出大量的水柱，上面還漂著一隻咧嘴笑的黃色橡皮鴨。

你沒聽錯，詭異的海豚、噴水孔、恐怖的橡皮鴨。全部都在同一件T恤上，**好欸！**

我剛才說過，不會有人懷疑我是否穿同一件上衣。

大家一定**知道**。

這下每個人都注意到了。

沒錯，就如你所預料。美術課時，茉莉．漢卓站起來說：「天啊，傑克，你這件T恤有十五件吧。還是你爸媽正在鬧離婚？你住在你爸的爛公寓，他沒有零錢讓你去自助洗衣店之類的。」

「哇，茉莉，妳這個笑話非常沒禮貌，但又說得好有深意。」美術老師哈格提小姐不得不稱許她。下課後，老師把我留下來。

「傑克，家裡都還好嗎？」

「很好。」**不好的是我的心情**。

「橡皮小鴨，就是你，你為我的洗澡時光帶來無限歡樂，橡皮小鴨，我這麼喜歡你……洗啊洗……」在學校餐廳排隊等週一神祕大餐時，就連校隊的籃球員都對我唱。

至少這些笑話都很有趣，我聽到芝麻街這首歌時甚至還笑出來。雖然也只有一下下，因為笑聲不符合我正在演的這齣心碎欲絕大悲劇。但我的朋友卻看不出其中的幽默。

「傑克，你好臭，天啊。」放學回家時，法蘭尼在車上說。

潔莉安也很直接。「傑克，如果你明天再穿這件衣服，就另外找人載你吧。」她皺眉，伸出手來捏我的臉。有時潔莉安非常有母愛，這時我可以從水晶球裡看到她的未來，知道她可能會成為了不起的環保運動人士／醫生／最高法院法官，但依舊會找時間幫孩子烤燕麥餅乾、教他們做功課，即使內容是**新數學**[23]；而且不管孩子的合唱團演出再可怕，潔莉安也一定會去參加。最重要的是，無論全世界如何批評這些孩子的歌喉，她都一樣愛他們，不斷提醒他們的存在有多重要。

「她配不上你。」她低聲說，就像情歌最後的即興呢喃。我感謝潔莉安的鼓勵，但事實上是我配不上凱特。我搞砸了。

⧗

「說真的，老兄，既然你這麼喜歡她，就直接去追她吧。」法蘭尼說。

我們三個在我家地下室，潔莉安正在寫歷史報告，而我看著法蘭尼玩我們最愛的線上射擊遊戲「Imperials」。「無論如何，這種要死不活的行為必須趕快停止，大家都好難過。況

23 New math，美國在一九六〇年代的中學數學教育大改革，後來在一九六〇年代末被視為大失敗。

且你真的超臭。」他一邊瘋狂得分一邊說，打破我幾週前創的紀錄，我覺得這是壞兆頭。

我懶得告訴他，我不該再發出臭味了，因為我這兩天已經恢復洗澡慣例。

但法蘭尼另外一句話沒說錯。

直接去追她吧。

人生不該沉浸在自怨自艾的情緒中。

如果非淹死不可，但又能選擇在哪種地方淹死的話，我寧可在愛情中淹死，至少也該在「非常喜歡」的大盆子裡滅頂。

⧗

稍晚潔莉安傳訊息給我：

潔莉安：你這個白癡，能不能給我聽好？

我：好，洗耳恭聽。

潔莉安：傑克，你為了某個蠢理由，自認配不上她。但我覺得最煩的一件事——我因此想賞你兩個巴掌——就是你覺得自己不值得快樂。你值得，傑克。

潔莉安：你和大家一樣，都有權利快樂。

我：身為我的朋友，妳非說這句話不可吧？

潔莉安：才怪，相信我，我沒這個必要。
潔莉安：我何時說過違心之論？
我：說得好。
潔莉安：我也這麼覺得。
我：我無言以對。
潔莉安：你什麼也不必說。
潔莉安：去把她追回來，傑克。
潔莉安：真的！別再浪費時間和我瞎扯，快去追她！
我：謝謝謝謝謝謝。
潔莉安：快滾！

⧗

問題是我的車在車廠。
媽得開車上班。
最後一班通往惠提爾大學的巴士二十分鐘前已經開走。
潔莉安在披薩店的打工是晚班，我不想開她的車，那會害她動彈不得。

但潔莉安施展魔法，告訴老闆她有要事要處理。潔莉安命令我坐上副駕駛座，法蘭尼鬼叫「開車兜風囉」，然後跳上後座。我們開上高速公路，不顧時間、衝過橘色路障。法蘭尼飛快地編輯出**追回女友**的歌單，不是放出歌曲，就是唱著自己作的歌；當中穿插許多饒舌表演，而潔莉安和我就是客串的饒舌歌手。我們的即興表演聽起來很糟糕，但沒看到現場演出，就不能做出公道的評論。

「好，我們得停車。」法蘭尼在我表演時插嘴。

「什麼？為何？」潔莉安問。

「我尿急，快停車。」

「不行，你知道在高速公路上停車有多危險嗎？要是有麵包車超速經過，你腦袋就會立刻落地。」

「我快忍不住了。」

「只剩十四公里就有休息站了。」

「**只剩**十四公里。」法蘭尼諷刺地說。

「不要想瀑布。」我建議。

「也不要想著在大海裡游泳。」潔莉安補充。

「我恨你們。」法蘭尼說。

十四公里之後，我們開進破爛的加油站。

「拜託上車之前先把手洗乾淨！」潔莉安探頭對法蘭尼大喊。

法蘭尼快走到門口時，停下來對我們露出屁股，但只他脫到一半，因為有位黑人老婆婆走出來，驚慌失措的法蘭尼來不及穿好褲子。老婆婆微笑，吹了一個超級響亮的口哨，法蘭尼大笑，深深一鞠躬。

潔莉安和我在餐巾紙上寫數字，法蘭尼走出來時，我們探出車窗，舉起餐巾紙。我的上面寫著「七點五」，潔莉安的則是「滿分十分」。愛就是在低潮時，依舊選擇正面思考。

如果有朋友比這兩人更好，你自己留著吧，因為我才不相信。

我們離開大路，開過大學拱門，三人都歡呼。法蘭尼往前靠，摩娑我的肩膀，彷彿我是即將上擂台的拳擊手。

潔莉安還沒停好車子，我就飛奔下車。趁某個紅髮學生出來，我迅速溜進去，接著就去敲凱特的房門。

我聽到裡面有動靜。

這時我突然希望剛剛先去洗手間，至少也照鏡子看看自己的面容。如果我一臉邋遢呢？如果牙齒中間卡了肉渣呢？我是不是該擺個姿勢？我舉手，一手靠在門框上，但算錯距離，一腳摔進門，整個走廊都聽得到我絆倒的聲音。

我站起來，考慮直接離開，可惜動作不夠快，門已經開了。

「有事嗎？」有個大帥哥微笑問我。

我拚命想越過他寬廣的胸膛往後看，但後面沒有人。他回頭看，大概想知道我在看什麼，然後搖搖頭。「凱特不在，你是育樂中心的孩子嗎？」

我不知道他在說些什麼。但我想起來了，凱特在育樂中心當志工。「不是。」我納悶這位仁兄是誰。「我是她的朋友。」

他微笑，「凱特的朋友，希望你沒大老遠跑來。凱特下週一前都不在，家裡有事。」

「大家都好嗎？」

他聳肩。「希望都好，對嗎？」他的語氣似乎也不知道她家裡究竟出了什麼事。

他接著說：「我正要出去，凱特請我幫她寄信。」他舉起一個信封，上面用黑筆寫了我的名字，下面就是我家地址。

「那是我。」

對方看了信封。「你是傑克·金恩？住艾利鎮？」

「對。」我拿出皮夾，取出駕照。

他一臉驚訝，甚至出現嚇到的表情，接著又恢復笑容，還比先前的更燦爛。「傑克，幸會，我是桑德。」

「你沒揍他？」我們倒車離開停車場時，法蘭尼問我。「我倒是很樂意把他打到一萬里之外。」

「法蘭尼，有時候你真的很野蠻。」潔莉安從後照鏡看他。

「謝謝妳。」法蘭尼說。「我愛小潔潔。」

「其實他人滿好的，也很帥。」

「所以你不只沒揍他，還想跟他交往？」

「他給我這個。」我舉高信封。「凱特要給我的。」

「快開啊。」潔莉安說。

「很薄。」我說。「如果是情書，不是應該厚一點嗎？」

法蘭尼咋舌。「又不是大學回絕信。天啊，快開吧。」

「我不知道——」

法蘭尼搶走信封，我解開安全帶，撲到後座，彷彿只剩二十秒拆開炸彈。但是法蘭尼化身成最堅固的人形球，屁股對著我，拱起肩膀擋住我。

「小鬼，乖一點！你們會害我出車禍。」潔莉安說。

「至少大聲讀出來吧。」我懇求法蘭尼。

「不會吧。」法蘭尼停了半晌才說。「他媽的不會吧！」

「什麼？」我開始胡言亂語。「有這麼糟嗎？難道是限制令？她永遠不想再見我了，對不對？」

法蘭尼一手放在我的肩膀上，另一手輕輕打我的臉，力道不大，只是要我閉嘴。

「冷靜點，否則我得找人用你的門票了。」法蘭尼說。

「什麼門票？」

「這些門票。」法蘭尼舉起三張「護城河」演唱會門票。「她說到做到，雖然討厭你討厭得半死，但她還是謹守諾言，傑克。可惜你沒追到她，她挺酷的。」

「等等。」潔莉安從後照鏡端詳我們。「『護城河』？她真的給我們票？」

「對，她的姐姐綺拉是鼓手的女朋友，我跟你們說過。」

「呃，如果有，我應該會記得。」潔莉安說。

「管他的，我們要去底特律了。」法蘭尼大叫。

他們兩個開始反覆唸著**底特律**、**底特律**。

「信封裡還有其他東西嗎？」我伸手去拿。

「只有這個。」法蘭尼遞來一張粉紅色的便利貼。「不知道是什麼意思。」

玩得開心點，傑克。

永遠的麥片船長，

凱特

⧗

凱特的「便條」只有十六個字，但現在我腦海中就只充滿這些字。我不斷拆解、分析她為何這麼斷句，拚命壓榨每個字，就為了知道背後的涵義。好比壓一百個檸檬，就為了得到那一點點果汁。有個詞我看了再看，可不是「**開心**」。

你猜對了：**永遠**。

她一生一世都想和我一起吃麥片。

也許我還有希望？

門票本身也是個徵兆吧？

也許是為了致歉。

或者還是想和解，想得更遠的話。

但我又想到桑德，這個希臘神話美少年、笑容燦爛的桑德，先前懷抱的希望又破滅了。

他為什麼在**那裡**？世上有這麼多人，校園裡有這麼多同學，她為什麼請桑德過去？為什麼要桑德去寄我的信？為什麼她還跟桑德有來往？

我最愛的**永遠**又轉化成桑德的模樣，因此每當我聽到這個詞，甚至每次想起這張便條紙的時候，腦中就會浮現桑德的臉孔。

⧗

「護城河」太棒了。觀眾拒絕離開，樂團又上台表演了六首安可曲，包括我最愛的〈回家〉。我們坐在第二排中間，面前是我們夢寐以求的景色。放眼望去都是霓虹燈和機器，體育館裡煙霧繚繞。法蘭尼、潔莉安和我大聲跟著唱每首歌，唱到我們嗓子都啞了也不肯停。

潔莉安請人幫忙買啤酒，我們乾杯狂飲，演唱會熱鬧非凡。如果站著不動夠久，就會感受到嗡嗡聲，一陣顫抖從脊椎一路傳到腳底。

但整場演唱會，我都無法停止尋找凱特。

我等她溜到我身邊，拍拍我的肩膀，雙手環抱我的腰。或是遮住我的眼睛，低聲說**猜我是誰**。然而什麼都沒有，有時我在人群中看到她，但再看第二眼或一眨眼，她就消失了，化作一縷輕煙，或某個女孩；那女孩模仿凱特歪頭或站立的姿勢。

幾小時後，潔莉安的車開到我家車道，我向最好的朋友說晚安，慢慢走向大門。我看到前方有動靜而停下腳步，決定和鄰居家的瘋狂德國牧羊犬寇奇一決勝負。結果不是寇奇，台階上坐著一個人，影子延伸到草地上。那影子起身，走進路燈的光圈中，是她。

「演唱會如何？」她把兩手插進褲袋。

是她。

「什麼演唱會？」我伸出手。這麼回答是為了要幽默，其實主要是因為我一見到她，就忘了先前所有事情。

是她。

「對不起，」她輕聲說，「我不應該——」

「不對，」我說，「我才抱歉。我不在乎我們只能當朋友，我是說，我當然在乎，但如果妳說當朋友才能繼續往來，我也接受。妳的友誼就像——沒問題，凱特，妳怎麼說都好。」

她碰到我的手臂，手指滑到我的手裡。「我們有好多事情要談，我有好多事情必須要告訴你。」

「沒問題，我聽妳說。妳怎麼來的？」

「走路。」

「有六十五公里欸。」我大驚。

她大笑，「搭公車啦，傻瓜。」

「就為了來找我？」

「傑克，來找你**就夠了**。」

不知道我們之間的怦怦聲是她的心跳或我的，十之八九是我吧。氣氛這麼好，一切彷彿是天註定，我們終於等到天時地利人和——結果卻聽到歡呼和鼓掌。

這些聲音的別名就是法蘭尼。

顯然我的朋友還在車道上。

「拜託，」我說，「給我一點隱私。」

潔莉安探出頭，發出親吻的聲音。

「傑克克克克！」法蘭尼大叫。「大情聖又回來了！」

「大家看好了，這孩子能言善道啊。」潔莉安唱著。

「你們會吵醒我爸媽。」我揮手要他們離開。

但儘管我再努力，也忍不住微笑。

我都忘了我還會笑。

⧗

我的車子停在凱特宿舍外的空地，我們坐在車上，引擎還開著。通常凱特很討厭不熄火，因為汽車排放的廢氣會害臭氧層破洞，然而這是奇冷無比的晚春夜晚，她才破例忍受。

她還是像往常一樣容光煥發，還換了新髮型。以前我以為長髮最適合她的臉型，剪短之後，我發現她還是一樣美。爸開玩笑說媽就算穿麻布袋，一樣美如天仙。也許我也一樣，被凱特迷得無法自拔。我無所謂，**迷上**是好事。

「怎麼了？」她說。

「什麼怎麼了？」我回。

她笑著摸鼻子，「我臉上有東西嗎？」

「為什麼這麼說？」

「因為你盯著我看，大概八分鐘都沒眨眼。」

「可能在沉思吧。」

「想什麼？」

想妳。想著讓我們相遇的所有力量。我告訴自己，趕快親下去啊，傑克。「不曉得，什麼都想吧。」

「一定比我要說的事情有趣。」

我坐正，「不可能！妳為什麼這麼說？」

「因為我剛提了一個問題，你卻沒回答。」

我忙著想該如何執行等待多時、滿懷期望的**快親那女孩**招數。「抱歉，凱特，妳剛剛問我什麼？」

她的笑容退去，皺起眉頭。我很難過，因為我不希望她因為我而不開心。「算了，當我沒問。」她突然下車，走回宿舍。

我趕緊跟著她下車。「怎麼了？」

她在人行道上站住，背對著我。這似乎是關鍵時刻，而且無比重要，我們之間的空氣都充滿緊張感。

凱特突然轉身，「有時候你真的很混帳，傑克，就是這樣。」

我把手插進口袋，「我們好像有過這種對話。」

「沒有，如果你很混帳，我又直接說出來，我一定會記得。」

我聳肩。「喔，那可能是我對自己說的話。」

「可能吧。」她讓步。

我走幾步，縮短我們的距離。「凱特，很抱歉沒聽妳說。抱歉沒聽到妳想告訴我的話。」

「你不必假裝不知道。」她的眼睛黝黑，目光炯炯，彷彿能容納整個宇宙。

「喔。」我低聲說，用鞋子鋪平地上的小石子。「好，現在說嗎？」

「不要。」她的語氣平鋪直述。「你剛剛已經搞壞氣氛，我不想說**我有致命的遺傳性疾病**。」

「我也討厭自己這樣。」我說。

她笑了，但只有一下下。「我有鐮狀細胞貧血症。」

「喔。」我這麼說是因為我是白癡，也因為我雖然聽過名字，卻不明白什麼是鐮狀細胞。

「我很遺憾。」否則我還能說什麼？

「我不希望你以後用不同態度對待我，好嗎？」

「我為什麼要用不同態度？」

「因為那些知道我生病的人都這樣。」

「我不是別人，我就是我。」我告訴她。「況且，我和妳在一起只有一種態度，凱特。」

她睜大眼睛，眼神性感又充滿好奇。「什麼態度？」

「我永遠不想和妳分開。」

她打我，一副你真的俗不可耐的樣子，然後走回我車上，直接上了駕駛座。

「你要不要上車？」她問。

我趁她還沒改變心意，趕快跳上車。「我們要去哪裡？」

「隨便兜風囉。」她倒車，差點撞上兩個垃圾桶和一身蓬毛的小貓。「或者去老莫餐館吃個多汁的大漢堡和薯條。看心情。」

「嘿。」我說。「有一件事。」

「什麼？」她踩剎車，及時避開一整面信箱。

「這個。」我靠過去，雙手捧著她的臉。我們嘴唇相貼，感覺非常震撼。彷彿吻上即將撞上地球的燃燒小行星，而且還躲過瞬間蒸發的命運。

但我吻凱特時，還聽到小號的樂聲。

我們周圍都是刺眼的白色光芒。

愛神彷彿在說，**嘿，你們兩個，我們終於等到了**。

也可能是因為號誌燈變綠，後面的車子不斷閃燈、按喇叭，催我們快走。

不，絕對是因為這個吻。

⧗

我們終於不再四唇相接之後，凱特開到溪谷。夜幕低垂，我們席地而坐，滿天的星星閃爍，凱特對我說起知道自己即將死亡的心情。

「傑克，我會死，我說的不是**所有人終將一死**，這不是何時的問題，而是**還剩多久**。」

她聳肩。「也許還有幾年，也許只剩幾天，我不知道。」

我感覺腦子似乎突然被丟下陡峭懸崖。

「鐮狀細胞究竟是什麼？」

「我的紅血球細胞不是圓形，而是會變成鐮刀的形狀，所以不像正常細胞一樣有彈性。

如果太多鐮刀聚在一起，就會阻礙血球的攜氧能力。太久沒有氧氣就會……」

我們兩人都沒說話，我密切留意凱特身體發出的任何聲音，仔細傾聽她睫毛眨動、呼吸、心跳、牙齒碰撞下唇的聲音。

「無藥可救嗎？」我的聲音嘶啞。

「他們開始做幹細胞移植，但要找到匹配的捐贈者。問題是只有不到百分之十的人可以找到匹配的人，所以——」

她別開目光。「目前還沒有百分之百的解藥，現在只能自己想辦法。努力躲開危機，努力控制病情不要發作。但還沒有祕密配方，沒有神奇魔藥。只能把止痛藥當乾果麥片吃，吃了就會覺得腦袋成了充滿氦氣的氣球，飄啊飄地離開身體。如果像我一樣**不斷發作**，睡在病榻上的時間遠比在自己家裡的床還久的話，就必須二十四小時戴著氧氣罩，而護理師是你最好的朋友。你只能坐在房間看節目重播，熟到都能寫出一篇《新鮮王子妙事多》[24]的論文。因為全身都發痛，只能等著身體舒服一點，有時只要等幾天，有時要等上好幾個星期。」她轉頭面向我，「當身體與自己作戰，無論結果如何，都是輸。」

24 Fresh Prince，美國一九九〇年代的情境喜劇，由威爾．史密斯主演。

「一定有人努力研究解藥吧。」

「有，可是……」她的聲音漸漸變小。

「什麼？」

「沒什麼。」

「告訴我吧。」

「是有個醫生，」她開口，「可是——」

「可是什麼？」

「就算我爸媽兩人的年薪加總，也付不起他的醫藥費。」

我完全不知道該說什麼。但我心想，也許可以搶銀行（過程和平）或買樂透，或——

「醫院總要你為疼痛打分數，滿分是十分，但沒有人問過我這裡有多痛。」凱特指著頭，「也沒問過這裡。」她手指比向胸口，從左劃到中間。「因為無法評分，再大的數字都無法形容。」

我抹掉她的淚水。將她擁入懷裡。我可以感覺到她的鼻子埋在我的肩膀上。我很高興她告訴我了，真的。

但主要的心情還是恐懼。

「凱特，」我說，「如果我們在一起，請妳答應我一件事。」

「什麼？」

「不要再跑走。」

「我應該辦得到。」

「因為，呃，妳跑太快了。」

她大笑。

我繼續說：「我跟不上，真的，妳的速度超級快。」

「傑克？」

「什麼？」

「你也要答應我一件事。」

「什麼？」

她咧嘴，「答應我，在四秒之內再親我一次。一……二……三……」

我答應，一次又一次地答應。

⧗

回家之後，我上谷歌搜尋鐮狀細胞的資料。

我太專心，甚至沒聽到媽媽進房。

「鐮狀細胞啊，」她說，「怎麼會想查這個？」

「喔，原來凱特有這種病，我以前不知道這種病有多嚴重。」

媽拉出書桌底下的椅子坐好，「我是帶原者。」

「什麼？」

「沒錯。」她說。「我們懷你之前做過篩檢，因為鐮狀細胞是黑人族群的隱憂。」

「我剛讀到有八成的患者都是黑人。」

她點頭。「的確很多。我記得當初聽到其他人種也有這種疾病時，我非常驚訝。有些西班牙語族群也有這種基因缺陷，此外，還有印度、中東、地中海沿岸地區。我大學最好的朋友蜜拉·哈森就有這種病。她非常擅長雕塑，有件作品是兩個人緊緊相擁，大概至少有三公尺高吧。她才華洋溢，可是……我記得去醫院看她，當時我和你一樣，根本不知道鐮狀細胞是什麼。她病情嚴重，最後只能休學。」

「什麼？為什麼？」

「她住院住了幾乎兩個月。」

「兩個月？」

「病情時好時壞。狀況好的時候，我可以陪她在走廊散步，她會抓著點滴架，拖著腳走。我記得我覺得世界太不公平，這個人生機盎然，平常活力充沛，後來卻毫無警訊地發作，發病時她幾乎連抬頭都做不到。」

「後來呢？」

媽咬著下唇，別開目光。「當時醫療科技沒有現在進步。你要好好陪伴凱特，知道嗎，傑傑？」

「一定會。」

她起身，捏捏我的肩膀。「我幫你送晚餐上來，你繼續看吧。」

我點頭，「謝謝媽。」

我搜尋凱特提起的醫生。

索旺米醫生。

我打到診所，但已經打烊了

隔天早上我又打了一次，排時間的人員說醫生整個月都被約滿，我是否要約下個月。

好，**謝謝**，我說，暗自希望下個月不會太遲。

我不知道自己有何計畫。也不知道是否能幫上忙。但我會回來，一定因為這個緣故。

就是為了**試試看**。

他爛透了

艾利鎮黑豹隊又在第二場延長賽功虧一簣。法蘭尼再次打得神乎其技。「折價券」又再度入獄。

「至少他在牢裡，我就不必納悶他到底會不會來了。」我們坐上潔莉安的車子時，法蘭尼說。「是不是很慘？竟然說自己的父親坐牢，人生比較輕鬆。」

「寶貝，這是整件事當中最正面的一件。」潔莉安牽起他的手。

「他們宣布先發陣容之後，有那麼一秒，我發誓我抬頭在觀眾席裡看到他，我篤定到可以拿錢出來賭。我以為他想辦法出來了，可能用牢裡的湯匙挖出小隧道，就為了趕來看我打球。」法蘭尼玩著窗戶開關按鈕。「我真蠢，長到這麼大，早該看清事實，可是……」

「法蘭尼，錯不在你。」我從後座說。

「不是嗎？」法蘭尼望著窗外。「既然如此，我的肩膀怎麼會覺得這麼沉重？」

畢業生

畢業典禮就是一連串的團體擁抱、不開美圖軟體的大合照，和重新戴好學士帽。主要就是因為我的帽子根本是巨人尺寸，我怎麼戴都遮住整顆頭。

法蘭尼的學士帽就好好地坐在他剛修剪過的爆炸頭上，他一如往常地英俊挺拔。

我們當之無愧的畢業班致詞代表潔莉安更是一身酷樣，演講內容令人震撼：

「去征服全世界吧。」她舉手，說出最後這句話。

畢業生大發瘋，空中飛舞著學士帽和流蘇。

結束後，我找到凱特。

「嗨。」她微笑。

「嗨。」我回覆。

她湊過來，我吻上她的嘴，然後——

你曾經親吻某人，而且每個吻都和你們的初吻一樣奇幻又不可或缺嗎？

我有這種經驗。就是現在。

不要又這樣

爸媽的結婚紀念派對已經開始一小時，凱特始終沒出現。

起初我不覺得有異。凱特有許多優點，但準時不在其中之列。儘管如此，她也該到了。

我不禁往壞處想。

上次的這一天，她已經躺在醫院病床上。**但是這次不一樣，我告訴自己，這次比較順利。**

我傳簡訊給凱特：**嗨，妳在哪裡？沒事吧？**

她沒回覆。

我特地等了半小時才打，但是電話響了又響。

現在我完全有理由可以擔心了。

爸媽幾個老朋友跟我閒話家常，問起大學的事情，問我主修什麼，打算住哪裡，是否很興奮要展翅高飛了。

我努力微笑、點頭，努力表現得友善、好客。

但是我有不祥的預感，我無法解釋，也說不上理由。我又打給凱特，這次直接轉入語音信箱。沒有一封簡訊顯示**已送達**。

也許沒事，她可能關機了，可能手機沒電，可能訊號不佳，可能正在開車。理由有千百種。但是沒有一個理由堅強到足以對抗我的恐懼，一定出事了。我考慮離開派對，跳上車，直接開到她家。

可是我聽到法蘭尼拿起麥克風。

「各位，時候到了。傑克・金恩，請到台上報到。」

人潮湧到舞台邊。

我走向拿了樂器的潔莉安和法蘭尼時，又撥了一通電話給凱特，卻直接轉進語音信箱。

「凱特，拜託，拜託，拜託妳聽到留言打給我。」我說。

我拿起麥克風，輕拍了一下。大家聽到尖銳的音響噪音，紛紛轉頭看我。

「爸、媽，請你們坐到前面。」我對草地另一端的他們揮手。我的西裝外套口袋裡有小抄，但我沒拿出來看。「你們攜手開創人生已經三十年，對彼此說**好**，對未來說**我願意**。你們經歷許多低潮，我甚至敢說，也有許多悔恨。然而你們還是互相扶持，還是幸福快樂。我們親戚朋友才能在多年後同聚一堂，其中有些人可能認為你們遲早會分手。」

此起彼落的笑聲響起。

「至少撐不到今天。那些人怎麼想無所謂啦，因為他們顯然什麼也不懂。」

這次笑聲又更大，有些人歡呼，有些人鼓掌。

「你們從我會走路以來就不斷告誡我，到頭來，一切都要回歸到這句話。美好事物不會手到擒來，而是每天都審慎思量，決定繼續堅持。你們選擇留下來，選擇努力工作，選擇友愛親友，每件事情都需要選擇。兩個不完美的人學著經營婚姻，你們就是最佳典範。謝謝你們，謝謝你們做的每件事情。麻煩各位，請為我的爸媽艾比、妮娜乾杯。三十年後，我們還會辦同樣的派對，同樣的地點、同樣的時間，希望到時來的客人還是同樣的人。爸、媽，結婚週年快樂。如果你們兩個要開溜，我們會假裝沒發現。但請趕快回來，畢竟這是你們的週年慶。乾杯。」

「乾杯！」大家附和。

凱特依舊沒出現。我清清喉嚨繼續說：「趁現在大家還在聽我說話，我要告訴各位，我們幾個朋友辛苦練習，準備送這份禮物給我的爸媽，希望你們喜歡。如果不喜歡，我知道你們為了不扼殺我的創意，也做了這麼多年，那就是：**假裝有興趣**吧。」

媽獻上飛吻，爸比出兩隻大拇指，兩人都咧著嘴笑。我向兩位樂團成員點頭，我在這世上最好的朋友也點頭回應。我拿起小號，嘴巴對好，開始吹。

我們演奏得猶如天生好手。

非常和諧。

每一小節都沒出錯。
天空的雲層漸漸變薄、散開。
後院圍籬上的小燈籠黃金般閃閃發亮。
一百人緩緩搖擺。大體而言，命運之神頗厚愛我。
這一刻很完美，太棒了。
也許是因為葡萄酒。
也許是因為我手裡的小號，因為貼著指尖的冰冷黃銅觸感。
也許是因為父母臉上的笑容，因為他們眼裡的笑意，因為他們懶得擦掉的快樂淚水。
也許今晚的氣氛正好。
也許什麼原因都有關係。
總之一切都水到渠成。
很難想像還有哪一天比今天更棒。
我就在這時接到電話。

第二次機會仍舊只是機會

放眼所及只有寬敞的道路。

這次我知道該如何做。

我絕對不會離開凱特身邊。

無論要等多久，只要她需要我，我就會陪伴她。

我不會放她走。

我們是永遠的船長麥片。

結果我聽到刺耳的尖銳聲響。前方的薄暮有紅燈號誌水平地下降。

該死的火車！

我發誓，我不記得上次在這裡看到火車是何時。這個鐵軌將我們的小鎮一分為二，就像夾克上的拉鍊。

我考慮繞過平交道的木製柵欄。

我把車子稍微往前開，看看火車還有多遠，我還有多少時間可以闖平交道。

但火車再度鳴起警笛，**警告車子閃開**，我只好倒車，詛咒自己的運氣，詛咒每部火車、每道鐵軌，詛咒整個奇形怪狀的世界。

因為我沒有任何時間可以浪費。

我像瘋子似地狂按喇叭，他媽的，否則我還能做什麼？

火車慢條斯理往前駛。

我喇叭按得越急，火車開得越慢。

我怎麼這麼命苦。

我違法大迴轉。

「謝謝，我找凱特．愛德華。」我對櫃檯的老先生說。這次和上次的房號不一樣，這次在九樓。

不知道不同樓層有何意義。

也不知道這一切是否有任何意義。

我走到凱特房間時，幾乎喘不過氣。

我在門口瞪著她，我的肺部已經塌陷到吸不到空氣，扁得就像雜貨店的塑膠袋。她看起來不像**病得快致命**，雖然我也不知道這句話是什麼意思。總之她看起來更蒼白、更瘦小。

「嗨。」她的臉蛋恢復一絲血色。

「沒想到會在這裡遇見妳。」我走進房間，關上門。「穿得挺漂亮呢。」

她低頭看病人袍。「這件舊衣服？」她咧嘴笑。「去年秋天到巴黎出差隨手買的。」

「Très jolie.」（**超時髦**）

「Je vous remercie.」（**感謝您**）

「不簡單，妳會講法文？」

「呃，不會，我只會講這幾句。」她坐起身，拍拍枕頭，才能坐得更高。「我不會傳染。」

「什麼？」

「你離我非常遠。」

「喔。」我這才發現自己站在門邊。「抱歉。」

「沒關係，我本來以為你會親我，甚至——」

我不讓她說完。我以最快速度縮短我和她的病榻距離，吻上她的嘴唇，希望永遠不要離開她的嘴。

但她輕輕後退。

「怎麼了？」我問。

「我無法呼吸。」

我回頭看房門，感到一陣驚慌。「是不是該去叫護理師或醫生？」

「不是那種**不能呼吸**，」她笑著解釋，「是開心的那種。」

「這樣啊。」我又湊過去吻她。「那就好。」

我拉了一張椅子，護理師送來幾杯冰塊，我開了家裡帶來的無酒精香檳。雖然我沒時間裝晚餐或蛋糕，至少也帶了飲料。

我們舉杯。

我們聊天。

我們交換恐怖夏令營羅曼史的小故事和可怕打工經驗，甚至開心歡笑。

我不知道自己何時睡著。

護理師喝令兩個技師吵醒我，而且天花板的擴音系統在整間醫院播得震耳欲聾。

快速反應小組，請至九一八號病房。

快速反應小組，請至九一八號病房。

是凱特的房間。

就是這個房間。

「各位，現在要請你們出去。」

這時，我才看到凱特的媽媽從我後面的椅子坐起身。

「等等，怎麼回事？她還好嗎？」凱特的媽媽跳起來大叫。

「拜託，請兩位離開房間。」

我沒發現自己移動雙腳，但我已經站在走廊，透過百葉窗往裡看。凱特媽媽和我站到一旁，讓路給醫生、拿著氧氣罩的醫護人員，及一台有輪子的機器，應該是用來偵測心跳的。

「凱特，我們還在這裡。」另一個醫生推開病房的門時，我大叫。「凱特！」

但我發不出聲音。

太陽穴之間的腦袋突然劇烈頭痛。

耳邊是滔滔海浪聲。

眼前一片模糊。

我伸手扶牆，免得跌倒，可是我沒搆著，要不然就是牆壁動了——

「凱特，我哪裡也不會去！」我努力大叫，但這些話只留在我的腦海裡。「凱特！」

沒有用。我的脊椎彷彿有幾百萬把刀片往裡鑽，膝蓋與腳踝融成一片，腦袋似乎脫離肩膀，結果——

第三次的魅力

無三不成禮

如果這不是我第二次回到過去，我一定不相信。

要不是我聽到熟悉的派對聲響。

客廳的電視播著同一場州際籃球賽。

尖領毛衣男（看到了！）在和脖子有凱蒂貓刺青的女孩聊天（那就對了！）。

我手裡拿著紅色塑膠杯。

發出尿味的歪斜階梯。

潔莉安靠著廚房流理台，猶如女王似地在簇擁她的大學生人群中對我揮手、微笑——現在只差……

「抱歉，你擋住樓梯了。」

……她出現了。

「其實，」我轉頭看她，「我表現得並不好，需要有人幫我一起擋住樓梯，希望妳願意幫忙。」

⌛

我不知道自己為何又回到這裡。不知道時間為何又把龐大的屁股往後推。我大概永遠摸不清原因，更不會知道我怎麼回來。

總之我現在就在這裡。

也許是因為我該做的事情，始終沒做到。至少不夠圓滿。

如果我有機會在這次的世界改善幾件事情，好比為了家人，為了朋友——

那麼，我不試試看就是傻子了。

媽媽可沒養大一個傻子。

（真的不怪她。我做過的各式各樣蠢事都是我一個人的錯）

好吧。別再扯淡。

有些鳥事的牌子上寫了我的名字。

（好吧，在腦裡想的時候沒這麼糟。我再試試）

別再扯淡了。

有些鳥事需要調整。

（好多了）

拯救凱特的計畫（希望行得通）

我需要錢。

而且需要天文數字的金額。

問題是我根本沒有錢。

我上次研究過，治療鐮狀細胞的療法所費不貲，而我根本沒有這麼多錢。凱特和她的父母最推崇的那位醫生費用最高。

我的計畫就是迅速弄到一大筆錢。

因此我要……賭博。

我知道，傑克＋任何需要比輸贏的事情，通常＝爛主意。

但我如果做得好，一切照計畫執行，其實也不算是賭博。

然而大聲說出來就會發現，這個計畫的確有一些必要條件。也許我應該……

不行，不可以，一定會成功，必須成功。

就世界史而言，哪一次賭注不成功？

⧗

我做了一次資產清查。基本上就是到處清查我可能忘記的財產。

這次清查只是權宜之計。

根本沒有任何財產被我漏掉。

我的活儲戶頭有二〇四點八九美元。

我的定存戶頭有二〇一九點一一美元。當了兩年暑假的地毯工人，加上不斷累積的生日紅包，我已經努力讓有限的現金流極大化。

然而這點錢還是付不起會診費，更別說醫療費。如果我沒算錯，大概需要這筆資金的一千倍，走運的話，或許只要七百五十倍。

可惜，幸運之神始終不理會我的交友邀請。

總之這就是我的計畫：用我記得的籃球比賽押賭。走運的是大學籃球聯盟全美錦標賽就是兩週後，我有信心記得每場比賽的結果；至少有幾場比賽，我還記得比數有多接近。

更幸運的是，沒人看好曼德拉克大學打入決賽，更猜不到他們竟然奪冠。

所以押他們贏球的人一定是笨蛋。或是來自未來。

酷到爆

潔莉安週日開車離開惠提爾大學時，我還不知道凱特會不會陪我參加畢業舞會（有雷慎入：她會）。但我已經雄心勃勃，打算好好「給每個人好看」。

我所謂的**每個人**就等於命運。

「你整晚不見人影，現在又笑得合不攏嘴，你還好吧？」

「沒事。」我說。「一句話，惠提爾棒透了。」

「**惠提爾棒透了**，啊？怎麼，你突然成了他們的招生組嗎？你手裡拿著什麼？」我還來不及回答，她已經搶走我的紙條，打開之後大笑。「這是誰的資料？」

我聳肩。

「你這個死傢伙！」潔莉安大叫。我們的車窗沒關，隔壁車子副駕駛座的人轉頭看我們。

「我就知道你不會幹什麼好事。」

「我們很投緣。」我坦承。

「我就怕這個，怕你**投緣**，希望你用了保護措施。」

「什麼？」我說。「我不是那個意思。」

潔莉安大笑。「廢話，我只是開玩笑，別緊張。」

「妳說廢話是什麼意思？意思是我找不到人上床？」

她停止大笑。「當然可以，只是你自己還不知道。等你終於搞清楚狀況之後，大家就要小心了。」

「妳就愛嘲笑我。」

她搖頭，「傑克，我愛你。你明明這麼聰明，有時候卻奇蠢無比。」

我還來不及問她，她就已經打開廣播引吭高歌，彷彿章魚女巫烏蘇拉剛把聲音還給她。

我把聲音關小，「小潔？」

「怎樣？」

「妳還好嗎？」

「什麼意思？」

「妳爸爸不是離家出走嗎？妳的心情還好嗎？」

她聳肩。「也許他會回來，他只是……我不知道，大概是中年危機吧。」

「是啊。」

「他可能是年紀漸增，卻覺得沒完成青春時期的夢想吧。以前可能有各種遠大目標，設下各種里程碑，後來發現光陰飛逝，一個夢想也沒達成。」

「妳心情如何？」

她勉強擠出笑容。「還可以，過得去。」

「如果妳想聊聊，我願意聽。」我說。

「我知道去哪裡找你，傑克。」

「那就好。」

「我更擔心我媽，她很傷心。」

「我可以想像。」

「至少她又開始畫畫了，幸好。」

「妳總是擔心所有人，就是沒想到自己。我很欣賞妳這點，欣賞妳這麼有愛心。但妳也不要忽略自己，無論如何，我都支持妳。」

「我知道。」車子開下高速公路。「謝了。」她重新把音樂聲音調大。

下一刻我們已在我家車道。我下車，潔莉安揮手、倒車。但我攔下她。

她停下車子，「你忘了什麼？」

「我爸媽的電費帳單出問題。艾利鎮電力公司說他們沒付錢，還威脅說要斷電。」

「什麼？」

對，什麼鬼啊，傑克？你就只有這點能耐？「總之，嗯，回家之後要確定電費帳單沒問題，因為我不希望妳們母女碰上這個問題，好嗎？」

她大笑。

「我說真的，小潔，別忘了。」

她又笑了。「呃，好喔，傑克，謝謝你的小道消息。」

她往前開。我才剛把行李拿進玄關，爸媽已經迫不及待要問我。我收到法蘭尼的簡訊時，人正在臥室。

法蘭尼：聽說你約到妹子。

我：對……只是要到電話號碼而已。

法蘭尼：總得有個開始啊。

絕對是個開始，而且是全新的開始。

法蘭尼：有件不可思議的事情要告訴你……

我大概猜到了，但我的簡訊是：

我：你背後長毛有解藥了?!

法蘭尼：你他媽蠢爆了！

我：我知道。

我：你是說還是不說。

我：刺激刺激懸疑懸疑。

法蘭尼：登登登登登——

法蘭尼：「折價券」這週末就要出獄了！

⌛

我的生日是九月第一週，學校通常已經開學半個月。所以我幾乎滿七歲才能上幼稚園。媽怕我要等一整年才能上學會很失望，於是就說我有絕對優勢，因為我能比同班同學更早體驗人生。**傑克，你想想喔**，她這麼說，**你可以第一個去考駕照、投票，以後還能第一個喝酒——當然是合法囉。**

她沒提到另一個優勢，這也合情合理，她大概連想都沒想過。我也可以最早開始合法賭博。

⌛

號外號外：網路真好用。

我把收藏品丟到網路上，一個小時就賺了兩百美元，一天下來已經賺了三百四十五美元，週末結束時已經高達八百美元。然而迅速掃視閣樓一遍，證實我最大的恐懼：我已經沒有東西可賣。真的沒有了嗎？

回覆廣告的女孩是州立大學的大二生。

「妳打算怎麼用？」我回覆她的電子郵件。

她回覆，主要就是在校園用，偶爾週末回家看爸媽。

「你為什麼要賣？」她來付錢時問我。

「喔，」對她說實話讓我有點不安，「我要幫我女朋友。」

「好酷。」

「呃，」我老實招認，「其實她還不是我的女朋友。」

我遞出鑰匙時，她微笑。「聽起來她很幸運呢，傑克。」

她倒車時，我揮手道別，藍色轎車與新主人右轉之後，我依舊沒放下手。至於該如何向爸媽解釋這筆買賣，就留到下次再擔心吧。

重點是我現在有機會了。

現在，只要找到願意接受十八歲高三生大金額賭注的組頭就好了，壞消息是我一個組頭也不認識。

好消息是：我認識一個可能認識組頭的人。

這裡不接受折價券

我一邊拿出小號，一邊瞎扯。

「我們是不是該訂做貼紙？就用我們的樂團名稱『開心果』？我們應該做一些週邊商品，以防……」

我們今天打算拚命練習，但潔莉安幾分鐘前接了一通電話，走進她家裡沒再出來。

「也許什麼也賣不出……」

「『折價券』會住在別人家。」法蘭尼插嘴。

我放下樂器。「你和奶奶談過嗎？」

「我後來決定不說。如果她希望他留下來，畢竟那是她的家。不過現在討論這件事情已經毫無意義了，因為他再次選擇沒有我的地方。」

「也許他以為這是順你的意。」

「『折價券』什麼時候幫別人想過？」

「好吧，也許他想要慢慢來。」

「拜託，他已經慢到不能再慢了。我真不知道我怎麼還會感到意外，畢竟這就是他的標準做法。」法蘭尼聳聳肩。「至少這個懶鬼一路走來始終如一。」

「也許你應該找他談談。」

「談什麼？」

「不知道，例如你的感受。」

「反正我也不想見他。誰需要他？需要我的人是他吧。沒有他，我也過得很好，現在多個他要做什麼？」法蘭尼語調變低。「傑克，我有**那麼**糟嗎？」

「你胡說什麼？」

法蘭尼咬唇，似乎希望自己什麼也沒說，也不想再說，結果——「我知道我不是頂聰明，也不是最強壯的人。但沒有人可以否認我長得很帥吧？」法蘭尼擺姿勢，彷彿在伸展台上拍照，然後露出他專屬的**法蘭尼才不在乎**的笑容。只是笑容馬上就僵住，因為此時此刻，即使是無憂無慮的法蘭尼也無法掩飾臉上的痛苦。

「法蘭尼。」我說。

法蘭尼繼續說：「我不懂，我是說，如果你是我爸，我會讓你多失望？你認真回答我。」

「你鬼扯什麼啦？你才不會讓我失望，我一定以你為榮。我以你為榮。」

「才怪，我一定有問題。」

「法蘭尼，你一點問題也沒有。」

他拔高音調。「不要騙我，你可以直說，你一定知道，你不是我的好朋友嗎？」

「我**是啊**。」

「那就老實回答我。我究竟哪裡有問題？親生父親大費周章就是不要接近我。為什麼我爸不要我？為什麼我不夠好？他為什麼不愛我？」

我沒有答案。

我一手環繞他的脖子。「如果他看不出來你有多棒，那是**他的**損失，法蘭尼。因為顯而易見啊，有眼睛的人都看得出來。拜託，而且還是馬上看出來，**第一眼**就知道。」

「媽啊，你們這是做什麼？」潔莉安推開滑門回到後院，開玩笑地說。「我是不是打擾到你們兄弟親熱了，還是……」她看到我們眼眶帶淚就打住。

「要命。」她說。「怎麼了？」

她不等我們回答就抱住我們，我們三人臉貼著臉，緊緊相擁，什麼都沒說，也不必說。

⧗

當天晚上稍晚，趁法蘭尼在樓上洗澡，我告訴爸媽「法蘭尼爸爸爛到家」最新一集的劇情。爸爸低聲罵髒話，媽的淚水在眼裡打轉，他們都看過這齣節目。「法蘭尼爸爸爛到家」

只有一集，而且不斷重播。

我們坐下用餐時，我看得出爸媽想拉開椅子，好好擁抱法蘭尼。然而他們勉強忍到吃完沙拉，媽媽才伸手到桌子對面捏捏法蘭尼的手。法蘭尼看我一眼，就知道我洩露祕密。但是他看起來並不憤怒，只露出假笑。

「各位，我不是來取暖的。」但他說話破音。

爸爸起身繞過桌子，拍拍他的肩膀說：「你是個很棒的年輕人，只有你可以決定自己的價值，你值得的，法蘭尼。」

我納悶自己這樣做對不對，法蘭尼會不會不開心，會不會討厭大家注意他，會不會討厭這種多愁善感的氣氛。可是他在椅子上轉身，把頭埋在我爸爸的肚子裡啜泣。

「沒事的。」爸爸捏捏法蘭尼的肩膀。「你是好孩子。」

「你很好。」媽走過去，一手握住法蘭尼另一邊的肩膀。「我們愛你，我們永遠不會不愛你。對不對，傑克？」

儘管法蘭尼背對我，我依然點點頭。

「一點也沒錯。」我說。

⧗

我對找組頭這件事不是沒有疑慮。

幸好我認識的某人有個女性朋友，而該朋友有個男性朋友——

總之，我就是要找法蘭尼的爸爸幫忙。我知道，我知道，這麼做很混帳，對不對？我明白法蘭尼如果發現我背著他找他的頭號敵人，一定會覺得很受傷，但我希望他知道原因之後，願意支持我。

法蘭尼的爸爸聽了我的想法之後哈哈大笑，「我先搞清楚，」他抓抓下巴，彷彿正在思索重要大事，「你要我代表你下幾千元的賭注，如果你付不起這些錢，組頭可能會斃了我們？你要押的球隊很久沒打進美國大學籃球聯賽，上次可能是我還穿尿布的時候？而且你還要賭這群笨蛋會拿冠軍？拿下總冠軍？你賭那些一輩子都沒贏過的孩子可以打到第一名？」

老實說，聽到他這麼說我並不覺得開心，但我還是點頭。

「你的爸媽什麼都不知道，對嗎？」

「對。」我說。

「法蘭尼也不知道？」

「也不知道。」

「當這個計畫出問題——我可不是說如果喔，是一定——別人一定會覺得我是超級大渾球，對不對？」

我重複說明要給他一成分紅，但他搖頭。

「不用，不必了。」他說。「那是你的錢，你的賭注。況且我不是澆冷水，小子，但如果我是你，我可不會這麼樂觀。」

「所以你願意？你願意幫我押注？」

「你幫我兒子這麼多忙，我很難拒絕你，雖然這是個蠢主意。只是你破產時，不要來對我又哭又鬧，好嗎？不會因為你還小，我就不收你的錢。」

「謝謝謝謝謝謝。」我不斷道謝。

但法蘭尼的爸爸只咕噥了兩句：「我這是找死。」

⧗

也許想找死的人是我。

竟然背著法蘭尼。

竟然對「折價券」畢恭畢敬。

而且有種很不好的預感揮之不去。

如果我搞砸每件事情，有第二次（或第三次）機會又如何？

不只是凱特的事情。

法蘭尼也是。如果我和法蘭尼爸爸的交易改變他們的人生方向呢？也許法蘭尼父子本來可以過著幸福快樂的生活，現在因為我，兩人從此反目成仇呢？

潔莉安呢？她會很為難，也許會覺得她必須選邊站。如果她選我的另一邊呢？如果我永遠失去她呢？

我能承受這些事情嗎？我準備好告別重要朋友，只為了也許可以拯救凱特？

⌛

我等凱特回信，殺時間時就看體育頻道辯論哪些籃球隊有勝算，哪些籃球隊根本緣木求魚。四個體育主播意見分歧，最直言不諱的那位最不看好曼德拉克大學的賽程強度。**我就是看不出來，**他擺動雙手斷言。**他們打得好嗎？不錯。他們能打進季後賽已經盡全力了。不過老實說，實力更堅強的另外六隊也很拚命。**

就是這樣。

看來我得等到兩天後的「抉擇日」[25]，才能知道我押「大肚豬」是不是能宰個片甲不

25 Selection Sunday，美國大學籃球聯賽選拔委員會公開完整參賽球隊邀請名單的日子。

留——抱歉用詞這麼血腥——但我真的很關心。而且我也想不到其他方法可以幫凱特籌到她需要、也值得的金額。根據以上的分析，打從一開始，這個計畫在這次或上次都希望渺茫。

我問你，如果不能比上次好，從未來回來又有什麼好處？

⧗

「傑克小子，怎麼樣，寶貝？」

法蘭尼的爸爸有種特質，讓我覺得他在一九七〇年代應該很吃得開。

「呃，只是確定一切都沒問題，就是關於……呃……我們的協議。」

「你說賭注喔？沒問題啊。」

「那就好。」

「就只有這件事？」

「其實——」

「對，我要六號餐，但不要生菜和醃黃瓜，美乃滋多一點，但放旁邊就好。還要多一個馬鈴薯煎餅。」

「你還在嗎？」

「等等，小傑克……沒有馬鈴薯煎餅是什麼意思？我以為整天都有，都已經準備吃……

好吧，隨便。那就來個櫻桃派……抱歉，傑克，你剛剛說什麼？」

「和法蘭尼有關，就是法蘭西斯柯。」

「他怎麼了？」

「他想見你。」

「哈，他的表現方式可真奇怪。」

「什麼意思？」

「他不接我電話，不回簡訊。上次看到我就閃人，我一句話都沒說呢。」

我不敢相信這些話，不是正好相反嗎？不是「折價券」躲著法蘭尼？

「我相信他……我認為他很高興你……你回來了。」

「嗯。」

「如果你再試一次，如果你再努力看看，他會有不同看法的。」

「再多給我幾包辣醬，再多一支叉杓。」

「喂？」

「我聽到了，傑克，我會想想。」

抉擇日

到了週日，我緊張得不敢一人獨處，就邀了法蘭尼和潔莉安過來看大學籃球聯賽委員會宣布入選名單。

法蘭尼聽到邀約後大笑，「你何時成了籃球先生？」

我假裝聽不懂，「我向來喜歡籃球。」

「說說**不**在美國境內的美國職籃隊。」他問我。

我聳肩，「抱歉，我對大學籃球聯賽比較有興趣。」

「好。」他交抱雙臂。「那就說出三個大學聯盟。」

「簡單！『十大聯盟』、『西南聯盟』。不對，慢著，是『東南聯盟』，還有『大南聯盟』[26]。」

法蘭尼捧腹大笑，如果我再不結束這場鬧劇，他可能會笑到抽筋。

「隨便啦。」我說。「我不需要對你證明我的籃球狂熱。」

「最好是。」他說。「你**根本沒有**任何狂熱。」

我知道媽媽喜歡各種體育賽事，但爸爸也來地下室倒令我很意外。但是我看到他拿著點心飲料、爆米花、汽水和一袋餅乾之後，也就不覺得奇怪了。媽最近緊盯爸爸中年發福的身材，只要有機會逃離妻子的減重計畫，他絕對不會放過。

「嗯嗯嗯。」爸咂嘴。「是不是少了一點什麼？我知道了！誰想吃披薩？我剛好知道披薩沙皇最近有優惠活動。」

「我吃過了，謝了，金恩先生。」潔莉安說。

「我向來對食物來者不拒。」坐在沙發上的法蘭尼突然坐挺。

「太好了，這樣就有兩個人了。」爸說。「傑克，我在這世上最愛的兒子，現在就看你決定了。你和我在這世上最喜歡的人並列第一。」他望向媽，「當然，另一個就是你媽。」

媽已經認命，沒有人可以改變爸爸的心意，我們只能想辦法限制他。她兩手一翻，「隨便你們，但至少有一半必須是素食。」

「四分之一如何？」爸提議，媽瞪大眼睛，他太得寸進尺。「妳說得對，寶貝，我們可以吃得開心又健康。」

26 應該是南方聯盟，傑克卻張冠李戴。

爸上樓去訂餐，節目開始了。

我覺得反胃。

儘管我靜靜地坐在地上，根本沒勞動筋骨，但心跳的狀況卻像正在進行鐵人三項。

真不知道真正的賭徒如何面對。

我們痛苦地忍受委員閒聊，半小時後才開始宣布結果。……**曼德拉克入選，委員會認為他們在聯盟中拿到亞軍，以及第十五名種子球隊的成績……**

我一躍而起，揮拳、碰胸慶祝。只不過我碰胸是撞擊沒有生命的無機物，例如牆壁、地下室的梁柱或沙發扶手，因為沒有人想和我互撞胸膛，可能不想冒腦震盪的風險。

我就是忍不住。

也許這個計畫會成功。

良醫索旺米

「我願意碰面是因為我收到你的信件、電郵，你又不斷打來診所、實驗室。老實說，我被好奇心打敗。」

「我爸媽從小就教我要堅持不懈。」

「你比我想像中年輕多了。」

「我立志做出莫大貢獻。」我毫無來由地插嘴，其實只是因為不知道該說什麼。

索旺米醫生從眼鏡上方瞄我。「你幾歲？十九？也許二十。」

「今年十八歲，不過年齡不重要，醫生。你也才幾歲？三十二或三十三歲？你決心治療鐮狀細胞貧血症時，人們只看你的年齡就做出各種臆斷，你又有何感想？」

索旺米醫生推推眼鏡，不發一語。

「聽我說，」我說下去，「我來是因為我相信你，相信你的研究，相信你的技術。也是因為我墜入愛河。」

「啊。」醫生清清喉嚨，往後靠向皮椅。他雙手放在嘴上的模樣猶如抽菸斗，只是他沒拿菸斗，我懷疑他可能也不會抽菸。「最好不要帶著情緒研究醫療。」

「我知道，醫生，你有個家人曾與鐮狀細胞貧血症奮鬥……」

「對，」他點頭，「所以我才知道不要把兩者混為一談，傑克，否則下場只有一個字，就是慘。」

「醫生，兩件事情不都和你的心有關？」

索旺米醫生微笑，我可以看到他放下防衛心，表情變得柔和，猶如正在吃最喜歡的麥片，或是重看最愛的電影。「你剛說你幾歲？」

「十八歲。」我微笑重複。「我提過我有錢嗎？」

「我無法做出任何承諾，現在還是早期實驗階段。」

「我明白。」

「而且我要先見病人，評估對方目前的健康狀況。如果有下一步，我得和這位小姐或先生見面，先說明醫療過程。」

「當然，醫生。」我起身握手。「非常感謝你，真的謝謝你。」

「我不能對你做任何承諾。」他又重複，笑容消退。

「我知道。」我說。「不能承諾。」

⧗

離開診所的路上，我的手機響了，我以為是凱特，心想，**打得也太巧了**。結果不是她。

「老兄，你忘了嗎？」法蘭尼的聲音似乎快崩潰。「拜託，告訴我你沒忘記，而且已經在路上。」

「我沒忘記。」我向他保證，只是忘了時間。「我會過去。」

「什麼時候？」

「快了。」

「**很快**吧？你已經出門了？」

「對，**很快**就到。」我說。

「告訴我一切都會沒事，傑克。」

「法蘭尼，」我努力擠出所有希望、信心，「一切都會沒事。」

我真的想相信一切都會沒事。

慢著，怎麼辦?!

法蘭尼的神經比我家電視後面的電線還糾結錯亂，可是他盡力掩飾。平常法蘭尼就是沉著穩重的典範。就拿上一季非贏不可的客場比賽為例：他冷靜、鎮定、泰然自若，拿下二十四分，不但刷新球隊的個人得分紀錄，還在比賽結束前得到罰球機會，拿下勝利，進入季後賽。

現在這個法蘭尼失去笑容，不像往常一樣妙語如珠。

昨天放學回家途中，他堅持要理髮。雖然後面來車狂按喇叭，他還是逼潔莉安切到路邊停車，他才能順著原路回去搭公車（儘管潔莉安願意送他去），去找兼差當理髮師的親戚。最離譜的是法蘭尼上次剪髮大概是——從沒剪過吧。我們前一陣子才開始說他是**波多黎各版的奎斯特拉夫**[27]。然而昨天下午之後，他剪了俐落的平頭，頭皮閃閃發亮，彷彿即將召開重要股東大會的高層主管。他幫我開門時，我下巴都掉下來，只能指著他的頭，他說**這沒什麼，剛好該剪了**，他的語氣告訴我，他不想再多談這件事。

即使現在，他在狹窄的走廊來回踱步，都假裝是運動，假裝是賽前熱身。

「法蘭尼，不會有事的。」這不是我今天第一次說這句話。

「怎麼會有事？」他走進廚房，而我在客廳沙發上動也不動。「我要確定豬肉沒烤焦，否則奶奶會海扁我。」

「如果烤焦，**我**才會痛扁你。」我大叫。

「最好是！」他笑了。

大門門鎖轉動，法蘭尼走出廚房，眼睛瞪得老大。「等等，我該怎麼辦？」他對我說，也彷彿對房間說、對空氣說。「我該怎麼辦？」

「你什麼也不必做，法蘭尼。」我說。「這是他的問題，不是你的。」

我們站著等門打開，等地球裂成兩半。

「法蘭西斯柯。」他的爸爸說，聲音渾厚宏亮，彷彿裹著一層硬殼。「折價券」進門，奶奶默默站在他身邊。法蘭尼不動，我不知道他是僵住，或是故意站定。他爸爸一個箭步向前，一把抱住法蘭尼，最後法蘭尼完全淹沒在他寬闊的胸膛和粗壯手臂中。法蘭尼雖然高壯，

27 Questlove，本名Ahmir Thompson，葛萊美獎得主、音樂製作人、鼓手、DJ。一頭蓬鬆捲髮就是他的招牌商標。

在「折價券」面前卻如此嬌小，就像他父親的娃娃版。

「你大概以為再也見不到我了，對吧？」

法蘭尼聳肩，撥開對方擱在他肩膀上的手。「我根本沒想過這件事。」

他端詳法蘭尼的眼神，就像我爸打算說重要事情之前望著我的模樣。「總之我回來了，兒子，這次不走了。」

法蘭尼大笑。「怎麼，你要先領勳章嗎？」他轉向奶奶，親她的臉頰。「餐點都準備好了。」他走回廚房。

法蘭尼的爸爸望向我，似乎這會兒才發現我也在，他一臉驚訝，也許是尷尬。他勉強擠出笑容，我在他的臉上看到法蘭尼。法蘭尼的淺棕色嘴唇、窄窄的鼻梁、那對眼眶周圍彷彿會發光的眼睛，還有同樣的橢圓下巴。

我不知道他會不會把我供出來，法蘭尼會不會在這時知道我在他背後搞小動作，跟他爸爸打交道。

「這不會是傑克吧。我上次看到你還只有這麼高，瞧瞧你長這麼大了。」他伸出手，手心粗糙，猶如以砍柴維生。「傑克啊傑克，好久不見，小夥子。」

「好久不見。」我附和。「你還好嗎？」我是笨蛋才問這句。

「什麼？你說監獄嗎？糟透了。幫幫忙，絕對不要被關進去。」

「好。」我將手插進口袋。「我會努力。」

「你還在寫詩嗎？」

「沒了，最近比較喜歡散文。」

「**散文啊**，行。」他說。

廚房傳來鍋子哐啷聲，接著又一次。

奶奶指著走廊另一頭，「寶貝，你去洗澡。我洗了衣服放在你床上，傑克和我先進廚房，免得你兒子燒了我的房子。」

「好，媽媽。」他彎腰親她的額頭。「這兩個禮拜，我一直想著妳的豬排。妳不知道我有多懷念。」他低聲吹了一聲口哨，悠悠然地往前走。

原來法蘭尼的爸爸沒誇大其辭，不斷地吃下一塊又一塊的豬排。奶奶看得好開心，她最高興別人欣賞她的廚藝了。但法蘭尼幾乎沒動刀叉。

「法蘭西斯柯，你看了上次州立大學那場嗎？那次反敗為勝很不可思議吧？那一隊本來打得慘兮兮，後來彷彿有神助，他們就像通了電。」

「我沒看。」法蘭尼說謊，他對那場比賽百聊不厭。

「也許ESPN經典頻道會重播，就是這麼精采。」法蘭尼的爸爸往後靠，一臉興奮。「我中場時押了一點錢，當時他們落後二十分。別問我怎麼知道，總之，我就是覺得這場沒這麼簡單。我內心深處就是有這種直覺。」他壓了一下胸口，似乎要強調就是那麼深。

「法蘭西斯柯，你知道我不贊成賭博。」奶奶突然發言。

「噢，媽媽，我只賭了二十美元，不多。」

「都一樣。」她說。「二十元才不是小錢。」

法蘭尼的爸爸笑得更燦爛了。「在裡面只能想辦法找樂子，小賭怡情罷了。」

「現在你出來了，別再做這種事。」奶奶語氣堅定。

「是，媽媽。」法蘭尼的爸爸彎腰親吻他母親的臉頰。「奶奶說你們準備要找參加畢業舞會的禮服。」

法蘭尼頭也不抬，這種沉默太尷尬，我喃喃地說了「對」。

「法蘭西斯柯，我和你媽就是在畢業舞會認識的，我有告訴過你嗎？她就讀鎮上另一間高中，當時和其他男生一起來，而我自己也有舞伴。但我一看到她……」他打住，不自覺笑開來，茫然地盯著前方，彷彿回憶就投影在牆壁上。「我一看到她就知道，我曉得。你呢，小子？你找到心上人了嗎？」

法蘭尼不理他。「別這樣。」

「怎樣？」他爸爸說。「什麼意思？」

「你不必假裝有興趣。」

「我沒假裝啊。」

「我們吃飯就好。」

「你要去看法蘭西斯柯比賽，他帶學校打進季後賽，他們也肯定會贏球。」奶奶插嘴。「大家常問法蘭西斯柯怎麼這麼會打球，他們不知道我年輕時很會跳舞，舞藝和球技都一樣好。」

我拍手覆議，但法蘭尼心情不佳。

「折價券」呵呵笑。「妳忘了我以前也很會打籃球，這是我們的基因，難怪——」

法蘭尼用力推開椅子，椅腳刮地板發出刺耳聲響。「我能不能先告退？」

「可是我冰箱還準備了派，早上才剛做，連冰淇淋都買了。」

「我沒食欲。」

她發出嘖嘖聲，「法蘭西斯柯，你爸爸剛回來，你應該——」

「媽媽，」法蘭尼的爸爸打斷她，「這孩子說他不餓，也沒必要逼他留下來。」他對法蘭尼眨眨眼，但法蘭尼別過頭不看他。

「好吧。」奶奶嘆氣。「法蘭西斯柯，你最好認真寫功課，一定要檢查再檢查。」

法蘭尼握握她的手，「我會檢查三遍。」他保證，然後吃光盤子裡的食物，看我一眼，示意**走吧**。但我覺得提早離席很沒禮貌。

「奶奶，謝謝妳的晚餐，和平常一樣好吃。」

她捏捏我的臉，「傑克，這裡永遠歡迎你。我們都是一家人。」

法蘭尼整晚都處於**我不想說話**的狀態，我努力尊重他，雖然我們有好多事情可聊。走廊另一端的法蘭尼父親聲如洪鐘，奶奶則笑聲不斷。我從未聽過她這麼開心，她的笑聲似乎也跟著他去坐牢了。聽到她心情好，我也很高興，但她笑得越大聲，法蘭尼的沉默就越發令人困窘。

「我們今晚應該睡你家。」他說。

「我沒問題，你覺得好就好。」

「我想過去。」

「好。」我盡量掩飾聲音中的不安。如果聲音有顏色，現在應該是白色；如果聲音能化為物體，大概就是旗子吧。媽今天早上告訴我，**你能為法蘭尼做的最重要的事情，就是陪在他身邊，傑克。你們以後就知道，陪伴是唯一至關緊要的事。**所以我下定決心，要陪著他留在這裡。

「好。」他重複。

法蘭尼的房間有各式各樣熟悉的慰藉。我坐的這個懶骨頭大概已經坐了十年，法蘭尼的牆上還貼著他已經不聽的樂團海報。書櫃上壓著重重的漫畫，漫畫還套著透明袋子，最新一期的《黑豹》就放在最上方。他現在坐的書桌上有我們所謂的「這一疊」，「這一疊」搖搖晃晃，就像快崩塌的疊疊樂。這些不斷堆高的資料是來自全美各大學的獎學金提議，每袋文件都各自誇耀學校的優勢，每間都想爭取到頂尖運動員。你可以感受到「這一疊」的急切，**看我啊，喲喝，拜託拜託，挑我吧！**

怪的是這麼多學校想把大片王國的鑰匙交給他，他卻想留在這裡，和我們，我與潔莉安，一起去六十五公里外上大學。州立大學根本不是招募他的前十名頂尖大學，他卻想去那裡，因為他不願意離開潔莉安和我。當然，他從沒說出口，但我們都心知肚明。潔莉安和我都督促他做出正確選擇，然而他想都不肯想。**我知道什麼對我最好，信任最重要**。

法蘭尼看到我打量「這一疊」，他笑了，這是他今晚頭一次咧嘴笑。

「上週之後又增加了幾間？」

「大概六間吧。」他說。「然而，我們最愛的『惠提爾』還是沒有消息。」

我聳肩。「如果他們蠢到不收你，或許我也不該去。」

「你瘋了。」他笑得更燦爛了。「我今天對你說過嗎？說過你有多神經？第一，如果你敢拒絕『惠提爾』，你媽會打爆你的頭，接著就是來找我。」

「也許。」我大笑承認。

「不是也許，是一定。」

「我還是要說。哪間學校不想要法蘭西斯柯．侯根？誰不想要法蘭西斯柯．侯根？」

「告訴你吧。」法蘭尼搖頭，盯著廚房的方向，那裡有歡笑聲，有史上最美味的水蜜桃派。

「你不是要我，就是不要我。不要我的，我也不會要。」

⌛

潔莉安：嘿，怎麼樣？他不回我的簡訊，也不回電。

我：不太好，他很沉默。

潔莉安：糟糕，我現在過去會太晚嗎？

我：隨時來都行。

⌛

二十分鐘後，潔莉安走進地下室，那雙長腿一次跨兩階。我們常打趣說她的身高有百分之九十都是腿、百分之八是頭和肩膀，身體只占百分之二。

「嗨，小鬼頭。」她說。

法蘭尼看看她，又看看我。「你們兩個背著我傳簡訊？」

潔莉安走過去，親親法蘭尼的頭頂。他抬頭看她，棕色的大眼睛準備承接她的愛。她捧起他的臉。

「寶貝。」她低語，坐在他旁邊的沙發上，扶著他的頭放到她腿上。他沒抗拒，「寶貝。」她又說了一次。

我無法轉述我們看了什麼節目，只知道我們坐了好幾個小時。我調大電視音量，因為我心裡有一塊好愛這兩個人，也知道法蘭尼不希望我聽到他啜泣。

無與倫比的神奇

第二次看「護城河」更棒。

原因不是祕密。是因為凱特。就連潔莉安和法蘭尼似乎都更開心。

「是我錯亂了嗎？你們會不會覺得現在樂團只為我們演奏？」法蘭尼大叫。

「我也這麼覺得！」我喊回去。

表演結束之後，凱特牽著我的手，帶我們四人到後台。她似乎認得所有人，所有人都放下手邊的事情向她揮手，或對她打招呼。老實說，我確定她誰也不認得，然而這就是她。她的**存在感**很強，別人只能，呃，**看到**她。

我們在紅門前停住，門上用馬克筆畫著幾個火柴人。凱特敲門，有人大喊**進來**，我們走進去。裡面就是他媽的「護城河」！是穿著破舊 T 恤的樂手本尊。

「凱特！」吉他手大喊。「滾過來。」

法蘭尼和潔莉安都不可置信地看著我。「這是真的吧？」法蘭尼問。「不是我在作夢？」

「嗨，你們要喝香檳嗎？」主唱大喊，軟木塞飛過房間，接著又彈出另一個軟木塞，又一個。樂團成員很快就拿著香檳噴所有人，法蘭尼吶喊，遮住眼睛，衝進人群中。

「我們還等什麼？」我對潔莉安說。

但她已經衝進去，濕漉漉的頭髮上滿是慶祝的香檳。

我牽起凱特的手，大笑著跑進去。

「這就是人生的意義，就是**這個**。」法蘭尼邊跳舞邊繞著我們轉。

「我們離開前一定要拍照。」凱特告訴吉他手。

「說『萬歲』。」主唱低聲說，我們所有人都擠進去自拍。

我們捧著一瓶蘋果氣泡水回到車邊。**喝酒開車一點都不酷，況且如果我讓綺拉的小妹喝醉，她會殺了我**，吉他手斥責我們。**這個拿去**，他遞上假香檳。

「敬凱特。」法蘭尼舉起一杯蘋果汽水。「今晚絕對是我們青春時期最棒的一晚。」

「敬以後更多精采的日子。」潔莉安補充。

「說得好。」我舉杯附和。

凱特搖頭，似乎對我們的吹捧很不好意思。她抬頭看我們時，用手指遮住臉，但手指又不是完全密合，我剛好看得到她眉開眼笑。

「你們有可能比『護城河』更瘋狂嗎？」她放下手。潔莉安微笑，那一刻，我彷彿看到未來三十年的我們——即使以後成為忙碌的律師、永遠不得閒的醫生、孩子學校的志工，即使我們曾經懷疑能不能永遠當朋友——在那一刻，所有疑慮都一掃而空。

法蘭尼用手蓋住杯子用力搖，我因此客氣卻嚴厲地警告他：「呃，想都不要想。」

可是法蘭尼不理我，搖得更用力，然後放開手，讓汽水噴得到處都是。看到法蘭尼雀躍的樣子真好，即使只有一晚都好。

「沒有人比我們更瘋狂。」他追著我們跑。「沒有人比我們更瘋狂。」我們一起大叫，四處竄逃。

⌛

潔莉安和法蘭尼倒車離開我家車道，我們向他們揮手道別。凱特和我躡手躡腳經過廚房，下樓去地下室。

我開電視，我們肩並肩躺在沙發上，其實這並不容易，因為這張椅子其實只容得下一個人，但是有志者……

「傑克，」凱特說，「我有事情要告訴你。」

就是這時候了，她要告訴我了。

「有時……我。」她開口又打住。

「沒關係，凱特。」

「有時候……我病得很重，**非常**重。」

我轉頭面向她，全心全意聽她說，也關掉電視。「怎麼說？什麼意思？」

「我天生就有鐮狀細胞基因，我爸媽也都是帶原者。你聽過這種病嗎？」

「有，我讀過報導，但我可能不太懂。」

「總之我的紅血球會凝聚成一團，所以很難輸送氧氣到身體其他部位。大部分人的紅血球壽命有幾個月，但鐮狀細胞病患的紅血球壽命可能只有幾週，所以氧氣供不應求。有時我會好幾天、好幾週，有幾次甚至是好幾個月都很衰弱。」

「會痛嗎？」

「我總假裝自己有高耐痛力，可是，呃，對，非常痛。」

「我很為妳難過。」

凱特的手放在我的唇上。「噓。」她說。「我告訴你不是為了讓你難過，我不需要同情，不需要你或任何人的同情。我只是……希望你知道，因為……不知為何，我想告訴你所有的事。彷彿我希望你知道我的每件事情，聽起來會不會很詭異？」她稍微後退，才能看清楚我整張臉。「很恐怖，對不對？我的意思不是……」

現在換我把手指放在她的唇上。把手放到彼此的嘴上成了我們的新默契，是為了讓彼此知道別擔心，這裡很安全。

「一點也不恐怖，凱特，我覺得很好。」我說。「這是最棒的事情。我也有同樣的感受，我也希望妳知道我每件事情，每一件、每一點。」我看著她的眼睛，我們四目相交。我要她知道，這是我的真實心意，我們的感情沒有絲毫虛假。我抽開手，換上我的嘴唇，我們同時張開、闔上。我聽到她倒抽一口氣，感受到她的輕顫。

也許是我倒抽一口氣，也許顫抖的是我。

無所謂。

什麼都不重要。

怎麼會重要呢？

「我真的很喜歡妳，凱特。」我這麼說是因為怕說出另一個字，另一種更強烈的情緒。

「我不要你只是喜歡我，推特才需要按喜歡。我要你，傑克。」她在我耳邊低聲說。她的聲音傳進我的腦子，往下經過我的胸口。我連腳趾都能感受到她的話語。

也許是因為我的血液正從腦子改變路線，也可能是地下室的日光燈照得她的臉龐如此美麗，或者我就是因為這個原因才得到這個機會。事實就是，**我**只要凱特．愛德華。

別的都不要。

⌛

地球不是繞著太陽轉嗎?如果恰巧相反呢?如果太陽繞著地球轉,那就太怪了,對不對?

但**愛上**某人似乎就是這樣——

你本來好好地過日子,照常生活,事情會有輕重緩急,而你有你的志向——

突然間,你遇見命定的**另一半**。

你完全脫離原本運行的軌道。

對著新的中心繞著一圈又一圈。

希望不要失去重心。

然而,人總要發現失去了重心,才能醒悟。

看來一切都繞著信心轉。

曼德拉克大學的賭金

我緊張到幾乎無法看比賽。

我非常有把握曼德拉克會贏球，畢竟我來自該死的未來，但心情依舊緊張。總覺得有隻水獺在啃噬我的胃，而且這種感覺揮之不去，我的胃似乎是**水獺最喜歡的軟嫩木材**，是公水獺送給母水獺示愛的上等禮物。這些水獺在我胃裡鬧得天翻地覆，因為已經很久沒看到這麼精緻的木材，準備好好享用這批新戰果。

中場休息時，曼德拉克落後兩位數以上，播報員說曼德拉克大學能打進季後賽就該高興了，無論如何都該引以為豪。但是畢竟灰姑娘都得面臨午夜夢醒的命運，所以輸了也不必覺得丟臉。

觀賞下半場更為艱難。頭四分鐘，曼德拉克就像對上職業男籃的小學生。戰況慘烈，卻又不致於令人看不下去。於是我看了，只是雙手遮住臉。

不可思議的事情發生了。曼德拉克打出手感，沒有任何失誤，從場上各處投籃得分。曼德拉克的防守滴水不漏，敵隊甚至很難把球傳過半場，原本難以克服的領先差距不斷縮小。

觀眾看得出敵隊光環盡失，開始心慌意亂。敵隊成員憤怒叫囂，與裁判、隊友爭論。他們不理會教練，連一球都進不了。

曼德拉克的得分後衛閃過防守，優雅地衝進禁區，出手就是一個中距離的抛投。球先打到籃板中央方框上緣，然後漂亮進籃。播報員大驚：

……比賽只剩二十秒，曼德拉克頭一次領先！各位，這是體育史上最不可思議的反敗為勝！你們正在見證歷史……種子排名第十五名的曼德拉克大肚豬一路過關斬將，現在可能即將拿下他們第一次的冠軍獎盃……我實在太驚訝了……這就是運動賽事的精神啊！

我？我不懂運動賽事的精神，也不瞭解這對那些籃球員有何意義。但我知道這次勝利對我的意義，也知道我希望藉由這件事如何幫助凱特。

我跳起來，在地下室鬼吼鬼叫，跳起亂七八糟的舞步。媽非常困惑，因為（一）她不知道**我**這麼迷籃球，（二）我們和曼德拉克大肚豬球隊毫無關係。

「媽，這是非常典型的爆冷門故事。」我上下揮拳慶祝，動作激烈到差點肩膀脫臼。

她和我擊掌。「的確很不可思議。」

我的電話響起。

法蘭尼的父親：你怎麼知道？

我：什麼？

法父：你早知道他們會贏。

我：是因為這一隊的勝算最小，我覺得不如就押他們。

法父：我不相信，不過算了。恭喜！你發財了，希望我們去幫你領賭金之後，你不會因此沒命。

我（有五分鐘不知道該如何回答）……

我（五分鐘後）：我們需要擔心沒命這個可能嗎？

法父：不是我們。我再傳明天見面的時間地點給你。

我：沒命的事情只是開玩笑，對吧？我是說，我知道你在開玩笑，但還是問清楚比較好，因為我不瞭解賭博這些事情……

最後一則留言沒傳出去，因為我不想當個白癡，雖然我的想法很智障。他當然是開玩笑。對吧？

我一夜沒睡，以防萬一。

⧗

地點：艾利鎮公共圖書館。時間：下午四點。我停好媽媽的車便走進去。

法蘭尼的爸爸遲到十分鐘才姍姍來遲，看起來開心得不得了。也許他只是假裝，因為我贏得大獎，想殺我的人要他不動聲色，不准警告我——**絆住他，法蘭尼的父親，他們說，狙擊手要先在書櫃上架好槍。**

「嗨。」他走到桌邊時，我起身。

「嗨，大明星。」他丟出一個運動背包。「如果我是你，我會找個地方藏好。」

「好。」沒想到二十萬美元這麼輕。

「去廁所數，我在這裡等你。」

「我相信你。你拿了你那份嗎？」

他的笑容讓我想起法蘭尼，「我說過，這是你的錢。」

「那就謝了。」我說。「感激不盡，希望沒太麻煩你。」

「去收二十萬？麻煩？怎麼會。」他不以為然地揮揮手，我不知道他是認真的或語帶諷刺。我覺得他是說真的，因為法蘭尼爸爸有種氣質，人們會認定他以前不只經手二十萬美元。

「你現在要去哪？」

「什麼意思？」我問。

「去慶祝啊，你請客。」

「呃，好。」

他拍手，彷彿完成一筆大交易。「但我們先把錢拿回家，隨身帶這麼多現金真的會沒命。」

⧗

法蘭尼的父親先去酒吧，而我繞回家。車上放著一大袋現金，我比預期更緊張。如果警察攔我的車呢？如果他們搜車呢？如果——

我遵守所有號誌，例如速限、停車標示、讓路標示等等。我比往常更早打方向燈，安全返家。

快速掃視房間，我發現自己不知道要把一袋現金藏在哪裡，這是我第一次拿到一大袋錢。

桌子下或衣櫃裡**似乎**太明顯。

放在枕頭底下也太明顯。

我只好藏在床底下。

真有創意，我知道，但沒有人會看我的床底下。

⧗

「你不懂啦。」法蘭尼的爸爸說，粗魯的酒保同時在我們面前放下另一排烈酒。

「為什麼我不懂？」

「你看著你老爸時看到什麼？一個強者，對嗎？是你仰望、尊重的人。即使他做了某件事惹火了你，你還是愛他，這點絕對沒有疑問，對不對？」

我不確定我是否該回答。但他偏了偏頭，似乎是問**怎麼樣**？

「我們父子感情的確很好。」

「法蘭西斯柯看到我時，不會看到這樣的人。拜託，多數時候，他看都不肯看我。他怎麼願意？我可以給他什麼？我身上有什麼是他需要的？」

「他從來不想要錢，伯父，他——」

法蘭尼的爸爸揮揮手，杯子裡的酒搖晃了一下，但沒濺出來。「不必跟我**伯父來伯父去**。」

「抱歉。」我說。

「沒關係，你繼續說。」

「法蘭尼不要任何東西，他只要他的爸爸，你可以給的就是這一點。他始終只要你，不要別的。」

法蘭尼的爸爸拿起杯子，等我舉杯，我們碰一下杯子，一口喝完酒。說得更清楚一點，他仰頭喝完，而我痛苦地分成三、四口才吞下去。

「我不是有威嚴的父親，你知道。」他示意酒保再拿一輪。我努力用眼神暗示對方**不要**再上酒，但他已經開始倒了。「在我的老家，只要你害怕，很快就會完蛋。可是你知道嗎？你要聽真話嗎，傑克？我很怕，天啊，我怕來不及了。大家都知道我搞砸了，不只搞砸我自己的人生，也搞砸他的。媽的，我**知道**。但這並不是我所願。已經發生的事情，我無法彌補，但我可以確保不要再重蹈覆轍。我回來了，我確定我會留下來。」

「他必須相信你會留在他的人生。」

法蘭尼的爸爸點頭，「我會的，你看著吧。」

⧗

我已經有點醉了，而我還能神不知鬼不覺地溜進房裡，讓我頗為得意。此外，我迅速檢查床底下，確定自己沒遭小偷。萬事美好（除了頭痛、胃痛之外），因為法蘭尼的爸爸這次會去看球賽。沒錯，法蘭尼不會就此忘記他從沒來過，但這至少是個開始。好事也好，壞事也罷，一切總有個開始。

但是我的腦袋決定用各式各樣關於法蘭尼和床底下現金的問題折磨我，好比**如果法蘭尼知道我背著他和他爸爸打交道，會有多生氣呢？**

他會明白我這是做好事嗎？

知道我是為了救凱特？

我和他爸爸交手時，試圖改善他們的父子關係，如果法蘭尼知道了，會不會比較釋懷呢？

我睡著時，這些問題多半都沒有答案，只有一個開心的念頭在我腦中飛快旋轉——

法蘭尼的爸爸終於要去看比賽了。

騙子騙子，褲子著火了

只是他沒來。

法蘭尼的大比賽開始時，他沒出現。

中場時，他沒出現。

結束了，他沒出現。

最後的哨子聲響起，我們學校輸了，潔莉安、凱特和我衝上場，團團抱住法蘭尼，圍成**無條件的愛與支持友誼圈圈**。儘管他咬牙，硬擠出微笑，但顯然只是皮笑肉不笑。法蘭尼是我認識最好強的人，卻不太在乎這次輸球。

因為他有其他心事。

他希望見到的人沒來。

奶奶幫他說話。「法蘭尼，你老爸，他本來想……」

「他是我的**父親**，不是我老爸。」法蘭尼糾正她。

奶奶牽起他的手，「聽我說，小朋友，要寬宏大量。你不能恨他一輩子，法蘭西斯柯，我知道……」

法蘭尼打斷她，「妳才該對他寬宏大量，因為他是妳的兒子，妳本來就得為他加油打氣。我明白妳捨不得對他鐵石心腸，但我是**他的**兒子。他應該支持我，他不需要我的原諒。他至少必須先覺得抱歉。」

「小朋友，聽著……」

「抱歉，我愛妳，妳是我在這世上最愛的人。那個人唯一給過我的好事，就是妳。但現在我不能待下來，我得去走走，好嗎？對不起，我再打給妳。」

奶奶點頭，目光呆滯。「他給過我最美好的禮物，就是妳。」

法蘭尼走向奶奶，他的身形是她的兩倍，她整個人埋在他的懷裡。法蘭尼親親奶奶的灰白捲髮，又緊緊抱住她才放開。

「妳自己回家沒問題？」法蘭尼問她。

「去玩個開心，法蘭西斯柯。」她說。「跟朋友去好好玩吧。」

他點頭。「到家記得傳簡訊給我，讓我知道妳安全到家，好嗎？」

「誰敢惹你奶奶啊？」她笑著說。

「最好不要。」法蘭尼舉起兩個拳頭。他轉向潔莉安和我，「要走了嗎？」

「走吧。」潔莉安說。

「要去哪裡？」我問。

我們走進黑夜時，法蘭尼看了體育館最後一眼。「只要離開這裡，哪裡都好。」

⌛

我們從潔莉安的媽媽那裡偷了兩瓶紅酒，潔莉安開車載我們去她外公外婆位於艾利湖畔的避暑小屋。屋裡很悶，電器總開關也沒開，因為她的外公外婆兩週後才會過來。我們很高興可以一起休息放鬆。

潔莉安和凱特在屋裡四處點上蠟燭，我用手機放音樂，我們的影子就在牆上躍動。即使法蘭尼憤怒又傷心，最後也願意離開沙發，讓我們拖著他隨興跳舞。

他擺動肩膀。「我示範**應該怎麼跳**給你們看。」他說得對，他的舞姿好多了。

最後我們移到後院露台，雖然夜色昏暗，看不到湖面，但依舊能聽到水潑濺、拍打的聲音。

「我們還有機會，我說的是季後賽。」大家沉默下來之後，我說。

「安慰獎？」法蘭尼聳聳肩。「機會不大。」

「總是個機會。」

法蘭尼從口袋拿出一張紙。「也許你說得對，如果這件事能成真，天底下沒有不可能的事吧。」

「那是什麼？」潔莉安問。
「妳自己看。」他說。她抽走那封信，用手機的手電筒照明。
「我的天啊。」她低聲說，不斷搧紙，彷彿紙張著了火。
「怎麼了？」我問。
「寫什麼？」凱特也問。
「你進去了！」潔莉安跳上跳下地尖叫。「你他媽辦到了，法蘭尼！」
「進去哪裡？」凱特問。
我不必看信就知道了。
「惠提爾。」法蘭尼說。「我可以和你們一起上大學了！」
「太好了！」凱特尖叫，和法蘭尼與潔莉安一起狂跳。
「永遠的朋友。」我用最俗氣的聲音說。
然而我是真心誠意。
「我不知道你們怎麼回事，但這些紅酒不斷壓迫我的膀胱。」我走出房間。
「這就是傑克要撒尿的優雅措辭。」法蘭尼幫凱特翻譯。「這孩子挺不錯，就是酒量差。」
「才怪！」我大叫。
「撒尿撒準一點，羅密歐！」他在我後面大叫。

「我盡量。」

我一手扶著牆平衡，不知道是因為膀胱得到緩解，或是月光從旁邊的小窗戶灑進來的緣故，所有東西都蒙上一層黃暈。總之，我知道一切都會沒事。

凱特會活下來。

法蘭尼會和我與潔莉安一起上惠提爾。

也許我們四人可以一起租公寓，拍個自己的實境節目「四傻上大學」。我笑了，笑自己這麼開心，也笑自己有多幸運。

唯一需要修補的是法蘭尼和他爸爸的關係。

但還有時間。

我可以努力修正，直到成功為止。

「傑克，你的電話響了。」法蘭尼在門外喊著。

「可能是我爸媽，我等等回電就好。」

「不是他們的號碼。」

「就讓電話直接轉進語音信箱吧。」

「來不及了。」法蘭尼大笑。「我是傑克的答錄機，請問有何貴幹？」他依舊笑著。

然後他不再說話，我也聽不到他的聲音，只聽見女生們遙遠的歌聲。

「法蘭尼，誰啊？」我不確定他還在門外。「我們需要酒，我可以繼續喝了。」我沖水，搖搖晃晃走到水槽邊洗手，用水潑臉。我對鏡子微笑，倒影也對我笑，笑容更加燦爛、更加開心。

這時廁所門突然被推開，力道之大，門打到牆壁往回彈。

「你搞——」我想出去，但我還來不及說話、關水或擦乾手，就被推到後方淋浴間。

「你他媽在想什麼？」法蘭尼大叫。

我喘不過氣，法蘭尼的手不是壓在我的喉嚨上，但也近到足以讓我呼吸困難。

「法蘭尼，」我口吃，「你，說，什，麼？」

「你應該挺我！你自己有兩個完美爸媽還不夠，還要偷走我老爸？」

「事情不是這樣的，我只是努力——」

「沒有人叫你努力做任何事情！」

他舉起拳頭，我緊閉雙眼。

但我沒挨揍。至少挨揍的不是我的臉，法蘭尼一拳打在我下巴旁邊的壁紙上，打穿了灰泥板，灰塵和石膏落在我們的鼻子上和我的臉頰邊。就像有一次，我們想幫他奶奶做蛋糕，結果臉上的麵粉比碗裡的還多。

「我沒辦法叫他回電給我，一次都沒有。他沒來看過我比賽，沒來參加過任何活動。現在卻半夜打給你，活像你們是好麻吉？」

「法蘭尼，對不起。」

「對不起？你對不起？他為什麼打給你？」

我搖頭。「法蘭尼……」

「告訴我，他為什麼打給你，傑克。不要對我鬼扯。」

「我不知道。」我喃喃自語，否則要怎麼解釋真相？

「你不只背地裡捅我一刀，還是個該死的騙子。」

他放開我，我順著淋浴間的門往下坐，大口吸氣。

「如果你還搞不清楚狀況，我告訴你，我們到此為止。」我只聽過他用這種語調咒罵「折價券」。「你敢看我一眼，或看潔莉安一眼，我就打死你。聽到沒？」

「怎麼回事？你們在鬧什麼？」潔莉安的聲音活潑、輕快。「天啊，發生了什麼事情？」

她望進廁所，看到我坐在淋浴間地上，看到牆壁上的洞，又看到法蘭尼。

「傑克，你沒事吧？」潔莉安想過來，但法蘭尼阻止她。

「妳知道這件事嗎？」法蘭尼問她。

「法蘭尼，她和這件事情無——」我開口。

但他大步走來，表情齜牙咧嘴。「我叫你閉嘴。」

潔莉安把他往後拉。「我知道什麼，法蘭尼？」她問。「法蘭尼，你看著我！看著我！我知道什麼？」她捧著他的臉，逼他正視她。

「知道他和我爸的事。難怪我爸不要我，他有超級傑克啦。如果有個十項全能的兒子，誰還想理我？」法蘭尼大笑。即使我坐在淋浴間地上，都能看到他眼裡的淚水。

「寶貝。」潔莉安幫他抹掉眼淚。「寶貝。」她重複，牽起他的手。「我需要你。」

法蘭尼的表情柔和許多。

「我需要你。」潔莉安重複。「我**要**你啊。」

法蘭尼把她拉進懷裡，「我發誓，我絕對不會讓妳失望，絕對不會。」憤怒的他流著淚說。

「你不必發誓，我知道你不會，我都知道。」潔莉安輕聲說，我幾乎聽不到。「我們回家吧？寶貝，我們回家。」

法蘭尼點頭，任由潔莉安領著他離開浴室。臨走之前，兩人都回頭看了我最後一眼。

法蘭尼的眼裡燒著怒火。

潔莉安則是傷心、悲哀，表情寫著訣別。

我從未真正考慮過以下的可能。

前嫌盡釋

我已經四天沒和最好的朋友說話了。

凱特一直說他們只是需要時間，這是每個人對每件事的說法——**時間會解決一切**。如果他們知道我所知道的事情，對「時間」就不會有相同的看法，不會以為時間可以修補所有事情。當「時間」更多，通常只會搞砸更多事情。

所以我接到電話時，知道自己有其他事情可忙，簡直如釋重負。我告訴凱特這是驚喜，但每隔幾公里，她依舊不停地問**我們要去哪裡**？

「你的車呢？」這是凱特今天早上第二次問這個問題。第一次我假裝沒聽到，轉換話題；但第二次恐怕沒辦法再用同一招。

「賣掉了。」

「什麼？」她整個身子轉過來面向我。「為什麼？」

「車子有一些問題，不如趁還賣得了錢時賣掉。」

「聽起來像是胡說八道。」

「如果順利，車子的精神與我們同在。」我說。

她困惑得皺起臉，黑色捲髮在耳邊擺動。「你今天早上好奇怪。事實上，你這幾天都好怪。」

她說得沒錯，我最近很不對勁。如果你不斷倒數何時才能見到醫生，而且這次會診攸關女友的生死，你也會表現得非常詭異。

「對不起。」我說。

「無所謂。」她說。我們沉默地開了幾公里，她才又開口。「也許你有機會搞定我弟。」

「現在是誰胡說八道了起來？」我說。「不可能，他已經恨我入骨。」

老實說，想到兩天後要去凱特家吃飯，我就膽戰心驚。

然而，這件事還是很值得期待。

凱特睡著時，我們離目的地還有四十分鐘。開進停車場時，她剛好醒來。她盯著灰撲撲的大樓，說：「我們為什麼來這裡？」

我們候診時，凱特用各種問題轟炸我。如果把我比喻為敵軍領土，凱特的問題是無人機炸藥，那二十分鐘之後，我應該已經成了一片廢墟。

以下是對話的簡要概述：

傑克，我為什麼要填這張單子？

說真的，我們為什麼過來？

你可能不知道這個醫生有多貴吧？這次會診要多少錢？

你知道保險不支付他的醫療服務吧？

你知道就算保險支付，自付額也是天文數字吧？

我不懂我們為什麼要來。我們絕對付不起，你知道吧？傑克，我以前就告訴過你。

我們只是浪費時間，也是浪費醫生的時間。

何必白跑這一趟？

天啊，傑克，難道你就是因此才賣車？

我絕口不提，嘴裡只說著「溫情男友」該說的鼓勵話語：誰在乎花多少錢？妳的性命最重要。對，所以我賣車，如果有可能，我連我爸媽的房子都會賣掉。

但是我發現，有時重要的不是你說出口的話，甚至也不是你沒說的事情。那些話很酷，甚至有幫助。但是實際作為最重要，做就對了，無論做什麼都好。盡量做，當你覺得你已經竭盡一己之力，就繼續做。

護理師叫凱特的名字。

我不知道該不該起身，因為我不想自以為是，雖然我很想陪她進去。凱特站起來，「我希望你陪我進去。」

我站到她身邊。

大致說明：鐮狀細胞是什麼，索旺米醫生打算如何治療

凱特攜氧的細胞容易呈現鐮刀形狀。

這些細胞太僵硬，有時候會阻塞血管，因此器官組織無法得到需要的氧氣。沒有氧氣，她的身體就難以正常運作，無法行動自如，也難以呼吸，繼而導致劇痛和其他我不太理解的症狀。

但索旺米醫生帶領的團隊可以用這些，呃，酶，也就是鋅指核酸酶，植入她的基因。如果走運，就能修正凱特細胞變成鐮刀狀的突變，希望這麼一來也能複製她體內的健康細胞。

整個過程牽涉到兩次精心設計的注射療程。

「凱特需要兩次的注射。」索旺米醫生解釋。「這點至關重要。」

「第一次之後要等多久，才能注射第二次？」

索旺米醫生微笑。「很快的。我們會密切觀察她的進展，如果一切順利，大概只要等上六到七個月。」

對醫生而言當然很快，但她沒有六到七個月。如果像上次一樣，那我們只剩三個月。

「如果她更快接受第二劑會怎樣？」我問。

「她的身體還沒準備好，可能會休克。」

「什麼意思？」

「她可能會沒命。」

任務：盡量別出糗

凱特：不要理瑞吉就對了，他今天很離譜。

我出發去見瑞吉和愛德華家其他人的路上，凱特傳簡訊警告我。然而這則簡訊卻造成反效果，我還沒到她家，就開始在意瑞吉。

事實證明，我很難不在乎瑞吉。瑞吉認定自己在世上的任務，就是**博取我的注意**。

「傑克，這是瑞吉。」凱特說。「我弟弟。」

我伸手，「瑞吉，很高興認識……」

但瑞吉只是瞪著我和我伸出去的手，彷彿這隻手剛抓過屁股。「**傑克**，你敢傷我姐姐的心，」——他說**傑克**時咬牙切齒——「我就打爛你的臉。你試試看。」

沒錯，瑞吉比我小三歲，矮十公分，但是他的恐嚇擲地有聲。

愛德華家的其他人則親切多了。

甚至連她的父親都是，這倒妙了，我以為所有爸爸都**痛恨**女兒交男朋友。

也許愛德華先生不必浪費時間憎恨任何人，因為瑞吉已經包辦了這項任務。

「**傑克**，休想在桌底下偷碰我姐姐。」我們坐下來用餐時，瑞吉說。「你的手、腳給我放在我們看得到的地方。」

「呃，我不知道要如何讓你看到我的腳，但我盡量。」我想說笑逗他。

「瑞吉，」愛德華太太說，「你再瞎鬧，就會近距離看到**我的**手、腳。」

「我們要等綺拉才開動嗎？」愛德華先生的語氣似乎暗示他**不想**等。

愛德華太太聳肩。「凱特決定吧。」

「再等幾分鐘吧。」凱特建議。愛德華先生似乎不太高興。

瑞吉決定利用這段時間，玩個一回合的「問傑克一籮筐尷尬問題」。

他每次發問，都一定會咬牙切齒地再喊一次**傑克**。

「傑克，請問你交過幾個女朋友？」

「呃，什麼？」我望向凱特求救。

「瑞吉。」凱特說。

瑞吉不屈不撓。「不要『什麼』，傑克，回答問題就好。」

「呃，」我口吃，「這個嘛……」

「瑞吉，少煩傑克。」愛德華太太說。

瑞吉奸笑。「媽媽，我只是想跟他聊天。」

「我沒有太多戀愛經驗，因為大半時間都放在課業上。」我說。

愛德華先生咧嘴笑。「凱特說你是好學生，傑克。我們家也很看重學業。」

體內的溫度調節器開始加熱，儘管我前額已經開始冒汗。「我的成績還可以，我喜歡學習。」我說。但其實我是書呆子。

「**傑克**，我也喜歡學習。好比說，我相信我們都有興趣研究你是否想上我姐。」餐桌對面的瑞吉得意洋洋。

「瑞吉！」愛德華太太大吼道。「除非你想要我過去讓你難看，否則，我建議你趕快停止胡鬧。」

雖然愛德華太太威脅要痛打瑞吉，但他們一家聽到這個問題之後看著我的表情，彷彿希望我給個答案。

氣氛很尷尬。

我絕對不會回答。拜託，噁心死了，誰會和女友的家長和弟弟在餐桌上討論情侶之間的親密互動？

「瑞吉，昨晚安珀．芮好嗎？」凱特看著瑞吉的的眼神，彷彿只有兩人才知道彼此說些什麼。這就是獨生子的悲哀，沒有機會體驗手足互傳暗號的樂趣。

瑞吉往下坐，微微地搖頭，彷彿說**不要這樣，別這樣**。

「瑞吉昨晚沒見到安珀・芮。他和昆丁、強尼一起溫習生物。」愛德華太太說。

「這樣啊。」凱特挑釁地笑著，兩眼直勾勾地盯著瑞吉，猶如兩顆核子彈。「那就是我搞錯了。」

「瑞吉，也許我們飯後需要聊聊。」愛德華先生立刻接話。「就聊**生物**吧。」

「哈哈。」瑞吉不安地扭動著。「不用了，老爸，謝了。」

愛德華先生怒視瑞吉，「你以為自己可以選擇，其實不行。」

瑞吉惡狠狠地投來**多謝**的眼神，凱特捏捏我的手。崇拜啊，也許我不知道手足之間的暗號，但顯然姐弟較勁可以不擇手段。

「對不起，我遲到了。各位，非常抱歉。」綺拉衝進餐廳，忙不迭地道歉，親吻大家額頭，連我都親了。

我們手牽手祈禱，就連瑞吉在這三十秒內也放下他的仇恨，牽著我的手，沒私下偷捏我。

餐後，綺拉、凱特和我坐在前廊，吃冰淇淋和愛德華太太做的巧克力蛋糕。

我不禁想起，我曾經在雨中站在這裡過，想著凱特和我已經結束了。

「你們兩個很登對欸。」綺拉說。

「妳這麼覺得嗎？」凱特驚訝地問。

「妳姐姐曾經說錯嗎？」

凱特還來不及回答，門就被推開。瑞吉拿著碗走出來。

「瑞吉諾，不准你出來搗亂！」綺拉喝斥。

瑞吉嘟囔著，自己坐在台階上吃蛋糕。我們三人繼續開心聊天，最後聊到誰是威爾·史密斯的接班人時，瑞吉再也無法假裝漠不關心。

「當然是傑登[28]。」瑞吉說。「否則就說不過去了。」

愛德華夫婦拿著碗出來，而愛德華先生問我們都聊些什麼。他說：「你們這些小鬼有什麼毛病啊？應該問丹佐[29]的接班人是誰才對，那傢伙才是戲精。」

最後，愛德華家的人一個個回到屋裡，留我和凱特坐在台階上。院子外就是路燈，琥珀色的微光伴隨著我們的對話。「你對我而言意義非凡。」凱特直視前方空蕩蕩的街道。

我挪到她身邊，直到我們腿貼著腿。我牽起她的手，她的手還留著冰淇淋的餘冰，有隻螢火蟲在她鼻尖旁盤旋。「我願意為妳赴湯蹈火。」

她靠到我身上，嘴唇擦過我的臉頰。我考慮回頭查看她家人是否在附近，最後我決定放

28 Jaden Smith，美國演員、饒舌歌手，威爾·史密斯的兒子。

29 Denzel Washington，美國奧斯卡影帝、電影監製，作品包括《震撼教育》等。

輕鬆。我們四唇相交，張開又闔上，吻上彼此，最後結合得越來越緊密，彷彿最篤定的諾言。

⌛

凱特探身到我（媽）的車內，我們再次接吻。但顯然親得太忘我，才沒聽到她爸爸從後面走過來。

愛德華先生清清喉嚨。

凱特站直身子，而我不小心踩到油門，引擎空轉，幸好我的檔位還在P檔。

「爸，」凱特說，「有事嗎？」

「我可以和傑克談談嗎？」

結果，「和傑克談談」是要我下車的意思，隨著女友的父親走向陰暗的人行道。

「傑克，我應該和你聊聊你和我女兒的事情。」

我點頭。

愛德華先生繼續說：「你大概已經知道她經歷過許多事情。」

「是的，伯父。」

「長話短說，我女兒喜歡你，而你似乎也是個好孩子。我不想看到她傷心，她絕對不能有壓力，壓力會要她的命。」

「我也不希望她有壓力，更不能因為我而產生壓力。」我說。

「對。」愛德華先生走到屋子一條街外便停住。「所以你應該現在就和她分手。」

「抱歉，我沒聽懂。」

「喔，你非常明白，你是個聰明的孩子。也許你一片好意，但你和凱特交往絕對不會有好下場。傑克，你甚至連高中都還沒畢業。如果你真的關心她，你現在所能做的最佳決定，就是離開她。」

「我恐怕無法同意，伯父。」我結結巴巴地說。「我非常尊敬您。如您所說，凱特和我交往，對我們兩個都有好處。」

愛德華先生皺眉。「你覺得你比我瞭解我的女兒？」

「不，我的意思是，我只是……」

「孩子，你以為你比我瞭解愛情？」

「我不是這個……」

「你要是真愛凱特就放她走，傑克。如果你希望她過得好，就要放手。」

我們默默地走回去，凱特從前廊台階上跳起來，奔進我的懷裡。「爸，你有好好對待傑克吧？」她問。

愛德華先生微笑。「只是男人之間的談話，不必擔心，乖女兒。」他轉向我，手搭到我的肩上。「很高興認識你，傑克。」

我點頭，因為我無法做出任何回應。愛德華先生進屋。

「今晚很順利呢。」凱特抱住我的肩膀，眼裡都是笑意。

「是啊，」我努力微笑，「很順利。」

「怎麼了？」她看穿我的心思。

「妳確定我們交往沒問題？」

凱特低頭，「什麼意思？」

「我不希望對妳有壞影響，不希望因為我而讓妳不舒服。」

「我爸對你說了什麼？」

「沒事。」我說謊。「只是……我很在乎妳，所以……」

「每個人都自以為他們知道什麼對我最好，從什麼時候開始，我的想法不再重要？」

我將她拉到懷裡，也看到我們背後的窗簾動了一下，有人在偷看。「我不在乎別人說什麼，只要妳要我留下，凱特，我就永遠不會離開。」

她吻我。「我要你留下。」她說。

我也吻她。報以滿腔的愛，報以真心真意，我吻她。

⧗

還不到早上七點，我接到潔莉安的簡訊。

十分鐘後出來。

我下床，沒穿襪子和鞋子，她已經在前廊了。我坐在她旁邊。

「你這次真的搞砸了。」潔莉安說。

我咬緊牙關，「妳說得對。」

「你覺得會發生什麼事？當法蘭尼發現之後？」

「老實說，我希望他永遠不會知道。」

「現在你只關心凱特，關心**凱特**的情緒，保護**凱特**。那我們呢，傑克？你的朋友呢？陪你走過低潮的人呢？和你一起長大的朋友呢？我呢？」

「潔莉安，事情不該發展到這個地步。」

「沒錯，因為你答應過我，你會永遠陪伴、支持我。現在離**永遠**還很遠，而你已經食言了。」

「我想幫法蘭尼，現在還是想幫。」

「傑克，你不能用你自以為是的方法幫助別人。不是說你的出發點是一片好意，就可以做蠢事。」

先是凱特的爸爸，現在是潔莉安。十二小時之內已經第二次有人告訴我，不能光靠善心與好意。

「我該怎麼辦？法蘭尼不回電話、電郵或簡訊。」

「他需要時間，也許需要很長一段時間。」

我以前都以為我只需要時間，現在——

「如果光靠時間也不夠呢？」

潔莉安皺眉，「不能不夠。」

既然法蘭尼正處於「我痛恨傑克」階段，我又希望他快快結束這個階段，便決定不顧他說要海扁我的警告，決定去找他談談。

但是我到處找不到他。

他不在家。

不在健身房。

也不在潔莉安家。

我突然有瘋狂的想法，從他饒我一命算起已經過了七十二小時，也許他已經找到另一個麻吉。

我終於找到法蘭尼之後，我的疑問不是**他在這裡做什麼**？而是**我怎麼沒早點想到**？

「林子」。幾年前的夏天，我們在我家後面的樹林蓋了一個樹屋。外面的牆壁斑駁、覆滿青苔。屋頂會漏水，陽光也會從縫隙透進來。

「嘿，我說過我不想跟你有任何瓜葛。」我一從地板探出頭，法蘭尼就開口說道。我以為他會把我的腦袋當地鼠敲，結果他只是轉身面向樹屋唯一的窗戶，不想看我。我撐起身子爬上去，靠著法蘭尼對面的那道牆。

「我不該背著你和你爸打交道，我錯了。我很抱歉我傷害了你，而你絕對不會對我做這種事情。」

「你說對了，我不會。」

「我只能說我是一時沖昏頭。我只想著凱特，她生病了，病得很重。我想了一個點子幫她籌錢找醫生，但我需要有人幫忙，就想到你爸。我應該也要想到你，我沒想清楚你和潔莉安會有什麼感受。我很自私，真的對不起。我只能說，如果你再給我一次機會，我會盡力成為更好的朋友，盡力做得更好。」

法蘭尼轉向我搖頭。「怎樣？我現在就該原諒你？我應該說，**嘿，老兄，誰不會犯錯，**然後和你擊掌、擁抱？不可能。我還沒準備好，還差得遠呢。」

我點頭，「對，我知道。」

「該死，你不必一副中槍的死樣子。我只是說，我需要一點時間，再看看吧。」

現在，每個人唯一的話題似乎都只剩下「時間」。

和好簡訊

顯然，所謂的「一點時間」是兩天。

法蘭尼傳給我和潔莉安的群組簡訊——

法蘭尼：我們今晚要練習還是要去派對出糗？

我：呃，我選第一個。時間、地點？😀

潔莉安：我家！現在！😀

我兩手環繞法蘭尼的脖子，彷彿跳慢舞的姿勢。

「我好想你，大個子。」我在潔莉安家的車庫說。

他努力忍住不笑，捧住我腦袋的模樣彷彿準備灌籃。

「嘿，」他對潔莉安說，「妳的這位朋友是怎麼回事？」然後他笑了，世界瞬間變得沒那麼可怕。

潔莉安咧嘴，衝向我們，跳到我背上，把我和法蘭尼撞倒在老舊的橘色沙發上。我們三人再次扭成一團，感覺是那麼理所當然。

我們想把對方摔到沙發外。這是我們以前常玩的遊戲，假裝沙發是只能載一個人的救生艇，另外兩個必須被擠下去。一如往常，潔莉安獲勝，在椅墊上跳上跳下。

法蘭尼和我肩並肩地躺在潑了漆的水泥地板上，他轉頭向我說：「這次就算了，下次你再——」

我舉手制止他。「不會有下一次。」

他點頭。「很好。」

我們向對方示意**好**，**來吧**。接著又再次跳上橘色沙發，努力爭取海上求生的機會。

方帽與長袍

畢業典禮當天，爸已經徹底進入**捕捉永遠的回憶**模式。

昨晚，爸坐在廚房中島邊，用他特製的軟布清理十四個不同的鏡頭，他反覆檢查光圈，猶如獵人在狩獵前再三檢查獵槍。

爸是獵人，特殊場合就是他的獵物。

今天爸爸鎖定的是我。

但我沒抱怨。我知道家長為何看重這一天，這是他們孩子通往成功的重要里程碑。媽的眼睛從昨晚就開始漏水，直到這一刻都還用手帕拭淚。

「媽，妳還好嗎？」我問。即使知道她是喜極而泣，但看見自己的母親落淚還是很難過。

「我的寶貝。」她說，彷彿這句話就足以代表一切。

至於我，我不禁感到自豪。

感到關愛。

感到害怕。

我只能想到然後呢？接下來呢？

答案一方面是上大學，但多數是我不知道的未來。

我看著戴方帽、穿長袍的自己。我對鏡中人說，**祝你好運**。他回答，**你需要好運**。我沒異議。

我環視房間，已經有種我不再屬於這裡的感覺，彷彿這都不是我的東西。以前，把房間漆成螢光藍似乎是個天才點子，但如今這片可怕的牆壁與我無關。地毯上各種飲料汙漬猶如外星動物的花紋，與我無關。貼在衣櫃的海報，與我無關。沾滿我的汗水和氣味、我最愛的舊毯子，與我無關。放了太多書歪歪斜斜的書櫃，與我無關。這些都是誰的東西？我腦中又是誰的記憶？我覺得我已經充滿了記憶。我懷疑自己怎麼可能再裝進任何事情、任何人？我怎麼還能裝入其他回憶？

我慢慢望向門框，以前我背貼著木框，讓爸爸用鉛筆畫出我的身高，還在旁邊寫下年紀。我笑了，因為，靠，我好矮。

電鈴響了，我把燈關上。

媽在樓下喊：「傑克，凱特來了。」

我跳下樓梯，一次跳了十二階，就像我小時候一樣，只是這次絆到腳，差點摔斷脖子。

我因此想起**真的**摔斷脖子那次，就是開啟這一切的那刻……雖然我不知道現在到底算什麼。

無所謂，因為我現在覺得再也不會破壞任何東西。我所向無敵，地球美妙地轉動著。

⧗

凱特容光煥發，這麼說很陳腔濫調，理所當然。可是——

看看她。

她魅力四射，有她的地方就有光。

「妳來了。」我對凱特說。爸媽站在背後，我可以感受到他們，感受到他們覺得**不敢相信我們的兒子竟然真的交了女朋友**，**此刻還站在我們家**。

然而，我眼裡只有凱特，我只想著凱特。

凱特身穿白色花洋裝、藍色高跟鞋，右手抓著藍色手拿包。她微笑，我們陷入尷尬的雙人舞，就是無法決定究竟該擁抱，或是快速親一下。我們差點撞到彼此的頭，我吻她的臉頰，感受到她的面孔熱辣辣的，但也許發熱的是我。她伸手調整我的方帽。

「畢業快樂，麥小傑。」她說。

我聳肩，「這只是高中畢業典禮。」

但是凱特在這裡，一切都更有意義。

我甚至不在意爸爸不斷地幫我們拍照。

三十週年慶

二十分鐘後，「開心果」就要上台（也就是後院陽台），媽叫我到門口。我放下一盤精美的蘇打餅乾，過去時，剛好看到媽熱情地用力擁抱某個人。

「嗨。」凱特輕輕揮手，終於從媽的熊抱中解脫。

「嗨。」我說。

媽退後一步，目光在凱特和我身上跳躍，彷彿在觀看網球比賽。

「妳來了。」我終於開口。我越過媽，領著凱特到外面人比較少的後廊。「哇，妳看起來……**哇**。其實，我想到的是**美極了**，只是我不希望口氣像妳的曾祖父。」

她微笑。「放心，我的曾祖父不會這麼說，他比你酷多了。」

「哇，妳好毒舌。」我揪著胸口。「不過，比我酷也沒什麼好驕傲的，要遜到爆才有可能贏過我，因為……」

她親我的臉。

「我做了什麼好事，可以得到此殊榮？」我問。「我這樣問，是因為我希望妳再做一次。」

「我該從哪裡說起呢？」

「好高興妳來了。」我差點說**這次**，幸好及時打住。

「謝謝你邀我來……派對在哪裡舉行？」

「喔，對，派對。妳來這裡，不是只為了站在我家後廊，跟我大眼瞪小眼？」

「我以為那是**下週**。」她說。

「妳說得對，是下週。」我附議。「抱歉，我一直搞錯日期。」

我牽著她的手，帶她到後院。

「哇，你們好厲害，布置得真優雅。」

「都是我媽一手設計的。她揮手指一指，我們父子就把東西搬來搬去，直到她灰心氣餒，認定一切已經夠美。」

「她的品味很好。」

「我覺得我更好。」我的手指滑過她的肩膀。

她開玩笑地推開我，「你很噁欸，這是你爸媽的結婚週年慶。」

「為什麼不行？如果把握機會，也可以是**我們的**週年慶。」

「夠了，那是你說過最恐怖的話。」

「我早說過我一點也不酷。」

「要我說幾次？**因為這樣**我才喜歡你。」她又親我同一邊的臉頰，我頓時無法控制自己的面部肌肉。

「她來了！讓我最好的麻吉更上一層樓的女人。」法蘭尼在草地另一端大喊。

他和潔莉安戴著成套的墨鏡，潔莉安的是黑色，法蘭尼的則是桃紅色。「墨鏡很帥。」凱特告訴他。

「拜託，凱特，都怪妳。」我抱怨。

「謝謝，凱特。我跟這個野人說過，真正的男子漢才有辦法戴出這麼大膽、時髦的眼鏡。」法蘭尼得把墨鏡往上推，才能對我們眨眼睛。

「準備好搖滾了嗎？」潔莉安示意我們上台。

「一生下來就準備好了。」我伸出手，法蘭尼迅速疊上他的手。

「我的中間名就是『搖滾』（Rock）。」法蘭尼撇嘴，我從沒看過他這種表情。

「那你一定是姓『重』（Hard）囉。」潔莉安疊上她的手之前，先和凱特擊掌。

凱特大笑。

「妳還在等什麼，凱特。」我說。「趕快伸出手。」

「我又不是你們樂團的一員。」她抗議。

「妳會搖滾吧？」潔莉安說。

「會重搖滾（Hard Rock）吧？」法蘭尼補充。

還在大笑的凱特把手疊上來。

「好，準備好了。」我說。

「喊到三開始重搖滾。」法蘭尼睜大眼睛大叫。「一、二、三……」

⧗

這一天如此完美，很難相信今天也是另一個紀念日。

就是這一晚，一切變成黑白。

但是這次凱特不在醫院。

她的治療有成效，索旺米醫生說，甚至比我們所希望的更好。有十幾個理由可以樂觀看待，可以開心面對。

所以，我為什麼這麼害怕？

「也許妳今晚可以留下來。」我建議凱特。

她大笑。「你是說住你家？還得到你爸媽的同意？」

「為什麼不行？」其實爸媽聽到我要留凱特過夜，恐怕不會太開心。但今晚，我不能讓她離開我的視線。

無論我如何苦苦哀求，凱特都不肯。「我早上和綺拉有約，你今晚應該好好陪你爸媽。」她堅持。

她不肯改變心意。

甚至不願意讓我送她回家。

「回去陪你爸媽喝到醉。」她笑著說。

「放心，傑克。」潔莉安發動引擎，向我保證。「我會送她安全回家。」

⧗

爸媽和我喝一瓶紅酒，我聽他們回憶交往的經過，閒聊婚後第一年的狀況。我心想，如果我認識年輕時代的父母，不知道是什麼光景。我會覺得他們很酷嗎？我們會成為朋友嗎？如果像電影《回到未來》的情節，我回到過去和我媽一起參加畢業舞會呢？光想像就不舒服（針對最後一個問題）。

上床前，我將手機音量調到最大聲，以防萬一。

我打給凱特，她沒接。我傳簡訊，要她隨時打給我。

法蘭尼、潔莉安和我傳簡訊到清晨。我決心整晚不睡，也許這樣就能改寫歷史。

我聽到鬧鐘聲，於是醒來，那時大概是半夜。

我甩掉睡意，伸手拿電話。

那不是鬧鐘聲。

「傑克，我不知道我是怎麼了。」凱特對著電話大叫。

「等等，什麼意思？怎麼回事？」

「我好像很不舒服。」她說。

「不可能啊，妳接受治療了。索旺米醫生說——」

「傑克，我很害怕……這次感覺不一樣，比以前更糟糕……我不知道該怎麼辦。」

「妳在哪裡？」

凱特的呼吸變得急促。

「凱特，妳在哪裡？我過去。我馬上叫救護車，告訴我妳在……」

我衝到樓梯。我不敢相信，事情又重演了。

「傑克……」她的聲音微弱。我聽到「砰」的一聲，也許是手機落在地上。

「我來了。」我對她發誓，儘管我不知道她人在何方。

我衝下樓，仔細地踩著每個台階。我走完樓梯，沒有跌倒，沒有致命的絆倒，沒有眼前一片漆黑。二十秒後，我開著爸爸的車子，倒車離開。

另一劑。我心想，凱特需要第二劑。

⧗

我在車裡撥電話。電話響了好久，我以為會轉進語音信箱，結果——

「喂？」

「你說謊。」我對他說。

「什麼？你哪位？」

「你說你可以救她。」

「傑克嗎？」

「她還是會死，對不對？」

「傑克。」他說。我聽到遠方有人說話，聽到他蓋住話筒，所有聲音都變得模糊。「傑克，聽我說。」他又開口。

「告訴我真相，醫生。」

「醫藥的唯一真相就是——沒有真相。我們不知道，我們進行醫護，但不是每次都能做對。所以我們才說**行醫**，有時我們也錯得離譜。」

「可是你不一樣。凱特，他們全家都相信你，大家都說你最棒。」

他久久沒有回話，接著是長長的嘆息。「我希望我能更棒。」

「……」

「傑克？傑克？你還在嗎？」

「晚安，醫生。」我把手機丟到副駕駛座。

我踩油門，車子突然往前衝。

我實在不知道自己這是在做什麼。有可能這一切都是假的嗎？也許我昏過去了，這都是麻醉藥的副產品，一切只是我的潛意識作祟。又或者我的一生都是精心策畫的戲劇，是一齣成本中等的實境節目。每個我認識的人都是領薪水的演員，就像那部電影《楚門的世界》[30]。如果爸媽根本不是我的親生父母呢？如果潔莉安和法蘭尼只是扮演我的好麻吉？凱特也是。如果她……如果我們不是真的談戀——

接著，有炸彈爆炸。

至少一開始我是這麼認定，因為撞擊力道太大。車頭都皺在一起，彎曲的金屬猶如紙扇子。我覺得又熱又燙，還聞到煙味。有人、有東西發出尖叫聲。從哪傳來的呢？這時，我才知道是我，我正在大叫，而且停不下來。我沒辦法。然而，我吶喊也沒關係，因為我開始認為這不是軟弱或恐懼。這是我的戰鬥口號。即使我用爬的，即使拖著腳，也要趕到凱特身邊。我不在乎。

也許到頭來，這些事情都不是真的。

對我而言卻很真切。

「孩子，孩子，你還好嗎？」有位女士對著我的窗戶大喊。「天啊，我的天啊，我沒看到你，我發誓。我左右兩邊都看了，但你不知道從哪裡衝出來……」

我努力推門，車門卻動也不動。「退後。」我告訴那位女士。我踢開破裂的車窗，從駕駛座爬出來。但是我的雙腳無力，我倒在地上。

她的手觸碰我的肩膀，「你不要動，我已經打了一一九。」

我依舊站起來，雙腿搖搖晃晃；但我沒事，我不會有事。

「天啊，你做什麼？你不該亂動，這只會讓傷勢更嚴重。你可能腦震盪，也許骨折或——」

我從她身邊走過，開始往前走。

「我的女朋友，」我告訴她，「我必須去找她，她快死了。」

我聽到幾條街外有警笛聲，我加快速度，但還是不夠快，畢竟我的肺似乎著了火，右邊的膝蓋骨可能也斷了。我從沒想過膝蓋也會斷，我從沒聽過別人說**我不會有事，只是膝蓋斷掉**。

「天啊，車裡還有人嗎？你的女朋友？救護車快到了，醫護人員會……」

30 Truman Show，美國科幻喜劇電影，男主角楚門的生活就是由實境節目所建構，全球觀眾都能收看。

只是我不再聽到她的話。

我腦中只想著，我盡力了。我這麼努力修正每件事情，結果都失敗了。

我的瞳孔後面有刺眼的光線，我的腦漿在頭殼裡面旋轉，牙齒拚命打顫。我的心臟彷彿在颱風中接到電線外露的插座。

換句話說，來了。

又來了。

妳與我，第四次

我甚至沒辦法

比失去摯愛更糟糕的唯一事情，就是一再失去他們。

人們說**只要能再次見到他們、聽到他們說話，要我做什麼都願意**，但他們沒想到再度失去摯愛的感受。你不會更容易接受，應該說，反而更痛苦，痛苦太多了。

「抱歉，你堵住樓梯了。」凱特說。

「對不起，我馬上讓開。」我閃一邊，讓路給她，離開她的同溫層。

儘管我們一同經歷了那麼多，儘管我很高興她又活過來，我沒辦法再重來。

對不起，我就是沒辦法。

⌛

別恨我，但我要說句荒謬的話，而且是腦子有洞的蠢話。我逃離凱特的理由，簡直俗氣到不行。

三振就出局。

我剛想到（其實我之前就想過，只是我立刻把這個想法推到腦子最偏僻、陰暗的角落），也許我不該拯救凱特，也許我們甚至不該認識。也許救她一命的方法，就是走得越遠越好。

我已經揮棒三次，每次都落空，而且差得非常遠。

現在我出局了。

我做了我第一次就該做的事情。我衝進廚房，穿過人群，接著停住腳步，告訴圍著電視的人不要轉台，因為州立大學即將反敗為勝。**不可能**，他們不以為然，但我沒爭論。我擠過跳舞、喝酒的人群，終於走到她背後。

她轉身，彷彿知道接下來會發生什麼事情，彷彿她正等著我。

「傑克，」潔莉安說，「你做什麼？」

「做我早該做的事情。」

我把她拉近，望著她的眼睛，吻上她的唇。我等她推開我，但她沒動，反而張開嘴，溫熱的舌頭鑽進我的唇間，手扶著我的後腦勺。我沒料到會這樣，但也無所謂。

一切都會沒事。

如何背叛你所知道的每件事

我唯一意外的事，就是法蘭尼沒痛扁我……還沒有。

他推我，撞我，在學校走廊投來「法蘭尼希望你五馬分屍」的恐怖眼神。但到目前為止，他還不打算殺了我。

他決定要我承受任何痛苦，都是我活該。

也許聽起來沒道理，但法蘭尼對潔莉安很客氣，現在可能更客氣。或許俗話說得對，人總要失去了才懂得珍惜。

我不需要失去凱特，也能欣賞她。

但我依然失去她了。

當混帳很痛苦，知道前麻吉認為你是全世界第一大混帳，你又不能不同意，這一切並不輕鬆。

也許我心裡沒那麼得意，但能和潔莉安交往，我還是很開心。她懂我，也瞭解我。四年來和某人一起長大，是一大優勢。她陪我走過先前的人生，如今依舊在我身邊。

先人的失望

我盡量拖到最後才告訴爸媽。

當然，他們問了又問，**法蘭尼在哪裡？他還好嗎？你們兩人還好嗎？**

我重新拿起叉子，叉了幾個球芽甘藍。為什麼氣氛緊張時，桌上一定有球芽甘藍？每次用餐氣氛僵持不下時，桌上很可能都有球芽甘藍。我為這種蔬菜感到難過，真是吃力不討好，大家都恨你，因為（一）沒有人好好料理你，（二）你讓人們聯想到聽到壞消息的那頓飯。可憐的球芽甘藍，但其實我還挺喜歡的，因為媽媽通常都做得很好吃。

然而，今晚球芽甘藍的味道不一樣。

我從未看過爸媽這麼生氣。

尤其是對我。

為了讓各位便於理解，我準備了一張表格，列出高潮低潮。

爸媽的悲傷與失望一覽表

媽	我不敢相信你竟然會對法蘭尼做這種事！他是你最好的朋友，傑克！你們甚至一起洗澡！ 我無法說明我現在對你有多失望，真希望我知道怎麼強調這件事，但恐怕沒辦法。 好吧，如果失望從一分到十分，十分是最失望，例如你殺人放火。我會說這件事絕對有八點五分。
爸	他在這裡睡過幾晚？一千？三千？說一千天也不為過吧。 你媽和我努力教育你，我們所有朋友都常說你有多乖。現在他們會怎麼看你？ 法蘭尼的人生沒有太多好事，這下可以再加上「遭到麻吉背叛」。真是太棒了！

傑克，你為了潔莉安不理法蘭尼？絕對不能見色忘友，連我都知道。難道你沒聽過這句話？

我參加過法蘭尼每一場比賽，我沒錯過任何一場。現在，他和我兒子已經不是朋友，我再繼續去會有多尷尬，你知道嗎？你想過這件事嗎，傑克？

我知道法蘭尼會來家裡，因此每週都多買菜。現在呢？我要重新擬定每週的採買策略嗎？

我不懂，我們沒教過你友誼的重要性嗎？

你究竟是誰？你不是我認得的傑克。我的兒子傑克上哪去了？我那個朋友傑克呢？你告訴我。

說真的，你到底是誰？

傑克，你糟透了

我懂，那當然。**我**也很氣我自己。
告訴我，我該怎麼做？不斷嘗試同一件事？沒用的。
對不起。我試過，但失敗了。我再試，結果更糟糕。我還有什麼選擇？
真的，請幫幫我，我願意等。

⧗

這是第幾個教訓？隨便啦，總之，不要搞錯重播順序。
當你體驗同樣（至少非常類似）的經歷好幾遍，腦子很容易把所有場景全拼接在一起。
問題是你說的話，另一個人並不懂，因為有些瑣碎的小事改變了。

潔莉安：你在哪裡？

我：抬頭看。

她從正在搓揉的披薩麵糰中抬頭，看到我正在櫥窗前的「披薩乞丐」商標旁做怪動作。

我開門，強風把門吹得關上，發出哐啷聲。

「你遲到了，傑克．金恩。」潔莉安雙手交叉在胸前。

「遲到總比——」我打住，站到櫃檯後方親她，她皺起鼻子。

我幻想這一刻多少次了？我親吻潔莉安。潔莉安回吻。現在都發生了。

我們停止接吻，她咧嘴笑，一手插腰。「你要幫我複習法文，還是來吃我的臉？」

「呃。」我輕扣下巴。「當然是後者。」我彎腰再親她，她假裝躲開。

「寶貝，拜託。」她求饒。「我的法文要完蛋了。」

「才怪，妳的完蛋大概就是A⁻吧。」

「如果我上大學時要去法國當交換學生，就得學會法文。難道你不認為有必要？否則到時我怎麼幫我們叫客房服務？」

我的喉嚨一陣緊縮，因為我很難想像沒有凱特的未來。

潔莉安似乎看透我的心思，因為她問：「我們這樣做對嗎？決定交往這件事？」

我們不是第一次提出這個問題，而我每次的答案都一樣。「照情勢看來，似乎沒有其他方法。」

「是啊。」她的語氣不太有說服力。「你今晚會來吃晚餐吧？我媽做了你最愛的菜。」

「白腰豆香腸辣湯？」

「真是寵壞你。」

「妳媽還好嗎？」

潔莉安搖頭。「我們又陷入同樣的問題。」

「關於妳爸媽？」

「這個狀況中，有許多事情我都不喜歡，但我最不開心的不是我媽多憔悴，而是她的模樣對我的影響。我知道，這麼說很自私。」

「這不自私，小潔。妳有妳的感受。」

「孩子永遠不該同情自己的父母。我的意思是，不是因為這種事情。」她停止滾動麵糰。「我每次回家都覺得她正在等我，彷彿看到我就要跳起來，彷彿把所有留給我爸爸的精力都傾瀉在我身上。我愛我媽，可是……有時候，我實在受不了。她的狀況很差，一會兒開心、一會兒難過，一會兒笑、一會兒生氣……情緒起伏很大。何況她還重新布置家裡。」

「妳說家具嗎？她以前就這樣啊，不是嗎？」

「不只是家具，是所有家具。昨天我回家，所有鍋碗瓢盆和食物，總之就是整個櫃子裡的東西都攤在餐桌、流理台、廚房地板。」

「什麼？為什麼？」

「因為她覺得應該要排得更整齊。」

「哇。」

「是啊。」

「我聽了很難過。」

潔莉安點頭。「我一方面希望我爸回家，好好彌補我媽，她才能恢復正常。另一方面，又覺得最好永遠別再見到他。想見他和不想見的比例隨時在變，要看你何時問我。這是他捅出來的漏子，結果他跑了。他怎麼能拍拍屁股就走人？」

「不知道。但我相信他很想妳們，他一定在某個地方傷心、懊惱。」

「希望如此。」潔莉安說。「無論我何時想到他，總覺得他一定在哪個地方快活著。我看到他開心地仰頭大笑，哈。」

「法蘭尼的心情會和妳媽一樣嗎？」

潔莉安聳肩。「媽失去她的摯愛和最好的朋友，法蘭尼失去情人和兩個好朋友，你自己算囉。」

「我討厭數學。」

潔莉安在圍裙上擦掉手上的麵粉。「聽說『折價券』出獄了。」

我瞪大眼睛，「是嗎？」其實我早就知道了。

我明天要和法蘭尼的爸爸見面。

我早知道的理由

「侯根先生。」我伸手。

法蘭尼的爸爸大笑，抓住我的肩膀。「哈，看看你，長大了呢，還有鬍渣呢。」

我差點說**畢竟都已經八年了**，但最後只是微笑以對。

「伯父，很高興見到你。」

「你要嘛就叫我法蘭西斯柯，要嘛就別叫我。千萬別再叫我**伯父**。」

「好。」我暗自決定，不會再喊法蘭尼的爸爸。「我之所以想見你，是——」

「等一下。」法蘭尼的爸爸向服務生示意。「你們有沒有好喝的桶裝啤酒？」

服務生快速背出一連串名字。「就最後那個，大杯，甜心。」他對她微笑，她因此而臉紅，證實了這種高電力的笑容完全是遺傳。他回頭看我，「你說你約我來做什麼？」

我說了之後，他大笑了三分鐘，但同意幫忙。

「另外還有一件事，侯根先生。」

法蘭尼鄙視我，不代表我不關心他，或凱特。雖然我這次做出不同選擇，但我依舊希望他們幸福快樂，希望他們如願以償。

「我說過，不要**先生長先生短**。」

「抱歉，伯父，其實就是，呃……其實就是，你可能不明白法蘭尼有多想你。」

法蘭尼的爸爸咬著牙籤。我們來的這家燒烤餐廳是他選的，他說這裡有最棒的醃牛肉，雖然他大半只是狂灌啤酒。

我等他吃了一大口三明治，才說出法蘭尼可能不希望他知道的事情。

「法蘭尼十二歲生日那天，他在窗邊等你等了三個小時。即使奶奶說你不會來，他還是不放棄。雖然他心裡知道你不會去，也去不了。那是我們還小的時候，我唯一看過法蘭尼哭的一次。」

「法蘭尼？哭？很難相信他會在乎我在乎到哭。」

「你在牢裡時，他大概寫了一百封電子郵件給你吧，你知道嗎？」

他盯著我看。「我一封也沒收到。」

「因為他從未按下『傳送』。」

「他為什麼要這麼做？為什麼要寫不打算送出的信？」

「因為他怕你不回信。完全沒有你的音訊，可能好過寫了信又收不到回信吧。」

「蠢爆了。」他說。但我看得出來他口是心非。

「你知道為什麼法蘭尼雖然更擅長足球，卻還是堅持選籃球嗎？因為他記得小時候在公園看過你打籃球。」

「他記得？」

「法蘭尼還留著你的便利貼，你大概不記得了，你在綠色紙條上隨手寫了幾個字，貼在他的午餐袋上。法蘭尼還留著，就放在他專門放襪子的抽屜。」

「不可能。」

「真的，他以為我沒看到，常常偷偷拿出來看。」

我知道自己再度背叛了法蘭尼，透露他最深層的祕密。

但有時為了正確的理由，再怎麼不應該，我也得做。

醫生，醫生，快告訴我[31]

「請問這些針是什麼？」

「鋅指核酸酶。」

「她需要這兩針？」

索旺米醫生點頭。「如果沒打兩針，最後她會退回原本的狀況。」

「原來如此。」

「傑克，凱特打這兩針有困難嗎？」

「沒有。」我說。「沒問題。」

「因為你已經第三次或第四次提起這件事，如果你擔心費用，我已經告訴你——」

「不是錢的問題，只是……你確定沒辦法在更短的時間施打第二劑？」

31 Doctor, doctor, give me the news，這是〈Bad Case of Loving You〉的歌詞，講述情人就像醫生，能一解歌手的相思之愁。

「會有相當大的危險，傑克。」

「你會這樣說，是因為你試過？」

「我沒試過。」他坦承。「但根據研究……」

我身子向前傾。「醫生，難道不需要靠點奇蹟？」

「什麼？」

「我是說，科學是你的專長，但不需要信心嗎？不需要仰賴希望？」

「信心和希望當然也很重要，但如果……」他打住。「當然，信心和希望很重要。」

「醫生，我對你有信心。」

索旺米醫生在辦公桌另一端打量我。我繼續。「所以你願意治療她囉？」

「我想先見她，先認識她，再考慮是否要治療。」

「沒問題。」我告訴他。「但我先警告你，你認識她就一定會願意治療。你不可能在認識凱特之後不願意幫她。」

索旺米醫生在桌上兩手合十。「你認識凱特多久了？」

這個嘛，醫生，理論上而言，我們已經認識對方一年，但在這個時間點，凱特完全不認識我，因為我落入時空旅行的無限迴圈。但我是懦夫，沒再堅持到底，而選擇走另一條路，所以……

「事實上，我們不……其實……說起來挺尷尬，但是……其實也不奇怪，有時不必實際認識誰才能瞭解他們，你懂我的意思嗎？」

「傑克，你是說凱特完全不認識你嗎？」

「我不會說**完全**，也不盡然。」

「這樣啊。」醫生說。「那麼，請問你如何描述你與凱特的關係？」

「一言難盡。」

「一言難盡啊。」索旺米醫生重複說道，這是我進診間以來，頭一次看到他的笑容。「真希望我能告訴你，年紀大一點之後，事情就會變得比較簡單，但身為醫生，我發誓不能傷害別人。」

「很高興知道我不是唯一不擅長談戀愛的人。」

「好。」他已經恢復先前**少廢話**的表情。「如果凱特**不認識**你，你要怎麼說服她來見我？又怎麼同意讓你這個陌生人幫忙付診療費？」

「我自有妙計。」

才怪。

⌛

其實我有個計畫。

切記，我從沒說這是個好計畫。

「喂，請問是愛德華太太嗎？」

「請問是哪位？」

「請見諒，我是……呃……瑟爾古．馬歇爾．湯瑪斯二世。我是惠提爾大學的信託基金會委員，我們可以稍後再談我的資歷。」

「凱特出了什麼事嗎？」

「啊？請問這是什麼意思，愛德華太太？」

「我知道她的成績稍稍退步，這學期更常出入醫院。但我保證，她全心投入學習。」

「夫人，你不必保證，其實我今天打來就是這個緣故。我想確保凱特能繼續在本校接受教育。」

「我不太懂。」

「愛德華太太，事關她的疾病。我們希望幫助她康復。」

「你們想……我還是聽不懂。」

「我們準備以凱特的名義，捐款給世上最有名的血液學醫生。本校希望，他至少可以控制她的鐮狀細胞疾病。」

「我們無法負擔，她的父親和我沒有──」

「愛德華太太，這就交給我們，你們夫妻兩位不需要付款。」

靜默。

電話斷了嗎？「愛德華太太，妳還在嗎？」

「我在……請問你貴姓？」

「敝姓湯瑪斯。」

「湯瑪斯先生，我能否不客氣地問個問題？」

我裝出富裕捐款人的笑聲，那種笑聲介於**別鬧了**，以及**我就愛用五十元鈔票擦屁股**之間。「請說，愛德華太太。」

「你和我家女兒……你們兩個……你和我女兒上床了嗎？所以你才想幫她？」

「愛德華太太，老實說，我還沒正式認識過令嬡。我可以保證，我們之間沒有任何曖昧關係。基金會每年審查幾十個申請支援的案件，這都要感謝我們經濟闊綽的校友，因為他們想回饋摯愛的母校。而今年由令嬡雀屏中選。」

「她申請這個補助？是凱特自己填表？」

「不是，我們這是提名制。有同學提名凱特。」

「請問你能透露對方的名字嗎？是誰提名凱特？」

「恕難從命，我只能說，只要你們和凱特同意，我們就可以撥款了。我想確定府上的地址以及聯絡人資訊，我們才能保持聯絡。可以嗎，愛德華太太？」

又是一陣靜默。

「愛德華太太……」

「我無法相信有這種事，我很感激，真的。可是……抱歉我這麼疑神疑鬼，可是……」

「我會將正式文件寄到府上，親愛的，妳到時就能確定了。作業流程已經開始進行了。」

「我不知道該說什麼。」

「什麼都不必說，親愛的。你們養大一個這麼優秀的孩子，要道謝的是學校。」我清清喉嚨，因為我覺得聲音快分岔了。「請問可以開始著手進行了嗎？」

進退兩難，進退兩難

即使我假扮瑟爾古．馬歇爾．湯瑪斯二世（也許正是這個緣故），凱特的母親依舊不相信（完全可以理解）。然而，我轉發所有預約資訊，加上有惠提爾大學字樣抬頭的信箋（這要感謝神奇的 Photoshop 軟體）指出評估費用已經預付，還註明惠提爾大學不存在的校友聯絡電話，她終於開始相信。

我努力從遠方密切留意凱特的消息。

但這麼做很討厭，因為從遠方觀察別人，就像透過望遠鏡看。沒錯，你可以拉近放大，看到他們的一舉一動。然而，你能說你瞭解他們嗎？因為你錯過所有細節，不知道他們周遭發生哪些事情，不明白他們真正的感受、經歷。

近來，我人生最美好的時光都與凱特有關，這輩子卻無法認識她，更讓我覺得心情惡劣。她不是我的女朋友，不是我的朋友，甚至不是熟人。我對她而言毫無意義，她也應該與我沒有一點瓜葛。

可是——

她不可能不影響到我。

有時，那種感覺就像是背叛潔莉安。我花了許多時間安排診療、觀察凱特的進展、與索旺米醫生會談。醫生告訴我，因為凱特尚未簽署同意書，他無法與我討論任何與她治療有關的細節，甚至完全不該提起她。

今天，他特地在兩個會診時間的空檔，撥出三分鐘給我。

「我不希望你捲入任何麻煩，如果你覺得不該與我討論你的診療細節，我也明白，我不希望為難你。」我說。

「我大概覺得你有資格知道，但我也不清楚。傑克，一言難盡啊。」醫生說。

我大笑。

「傑克，為什麼幫助這個女孩？」

我聳肩，「只是回饋社會。」

他翻白眼。「拜託，傑克，這個藉口也太爛了。」

「因為她關心別人，照顧別人，也應該要有人來照顧她。她聰明又幽默，這個世界需要她活得越久越好。」

「原來是因為你愛她。」

「我沒有不愛她。」

⌛

但潔莉安沒那麼好唬弄。

她想知道我為何要去索旺米醫生的診所。

或是我怎麼突然對鐮狀細胞貧血這麼有興趣。

她想知道，如果法蘭尼也申請到惠提爾大學，我們該怎麼做。

我們找誰代替他在樂團的角色？

這些都是好問題。

而我都答不上來。

談談

我們開車上學途中，潔莉安告訴我：「法蘭尼說他需要找我談談。」

「何時？」

「放學後。」

「今天？」

「對。」

「很好。」

「是啊。」

「我應該在場嗎？」

「我覺得不妥。」

「好。」

「我不想再讓場面更尷尬，你知道嗎？」

「對，當然不要，妳說得有道理。」

「你放學可以找人搭便車嗎？」她問。我回答：「沒問題。」

我整天都乖乖上課，卻什麼也沒學到，只想著潔莉安要找法蘭尼談我們如何背叛他的信任，背著他交往。

⧗

「怎麼樣？」她一走進地下室，我就立刻發問。她回答：「我們傷了他，傑克。」

「我知道。」

「真的。」她挪開沙發的抱枕並坐下。「我們真的傷了他。」

「他說什麼？」

「其實並不多。大半時間是我拚命道歉，最後他看著我說，**你們大概不明白我有多愛你們兩個。**」

我沒料到會是這樣，覺得全身被捅了好幾刀。「該死。」我說。「妳怎麼回覆？」

潔莉安搖頭。「我沒說話，我只能坐在那裡自我厭惡。然後他牽起我的手說，**我只希望妳快樂，直到現在依然沒變。**」

「我這時就該被拖出去行刑。」

「我們兩個都應該。」潔莉安附和。「直接斃了我們，還算便宜了呢。」

闌尾穿孔

潔莉安和我一起去醫院探望她的親戚，對方闌尾差點穿孔。這時，一個我完全沒想到會碰到的人，竟然走進電梯並發號施令：「老兄，六樓。」

我通常不喜歡在電梯裡與人四目相交。電梯裡的空間已經夠不舒服了，畢竟大家只能默默站在矩形箱子裡，幾公分之外就是素昧平生的陌生人。

除此之外，還因為這個人的聲音。他說**老兄**，而不是**謝謝**，彷彿我的工作就是聽命於他，彷彿我是**電梯小弟**，隨時準備按樓層按鈕，迫不及待想服務隨便吆喝別人的混帳。

我馬上就認出他，但他當然沒理由認得我。就算認得好了，他給人的感覺也是『大家應該要認得他，而他不記得你的名字，甚至不記得你』。所以，乾脆稱你**老兄**。

我承認，這的確是有偏見。

我彈指，說：「嘿，你不是……」我本來要說**傅蘭德**或**沙德斯**，報復他叫我**老兄**，但我看到這傢伙太開心，甚至捨不得和他計較。「你是惠提爾的學生，對嗎？」我說。

桑德從手機螢幕抬頭看我。

「我們認識嗎？」桑德問。

「不認識，我只是在學校看過你。」

桑德完全不回應，繼續低頭滑手機。

「你怎麼會來這裡？」我問。

「什麼？」

「你怎麼會來醫院？你沒事吧？」

「一切都好，我只是來買煎魚玉米餅。」

我板著臉。「什麼？」

「開玩笑啦，放輕鬆點。我女朋友生病了。」

「她住這家醫院？」

「對。」

「她沒事吧？」

桑德聳肩。「她不是第一次住院。她幾乎一輩子都住在醫院，大概已經習慣了吧。」

「這種事情永遠無法習慣吧。」

「也許吧。」桑德又繼續看手機。「我本來應該忙著溫書，但我非來不可，總得來扮演溫柔的好男友吧。」

「不必啊。」

「什麼？」

「你不必勉強自己，沒有人強迫你來。」

「哈，你甩掉生病的女友試試看。」

各位到現在應該已經知道，我不是血氣方剛的人。

但我發誓，我拚命發揮過去、現在、未來的所有自制力，才沒海扁開玉米餅玩笑的桑德。

但我突然想起來，我自己也甩掉了生病的女友。

⌛

接著，就開始實施 B 計畫。

我先去櫃檯打聽她的房號。

然後衝到禮品店，買下所有鮮花，收銀員志工還借我推車來運花。我幾乎無法靠近電梯，因為花朵往四面八方竄出。最後終於進去，多數花瓣也還健在。電梯開始往上攀升，我胃部一陣翻攪，而且不是因為電梯的緣故。

我在她門外停住，無法止住反胃的感覺。**傑克，你來這裡做什麼？**但我的手不聽命於我，已經開始敲門。

「請進。」凱特說。

我把車子推進去。我看不到她，她應該也看不到我，因為我們中間隔了一道花牆。

「你走錯房間了。」她說。

我繞過推車，她就在我眼前，躺在床上，腿上放著一本書。儘管她盯著我看，但她顯然不認識我。雖然這在我的預料之中，但親自面對還是令我痛苦得無法言語。

「妳不是凱特．愛德華？」

「我是。」她確認。

「那就沒搞錯。」

我捧了滿懷的花朵，放到病房各處。

「誰送的？」她問。

插著黃色、紅色鬱金香的花瓶就放在窗台上。窗邊有一疊書，還有一些電影。是《她和她的小鬼們》，我們一起看過。其實比較像是我看電影，而她只是看我對她最喜歡的段落有什麼反應。**妳在幹嘛？**我被她看得臉都紅了。**我只是想看你的反應，**她說，**我想知道你是不是有同樣的感受。你希望我別這麼做嗎？我嚇到你了，對不對。**不對，我說，請繼續。

「有卡片嗎？」她問。

「沒有，小姐，我沒看到。」

她大笑，「請不要再稱呼我小姐。」

「喔，好，抱歉。」

「沒關係。」她指著推車。「我不懂誰會做這種事。」

「妳的男友。」我建議。

「你顯然沒見過我男友。」

好，我承認，聽到這句話我很樂，同時也覺得很傷心。因為她值得找個願意幫她買花放滿病房的男友。但她也值得找個不會因為處境艱難就拋棄她的男友，所以我也不必太得意。

「也許是妳爸媽或兄弟姐妹？」

「這不是他們的行事風格。」

我端詳她的眼神。我忍不住納悶，是不是在內心深處，她依舊認得我。也許她只要努力發掘潛意識，就會想起我們的點點滴滴。也許只要我說對話，只要我做出某個動作，或許她就會記得。但是她抓起手機，開始打字。

「妳知道了？」我問。

她抬頭微笑。「除非有人自動招認誰發動了鮮花攻擊，否則我恐怕永遠都猜不到。」

我點頭，「這樣啊。」

她低頭看手機。

「全拿出來了。」我故意把最後一束花放在她的桌邊。

「謝謝。」她沒抬頭。

「沒問題，榮幸之至。」我徘徊不去。我並不想離開，但如果我再不走，感覺就太可怕了，也許她會呼叫警衛。我在門口停下腳步，說：「保重，祝妳早日康復。」

我因為心臟狂跳，只好靠在走廊牆上喘口氣。

「等等！」她大叫。「嘿！」

有可能嗎？她察覺了？她想起來了？

我走進去，「什麼事？」

「蝴蝶蘭。你怎麼知道？」

「什麼？」

「蝴蝶蘭，又名蛾蘭。」

「對，就是那個……妳說的那種花。」

她大笑，「你怎麼知道，那是我最喜歡的花？」

「什麼意思？」

她咧嘴。「有那麼多花，你卻把蝴蝶蘭放在我的床邊。你究竟是誰？我們認識嗎？是誰安排你來的嗎？」

「我只是個醫院志工。」

「是嗎?你的紅色志工背心呢?」

問得好。「在乾洗店。」我努力忍住,沒有拍打自己的額頭。

她盯著我,一點也不相信。「總之謝了,你讓我今天很開心。」

「很高興我幫得上忙。」真希望自己能多說幾句,真希望我能在她身邊坐下,聊聊她最近的生活,並為我拋棄了她而道歉。

但我不能。

我拖著腳步走出病房,關上房門。要關門之前,我最後一次看她。凱特把虎百合湊到鼻子前,目光飄向窗外。花香觸動著我的回憶。

門喀一聲關上。

⧗

潔莉安在她親戚的病房外等我,嘴裡嚼著小紅莓乾果。

「你出現了。」潔莉安說。

「一切都好嗎?」我碰碰她的胳膊。「妳的親戚沒事吧?」

「沒事,我只是擔心你。你突然消失,又不接電話。」

我撈出手機，有九通來電、一大堆簡訊。其中只有一則來自潔莉安，其他都是媽問我要不要回家吃晚餐。「抱歉，小潔。」

她靠過來。「我很想你，寶貝。」

我雙手環抱她，感覺很美妙，她是這麼溫暖又舒服。

「傑克？」

「什麼？」

「你去了育兒室嗎？」

「為什麼這麼問？」我看著她的頭頂。「難不成有寶寶吐在我身上，我卻沒發現？」

「不是啦，我是說苗圃[32]。你身上的味道，彷彿剛剛在苗圃裡打滾。」

⧗

電影裡深愛對方的男女主角，無論經過多少障礙，最後有情人一定終成眷屬，對嗎？觀眾看到戀人經過真愛的考驗，總忍不住希望他們一定要在一起，無論付出什麼代價，他們最

32 原文為Nursery，同時有育兒室和苗圃的意思。

後必須過著幸福快樂的日子，對嗎？

只是天不從人願，不是兩個人都有對象，就是其中一人已經有伴。大家都知道，男女主角一定要討人喜歡，所以不可能無緣無故甩掉原來的情人。因此，為了寫出皆大歡喜的結局，編劇決定讓主角的另一半惹人嫌。觀眾才會痛恨主角的情人，為兩人加油打氣，希望他們結束惡劣的關係，奔向真愛的懷裡——

這就是好萊塢式的快樂結局，皆大歡喜。

可是，我和潔莉安的感情沒有任何問題，她幾乎完美無缺。除了一些沒有規矩的小事，例如她永遠從尾端擠牙膏（好奇怪），或是她不掀馬桶坐墊（真是斗膽！）。我唯一能怪她的，就是**她不是凱特**。

她不是凱特。

她當然不是。

她是潔莉安。

潔莉安非常好。

我們交往也很快樂，對嗎？

對。

既然如此，我為什麼覺得自己做錯了事？

像這樣

「我曾經，」潔莉安坦承，「想過我們最後會在一起。」經過了這一切，現在我已經不再多想這件事。但聽到她親口說出來，聽到她也和我有同感，又是截然不同的兩回事。

「真的？」

她歪著頭，似乎說出口時都還在斟酌。「也許不是**最近**，肯定不像……」

我們都知道她沒說出哪幾個字。

不像**這樣**。

但是，她始終沒說出口。那兩個字就像鬼魂，在屋裡揮之不去。

「總之，」她繼續說，「我以為大學也許就會有變化。如果不是大學，也許就是畢業之後，或是我們上不同研究所時。」

「是啊。」

「你成了名作家，而我也當上成功的娛樂圈律師……」

「最棒的娛樂圈律師。」我插嘴。

「我們在工作場合巧遇，那時都已經長大，單身，終於準備妥當，或是類似的狀況。」

「對。」我附和。「類似的狀況。」

總之，不像這樣。

圓筒提袋

他遞上黑色的圓筒提袋，一臉不可置信。「拜託，別這樣。告訴我，你怎麼知道？」我沒看。我這輩子只提過二十萬美元一次，大概跟這次的重量差不多。

「我走運。」

「少來，這不是走運，你事先就知道了，你一定知情。雖然我幫了你大忙，你卻不願意告訴我。」

「你要我說什麼？」

「實話實說就好，傑克。」

「我來自六個月以後的未來，所以知道曼德拉克大學會贏。」

法蘭尼的爸爸對我揮揮手。「隨便你，不說就不說，但這是我最後一次幫你下注，我收錢可不容易。你下次再變這種戲法，我們大概會成為湖裡的浮屍吧。」

「我不賭了。」

「很好。」他雙手抱胸。

「我還有一件事情要說。」

「隨便，我們到酒吧再說，你請客。但你要先把錢收好，我不容易緊張兮兮，但也不想冒險。」

⌛

那間酒吧是座鬼城。

座位末端坐了一對情侶，兩人面孔扭曲，女子不斷拿起酒杯，融化的冰塊在杯子晃啊晃。法蘭尼的爸爸點完酒，轉頭看著我，「你要說什麼？」

我決定直言不諱，「你都沒去看法蘭尼。」

他在高腳椅上往前傾，喝了一口啤酒。「喔，我最近很忙。時機成熟時，我就會過去。」

「就算你很忙，你也應該找時間。」我說。「你已經出獄好幾個星期，卻一通電話都沒時間打給你的獨生子？」

「你怎麼知道我做了什麼？」他問。

其實我也不是百分之百知道，但應該八九不離十。

「傑克，我幫你是因為你是我兒子的朋友，但我們之間的關係僅止於此。不要以為我們已經是朋友了，也不要以為你有資格跟我談我們父子的關係。我和他的關係，你管不著。」

「關係？你在說笑嗎？你們有什麼關係？」

法蘭尼的爸爸跳起來，凳子往後推。他對我揮拳，「小鬼，不要逼我出手。」

「我很抱歉——」

「你再多待一秒，恐怕不只是抱歉。」

「隨便。」我從口袋抽出二十元紙鈔丟在吧檯上。

「酒錢我付。」我說。「你就繼續擺爛吧。」

我呼喊爸媽，但是家裡沒人。

我踢掉鞋子，去廚房拿水。我倒在亂七八糟的床上，無窮無盡地盯著天花板看。

這時我才想起：

圓筒包。

我伸手往床下構提帶，沒有。我又撈了一次，還是沒有。我跪下來看，震驚不已。

因為我不必看就知道。

袋子不見了。

我嚇死了。我找了枕頭底下，掀開床單，做各式各樣荒唐的事情，例如拉開每個抽屜，翻開地毯——二十萬美元根本放不進小抽屜，或是一小塊地毯底下。

我在屋裡到處竄。

我找了每個縫隙，而且找了又找。一邊大吼大叫，咒罵著**我弄丟二十萬美元**這類有創意的話。

請注意，那些話一點也不酷。

多半沒有道理，總之一點也不理智。

臭狗屎大便虎百合。

這一類的。

我幾乎把整個家都翻過來，但只換來上氣不接下氣、滿臉淚水，我的面孔不斷顫抖。

我打給媽媽，電話直接轉進語音信箱。我差點把手機丟到牆上，但我忍住了。接著，我打給爸爸。

「爸，你有沒有，呃，找到……」我結結巴巴，聲音慌張又害怕。

「傑克，你還好嗎，兒子？你怎麼了？」

「我不好，我想知道你是不是有找到某樣東西。」

「找到什麼？你在說什麼啊？」

「一個袋子，爸爸。」我脫口而出，雖然我確定他根本聽不懂。

「什麼袋子？你惹上麻煩嗎，傑克？你需要——」

我沒聽到他後來說什麼，因為我把手機從耳邊移開，看著螢幕。有則簡訊傳來。

我有一樣你的東西。

二十分鐘後到「林子」。

⌛

我無法說明我們為何說那裡是「林子」，可能是因為它在森林裡。只是，確切位置其實是在林子裡最空曠的地方。

總之——

我從地板伸出頭，法蘭尼靠在牆邊，雙手抱胸。圓筒袋就在他腳邊。

「嘿。」我說。

「你他媽怎麼會有這筆錢？」

「我搶銀行？」

「傑克，你快給我老實說。」

現在是怎樣？每個人都要知道真相？

真相？真相？你才無法承受真相！[33]真的，你承受不起。我知道事實，而我都無法面對了。

「我賭贏。」

法蘭尼怒目而視。「你賭贏？你就只能想到這麼爛的理由？」

「這就是真相。」

「金恩，你還真屌，你自己知道嗎？」

「我賭曼德拉克大學拿下冠軍。」

「你說什麼？只有傻瓜才會押這種賭注。」

「我賣掉車子，拿出所有存款，下了這一注。」

「就算是真的吧，你也不知道如何下這麼大的賭注。」

「我找人幫我。」

法蘭尼大笑。「你老爸、老媽才不會幫你下注。」

我搖頭，「不是他們。」

「否則是誰？」

「這不重要，法蘭尼。」

「很重要，對我來說很重要。我要知道。」

「你去我家做什麼？你想來就來？都不用先問過？來我家洗澡、吃飯，隨手拿走別人床底下的錢？」

法蘭尼聳聳肩。「我有衣服丟在你家，手機充電器也在你家。我敲了門，但沒人在家，那更好。我不想看……總之沒人在最好。我從石頭底下拿出備用鑰匙。」

該死，那塊放備用鑰匙的假石頭。拯救凱特的計畫要完蛋了！

「把錢還來，我就——」

「你就怎樣，傑克？」

「我就不計較你隨便闖進我家。」

「你這麼聰明，但有時候真的蠢到家。這筆錢從哪兒來的？啊？傑克？趕快說，我們就別瞎扯了。」

「是你爸，好嗎？我說了！現在你知道了！開心了嗎？」

法蘭尼搖頭，「我早就知道了，我只是想聽你親口說。」他把提袋踢向我，袋子在不平的木板上歪斜移動。「拿走你的錢，他媽的離我遠一點。」

33 這是電影《軍官與魔鬼》當中的著名台詞。

「法蘭尼……」

「我以奶奶的性命發誓，如果你不趕快走下那個梯子，我就親自把你這個說謊、卑鄙、一文不值的小人丟下去。」

我相信他。

但我一方面又希望留下來激怒法蘭尼，讓他好好修理我。我早就該有報應，他也不該饒過我。

「怎樣？你覺得我說謊？覺得我不敢？」他吐了口口水，表情憤怒、雙手握拳。

「不是，」我說，「我相信你。」

無論如何，法蘭尼說到做到。

這點不知強過我多少。

我把提袋丟到地上，手放開梯子。

⧗

畢業舞會和畢業典禮旋風式襲捲高三這一年。

和潔莉安一起參加舞會很有趣，我們跳了一整晚。但我一整晚都想著，法蘭尼出現會有什麼後果。但他始終沒現身。

我的「不計代價躲避法蘭尼」招數已經神乎其技，他也一樣，我們幾乎神龍見首不見尾。我們的校隊打到比上次季後賽更前面的名次，不知道這和「法蘭尼——傑克嫌隙」是否有關。當然，也許答案是一點也不相干。

潔莉安和我去看他們打進季後賽的第三場比賽，潔莉安在熱身時對他揮手，他對她露出淺淺的笑容。聽說芮塔．馬奎茲是他的新女友，她就坐在我們底下三排，舉著她用馬克筆畫了圈圈和許多笑臉的海報，海報上有個超大的桃紅色箭頭指著她自己，內容是「西斯柯的啦啦隊員」。她不斷揮動海報，彷彿對觀眾搧扇子，那模樣就像自己獨挑大梁，要冷卻體育館的溫度。

法蘭尼在場上火力全開，沒錯過任何一顆籃板球，也擋下敵人每次的進攻。一如往常，他就是負責得分的人，一人獨得二十八分，達成五次助攻。

這次，他的球技為艾利鎮高中奪下勝利。

同學和他的隊友在球場圍住他。

我考慮去恭賀他，但最後還是決定不要冒險。可是他衝出人群，跑上看台，抱緊芮塔。

這時什麼都不說就奇怪了。

「很棒。」我說。

他搖頭，「很棒？」

「非常精采。」我修正。

「我的寶貝無人能擋。」芮塔捧起他的臉，兩人接吻。我心想，這應該就是暗示潔莉安和我可以離席了。

結果法蘭尼說：「你們會來參加慶功宴吧？」

「希望會很好玩，畢竟那裡是住宅區，所以很難說。」芮塔說。「對了，傑克，你不就住在那裡？」

我不知道該如何反應，「就在幾條街外。」

潔莉安微笑，「你們自己去應該玩得更開心，不過，還是謝謝你的邀請。法蘭尼，你人真好。」

法蘭尼不懷好意地看著我，「時間可以治癒所有傷口，是不是啊，傑克？」

「對。」我說。

但我知道，時間也可能造成重創。

⌛

潔莉安認為，法蘭尼的邀請是釋出善意。

「經過這麼多事情，我們怎麼能不去？」她推斷。

因此，我跳上爸爸的車。沒想到法蘭尼上了副駕駛座，還繫好安全帶。

「芮塔也開車來。我請潔莉安坐她的車，男生、女生各開一部車過去。」

「好啊。」我說。

「況且，我們應該聊聊。」

「好，聊聊是好事。」

頭幾分鐘，我們沉默不語。後來法蘭尼用指節輕敲窗戶，打著想像中的節奏。

「樂團怎麼樣？」他終於開口問。

我玩著收音機按鈕，但沒轉開。我小心斟酌字句，回答：「沒有你，一切都不一樣。」

「喔。」他說。

「聽我說，法蘭尼……你……我，我相信你聽到也不會意外。我一直很嫉妒你。」

「什麼鬼？」法蘭尼大笑。

「我是認真的。早在你和潔莉安交往之前，我花了一個月，就為了鼓起勇氣約她出去。」

「你從來沒提過。」

「我該說什麼？『嘿，法蘭尼，你偷走我的心上人？』」

「你應該提的，早在我迷上她之前就該說。」

「也許吧。」我承認。「我大概希望自己能擺脫這種心情。」

「可是你沒有，然後耍賤招，背叛你最好的兄弟。我甚至不明白你為什麼看上潔莉安，你可以挑任何人。如果你不明白這件事情，也許**你**才不值得擁有她。」

他說得對。我假裝世上只有自己看得出潔莉安有多好，彷彿只有我有權利知道「潔莉安不同凡響」，一次也沒想過法蘭尼也看得清楚透徹。我告訴自己，沒有人瞭解我和潔莉安有多投緣，有多合得來。或許法蘭尼也有同感。

「你搶走潔莉安已經夠糟糕，還背著我跟『折價券』往來。除了利用他幫你賺錢之外，你找他做什麼？」

「呃，只是，我聽說他出獄，呃，我不知道，大概是希望幫你吧——」

「是幫你自己吧。你每件事都是為你自己著想，不要再自欺欺人了。」

「我希望他知道你有多棒，他瘋了才會浪費時間，不陪你好好長大。而且你值得更好的待遇。」

「你少碰我的家人。」

「法蘭尼，我無意……」我不知道該如何說完，我無意怎麼樣？無意毀了我們的友誼？無意讓他傷心欲絕？既然我**沒有那個意思**，也許可以做得更好。

「不要再叫我**法蘭尼**，請稱我法蘭西斯柯。」

「對不起。」

「你做這些事情，我大可以殺了你，但我沒有。我至少可以讓你好看，可是……我不知道，也許我把忠誠看得太重，所以才會放過你。小子，你用光我的耐性了。你再多管閒事，我就不會輕易放過你，聽懂了嗎？」

我點頭，「我明白。」

「最好是。」

「對不起，法蘭……法蘭西斯柯，我真的很抱歉。」

「才怪，你只是愧疚。道歉和愧疚是兩回事。」

「我**真的**抱歉，大概也很愧疚。」

「整個籃球隊都想給你好看，但我阻止他們。」

「我不知道你希望我說什麼。」我在「停車再開」的標示前停得比平常更久，才能轉頭面對他，才能聽到他真正的心聲。

「你什麼也說不了。」他開門，沒入沁涼的夜色裡。

「你要去哪裡？還有五、六條街才到。」

法蘭尼聳肩，「我想走一走，今晚聽到太多廢話了。」

「法蘭尼，如果你這麼恨我，剛剛何必上我的車？」

法蘭尼聳肩。「我以為我們之間還有值得留戀的情誼，畢竟我們當了一輩子的朋友，但我顯然誤會了。」

「別這樣，我懂。你說的都對，我開車載你去參加派對，然後……如果你再也不想跟我說話……好……我希望……我也只能接受。」

法蘭尼彎腰，從副駕駛座門邊探頭。我見過他這種表情，通常他之後就打算把某人打到外太空。「你說你嫉妒**我**，傑克。**你**嫉妒**我**？你幾乎**應有盡有**，你有真正關心你的爸媽，他們始終陪在你身邊；你住在安全的鄰里，有個漂亮的家；你回家就有熱騰騰的飯菜，不必忙著自己張羅；你要多少衣服就有多少衣服。你還有一整袋的現金。而我有什麼？我都不知道呢。但我至少擁有你。有一個好朋友，這個世界就沒這麼冷酷。後來我還很走運，人生中出現另一個好人……就是潔莉安……有了她，這個世界不再那麼無可忍受，一切都變得更好。你奪走她，就像其他人奪走我身邊每樣好事。最糟糕的是……我絕對不會對你做這種事情，絕對不會。對我而言，你和我是好兄弟。但原來那都只是謊言，因為兄弟不會對彼此做這種事情。」

我坐在「停車再開」的標誌前，等著他回頭，等著他重新考慮。但他不會再回來，他戴上帽兜，頭也不回地往前走。

我慢慢開去派對，心想，最好給法蘭尼一點時間冷靜下來。只要我開車繞得夠久，也許可以想個辦法，讓他不要那麼恨我。但我抵達時，他還沒到。

「法蘭尼呢？」我問芮塔。

「我才要問你哩。」她說。「他沒接電話。」我看得出她憂心忡忡，潔莉安也是。

我想說些話安慰她們，到頭來我卻不記得自己是否有開口。但那也無所謂了，因為我可能會說蠢話，例如**我相信他沒事**。

其實不然。

法蘭尼始終沒來參加派對。

原來他抄的捷徑，其實沒那麼短。

最糟糕的事情

派對人群開始散去時，我們聽到消息。

有個叫麥克．惠尼的傢伙關掉音樂，站在沙發上，要大家他媽的閉嘴，因為他有事情要宣布。

「有人對法蘭西斯柯開槍！」

⌛

急診室的等候區擠滿神情悲傷的人，但我們似乎最難過。奶奶衝進滑門時上氣不接下氣，而且歇斯底里，我們三人努力安撫她。我爸媽晚一點也到了，已經向警方打聽了事發經過。

顯然，某個多疑的鄰里守望相助員發現法蘭尼穿過有鐵門的社區，於是報了警。她決定穿拖鞋、睡袍尾隨他。

「我報警了！」她對法蘭尼大叫（這是她對警察的說詞，所以可能不是事實）。

法蘭尼可能聳肩、搖頭，或做出某個惹火她的動作。「隨便，警察來就來。」他說。

「雙手離開口袋，坐在人行道。」

「去妳的，我要回家。」

「把手舉高，我才能看到。」

「妳不是警察，別再鬼叫了。」

他突然手插進口袋，拿出閃閃發亮的東西。**我擔心自己的性命安危，便立刻做出反應。**

我沒時間多想，她說，因此對他開槍。**砰**。直接命中他的胸膛。她看到他倒在地上，臉上掛著詭異的笑容。她後來才聽到音樂，也許她之前就聽到了，但她開槍之後，才認得那個音樂。她聽到的是比吉斯樂團[34]的旋律。法蘭尼握著的閃亮亮手機，演奏著二十秒的電話鈴聲。

「比吉斯。」我問警官。「你確定？」

「對。」警官指著他的筆記本。「她是這麼說的。」

我點頭，難怪法蘭尼急著要接。「那是他爸爸的電話鈴聲。」

⌛

34 Bee Gees，英國的三人兄弟樂團。

我們不能見他。

但醫院說他已經開完刀，回到恢復室休息了。如果順利，他們就會把他轉到重症病房。

奶奶哭個不停。

法蘭尼的爸爸終於出現，眼睛發紅，似乎喝了很多，或哭了很久，也可能兩者皆是。

「我兒子怎麼樣？」他在候診室另一頭問。

我站起來，「正在恢復中，我們等著要看他。」

「折價券」點頭，抱抱他的母親，然後走開，「我得喝杯咖啡。」

「我和你一起去。」我自告奮勇。

販賣機並不遠，但我對八毛五的拿鐵沒興趣。

「你今晚去了哪裡？」走到大家聽不到的地方，我便問他。

「什麼？」他說。

「你沒來看他的比賽。」

「我打給他。」

「對，在比賽結束後。」其實我想說的是**對，你打了，所以他才會躺在醫院，才會挨子彈**。但是另一個應該負責的人，從閃亮亮的販賣機玻璃中望著我，所以我沒說話。

「別激動，歐普拉。」折價券說。「我們父子間的事情不關你的事。」

我的聲音離開我的身體，連我自己都嚇到。「我愛的人發生什麼事都關我的事，這是最糟糕的狀況。你就像小丑彈跳盒，一會兒出現，一會兒不見。我們看了很煩，你這種行為自私、老套，又具殺傷力。你根本不知道你兒子有多棒，反正你也不想知道，對不對？否則十七年後，你就得第一次當個真正的爸爸。」

「折價券」用力把我撞到販賣機上，我等路人搭救，但走廊空無一人。

「我不會當父親，你想聽這個？啊？好啊，我說了。這下我們可以繼續過日子了，對不對？真相終於大白。」他放開我的衣領，走開之後又停下。「你知不知道那種覺得自己一無是處的感覺？做什麼都沒有意義。當你望著天空，你的視野不是一望無際，天空照耀別人，卻照不到你。當你知道……當你知道日子沒有任何指望，因為你已經失去你該照顧的所有事物。傑克，我很久沒快樂地醒來。我甚至不知道世界上有沒有快樂這回事。你覺得我很冷酷，覺得我心腸硬？你他媽沒說錯！只有這樣，我才能活下來，我才能熬過監獄裡的日子。儘管我是個爛爸爸、爛兒子，曾經也是個爛丈夫。但只有這樣，我才能熬過去。這就是我撐下來的方法。」

我吞一口口水。「如果你把這些話告訴法蘭尼，如果你……」

他向我跳過來，眼裡是一團火紅的憤怒和傷心。「告訴他什麼？你以為他不知道自己的父親是個窩囊廢？你以為這是新聞？他知道，他早就知道了。」

「一切都還來得及。」

「來不及了。現在是九局下半場，兩人出局、兩次揮棒落空。我站在打擊區，從來沒打到那個投手的球，完全沒有勝算。他火力全開，我甚至看不到他的球，更別說打到了。我知道你在想什麼，因為我也曾經有一樣的想法。再揮棒一次，也許這次就能打到。但是我從來沒上過壘，傑克，你眼前這位是三振大王。」

他大笑，拍拍我的肩膀，彷彿剛剛說了個笑話，只是他眼眶濕潤。「靠，其實這麼說也不對。要被三振出局，總得先上場。提到那孩子，我甚至沒進過球場，我一直缺席。所以，你不必說我對兒子有多重要，我每天都懷抱著這種失望心情過日子。這個事實永遠不會改變，永遠不會。」

我還來不及說話，法蘭尼的爸爸就已經走掉。門還沒全打開，他就用肩膀用力撞開自動門，拐個彎就消失。

我走回候診室，憤怒和悲傷震得我臉發麻。我想到朋友躺在那裡，悲痛無助，房裡沒有一個愛他的人。

我想要站上球場。

我想要回到打擊區。

無論好球、壞球，我都需要揮棒。

餐館已經打烊，媽遞來販賣機的零嘴。

爸爸每半個小時就去櫃檯問最新狀況，但他們總說沒有新消息。

「沒有消息就是好消息。」法蘭尼的爸爸說。這似乎就是他的心態，可以想見，他認為沒事就是好事。

潔莉安啜飲咖啡，她的手不斷發抖，所以咖啡一直濺到她的手臂和椅子上。

芮塔電話中，她先打給她的爸媽，再打給姐姐。

你無法拯救每個人，我知道，相信我，我都懂。別說**每個人**了，我連**一個**也救不了。

他們終於同意讓我們去看他。但護理師說，一次只能放一個人進去，而且頂多十分鐘，他需要休息。

我站在門口，看著他的眼睛在睡夢中顫動。光看著他就浪費了兩三分鐘。

「打開。」他輕聲說。

「打開什麼？」我說。「你要我開什麼？」

繃帶緊緊地裹著法蘭尼的胸膛，有條細細的管子從紗布往外延伸，將類似血液的物體輸往拳頭大小的透明球狀物，那應該就是醫生所謂的引流管。法蘭尼搖頭，發出哀號聲，似乎很痛苦。

「不是打開，」他說，「是走開。」

他沒睜開眼睛。

他當然不希望我留下來，要不是我，他也不會進醫院。我站在那裡，希望找到合適的話語，但是**搜尋沒有結果**。

「我走，法蘭尼。」我說。「但是我保證，絕對不會離開你。」

大家解散，派對結束了

爸媽決定把結婚週年慶派對改期，因為媽媽說，**有家人不能來就無法慶祝**。

我沒提法蘭尼可能根本不會來。

我決定不提醒任何人，他恨我入骨，因為這件事微不足道。我只要他好起來，他是否永遠恨我，一點也不重要。

我們還是開了紅酒。

顯然我們所有人都心不在焉，但我們裝出勇敢的模樣挺過去。「只是不一樣而已。」爸爸說，又倒了一杯酒。

他說得對。

我們都知道。

⌛

我最希望的，就是再有一次機會。

再來一次，洗掉這樁悲劇。

只是，我無法仰賴我自己都不懂的魔法。

這次不行。

也許這次是最後一次。

如果，這就是我得接受的事實，這輩子得就這麼過下去呢？

因為我，也許凱特可以活下來，但法蘭尼卻沒命？

如果我不知不覺拿法蘭尼去換凱特呢？

我怎麼能接受？

我找個理由離開客廳，回到房間，關上門。我拿出桌上的鬧鐘，放在床腳，看了又看，看了又看。

我等著。

就在凌晨一點前，我用手機撥話。

接線生說凱特的確還在住院，只是現在過了探病時間，她無法幫我轉接。

「沒關係。」我告訴她。「我晚點再撥她的電話。」

我從後面樓梯溜出去，繞到屋前，上了爸爸的車。

高速公路車流稀少，今晚，似乎只有我一人醒著。我開進停車場，試著打開停車場的前門，果然上鎖了。沒關係，今晚都不重要了。我繞到建築物側邊，也就是診間外。我丟石頭進去，警鈴大作，但我不在乎。我爬進窗子，走到冰箱前。裡面有很多盒子，我不確定要拿哪一盒，所以我全拿了。我把一個個盒子放在破窗戶旁邊，然後把爸爸的車子開到附近，盒子全放進後車廂。

兩分鐘後，我開上高速公路，三部鳴著警笛的警車，在起霧的夜裡駛過我的車子。

⌛

一部警車停在門邊，但我不在乎。

我匆匆穿過門，撞上一道人牆。

「我逮到他了。」警官對著別在肩膀的對講機說話。「你，去外面！」他喝令道，一邊推開門，另一手始終放在槍托上。「快出去。」

我失敗了。

無論我怎麼做，怎麼試——當然不是我自願的——每件事從一開始就註定失敗。

法蘭尼受傷。

凱特快死了。

我闖進索旺米醫生的診所，為的是什麼？

就是為了再次功虧一簣。又一次。

我想閃過警官，衝上樓梯，但他抓得更緊。「不要逼我打昏你！」他咆哮。

「也許那樣更好。」我告訴他。

他們喝令我張開腿，臉頰被壓在警車的後車廂上。

「拜託，」我哀求，「我女朋友快死了。拜託，五分鐘就好，拜託。行行好。我只要看她五分鐘，然後你們就可以把我丟進牢裡，關我一輩子都無所謂。拜託，**拜託**。」

我想下跪求情，可是因為被人壓制，很難做得到。上手銬的警官回頭看另一個人，那位金棕髮色的女警兩眼布滿血絲，她嘆氣，然後點點頭。

手銬被拿掉。

電梯緩緩地升到凱特的樓層。

我們繞路，因為地板沒乾。

凱特的護理師說訪客時間已經過了，但女警出面干涉，護理師翻了翻白眼就讓開。

幾乎快來不及了。凱特已經快失去意識了。

「凱特。」我輕聲說。

她睜開眼睛，眼裡閃過一絲恐慌。「你是誰？怎麼會在這裡？」

「我希望這次可以救妳。」我說。「我從沒對妳說過，但我愛妳，凱特。」

「你說——」

她還沒說完，我就伸手到鞋子裡拿出針筒，立刻插進她的大腿。她的身體發抖，彷彿我對她施行了高壓電。

警官撲倒我，在我耳邊大罵髒話，吼得整個房間都聽得到。

我倒下時，鼻子撞到油布地板，我知道自己鼻梁斷了。許多雙腳衝進病房，越來越多人大吼大叫，人們不斷搖晃我，我的鼻血往下滴。他們問我到底幫她打了什麼針，針筒裡有什麼藥，問題是，我想解釋也無法說明。

這是我唯一能做的事情，只有這件事還沒做完。

我閉上眼睛，靜靜等候。

第五回

比爾．墨瑞[35]會怎麼做呢？

「抱歉，你堵住樓梯了。」

我轉向凱特，開心地對她微笑。

因為，在這道樓梯上看到她，表示我又失敗了。

但更重要的是，這也表示我又有機會從頭來過。

⧗

我看電影《今天暫時停止》[36]有兩個正當理由，（一）因為有比爾．墨瑞，（二）因為我們的情況雖然不盡相同，但我認為，觀賞男主角不斷重複同一天，應該會有些啟發。

我的確有所學習，知道哪些事情不要做，哪些人生不該過。

我不想利用這個機會改善別人對我的看法，我沒興趣當最詼諧、最酷、最聰明的人。我不想進化成傑克 2000 版本。當然，如果我能避開某些錯誤，例如傷害我深愛的人，我當然願意改變。但我不打算利用這種力量（隨便你愛怎麼稱呼都行）推敲該如何說話，也不打算利用以前的回憶，讓凱特瘋狂愛上我。

因為我相信，在我不斷重播的人生中，我們的愛情是唯一最篤定的事情。

無論發生什麼事情，我們都註定要相愛。

也許我太浪漫，也許我太傻。

但我不必重複醒來一千次才知道我愛凱特，也知道我願意不計代價，只為了下半輩子能在她身邊醒來。

無論這些日子有多多，無論這些日子有多少。

讓我回到那道該死樓梯的力量比我強大太多，比我所知道的都還要強大。我就是應該回來，回到凱特身邊，而不是其他地方。我會不斷回到這道樓梯，等她說**抱歉**。而無論要聽幾次，我都不在乎。

---

35 Bill Murray，美國喜劇演員、作家，電影作品包括《今天暫時停止》、《愛情，不用翻譯》等。

36 原片名為Groundhog Day，講述一個氣象學家被困在小鎮，不斷重複同一天，最後終於打破這個無限迴圈。

雜貨店噁心場景之餘的好建議

我告訴爸爸，也許我不當作家了。我可能想當科學家、研究人員，我要致力於找出所有疑難雜症的解藥。

爸聽到這個可能性似乎很開心。他清清喉嚨，開始滔滔不絕，更加證實了他有多高興。雖然我們在雜貨店，面前是無窮無盡的牛奶盒和罐子，但我不在乎他長篇大論。

「我猜是因為凱特的緣故？」他問。

我點頭，「認識她之後，我重新想過許多事情。」

「傑克，我恰巧認為你這個想法很棒。有時你得改造自己，決定如何利用這一生。大家總說，你得開心接受自己，才能在另一個人身上找到快樂。這是真的，傑傑。老實說，找到那個提醒你人生可以過得多麼開心的人，絕對有好處。如果你找到了那個人，無論對方是男是女，就絕對不要放手。你媽媽凡事都有意見，有時會搞得……別人很累，但對我而言，卻不成問題。她就是這樣的人，當年我認識她，她就是這樣。但她也讓我成為更好的人。如果要我選擇當『挑剔麥片有沒有好纖維』的人，或是選擇當個排便不順的孤單王老五，你猜我會怎麼選？答案是，我寧可定期排便，幸福快樂，兒子。無論給我選幾次，我每天都會選擇你媽。」

媽本來回車上找折價券，顯然剛剛在轉角處偷聽到我們的對話，她輕聲細語地說：「艾柏，我也會選你！」

「吻我吧，娃娃臉。」爸說。

「天啊，別這樣，在乳品區？也太噁了吧。」其實，這不是我的真心話。經過這麼多次穿梭時空的旅行，我學到最寶貴的教訓，就是及時把愛說出來，千萬別把時間、感情視為理所當然。

媽完全不理我，用力親爸爸的臉頰。「你還是像年輕時期一樣雄赳赳呢。」

爸爸露齒微笑，「寶貝，因為妳讓我保持年輕活力啊。兒子，請清空第五排。」

我驚恐地看著他們壓著冰箱，兩具中年軀體相貼。

所有事情

我問法蘭尼，是否可以得到他的允許，與他爸爸聯絡。

「找他幹嘛？」

「其實我需要他幫忙。」

「幫忙?找『折價券』幫忙？」法蘭尼聳肩。「如果你喜歡自討沒趣，隨便你囉。」

「你確定可以喔？」

「幫什麼忙？」

「我要下注。」

「賭什麼？」

「拿愛情當賭注。」

「傑克？」

「啊？」

「你怎麼可以這麼噁爛？」

我把所有錢押在曼德拉克大學校隊——

「你確定，傑克？」法蘭尼的爸爸問。「輸掉的話可是一大筆錢喔。我無法幫你拿回來，下注之後就拿不回來了，小子。」

結果曼德拉克大學——

……**我的天啊，不會吧？離結束只剩二十秒，曼德拉克大學頭一次領先……這是體育史上最了不起的反敗為勝賽事……各位今晚正在見證歷史……這就是歷史啊！**

大肚豬隊再次挺過困境。

我和索旺米醫生約時間做評估——

「傑克，我沒辦法保證。這種療法也許幫不了凱特。你明白嗎？」

「醫生，我相信你。」我為他打氣。

「好吧，我只能向上帝祈求，不要讓你失望。」他伸手與辦公桌另一端的我握手。

凱特接受第一針。

她病了好幾天，多數時候就是噁心、反胃，但週末時她就恢復了活力。「我不知道究竟是打針發揮藥效，還是心理作用。」她容光煥發。「但我真的覺得好多了，傑克，我好久好久沒這麼神清氣爽了。」

樂團練習比平常更棒。

凱特陪我參加畢業舞會，我們接吻，那個吻和我們的**初吻**一樣美妙。我們肆無忌憚地跳著醜陋舞步，彷彿發現亂跳一通可以拯救性命，而我們決心挽救人類大滅絕。**一條命都不能少**，我們使出渾身解數，跳出最棒、也最慘不忍睹的「野牛闖進瓷器店」舞姿。

「拜託告訴我，你們是嗑了藥。」法蘭尼哀求。

「活著就很嗨了，朋友！」凱特大叫，跳得更高。「活著就很嗨！」

我拚命讓法蘭尼的爸爸感到愧疚，為了確保一切都不出差錯，甚至親自開車去法蘭尼家接他爸。

「傑克，你確定？」他說。「我覺得不去才對。」

「法蘭尼知道你要去，他想看到你。他從小就希望你去，等了這麼多年，就是希望看到你去。」

而法蘭尼假裝他只是普通開心，但認識他的人都知道他樂壞了。我從玩沙時期就認識他了，從沒見過他笑得那麼燦爛、那麼頻繁。

「你來了。」法蘭尼說。

他的爸爸點頭。「我一直不想錯過你的比賽，希望一切都還來得及。」

我從高中畢業了，跳著走下台時，也和所有教職員擊掌。爸逼家人拍一堆照片，凱特也包括在內。

潔莉安發表了「宇宙無敵精采的畢業生代表演講」，「說到底，我們在艾利鎮高中的時光，與我們上課或**翹課**的時數無關。」

聽眾哈哈大笑。

「無關我們達陣幾次、或錯過幾次罰球，」潔莉安繼續說，「甚至無關學校，無關這棟建築。如果我們好好把握，過去四年的精華就是成長茁壯，就是學會奮鬥，學會盡最大的努力依然會失敗，學會一次又一次從失敗中站起來。這四年的歲月是互相扶持，教我們瞭解友誼。真正的朋友在你最需要他們時會出現，你不想說話，他們也會傳簡訊，甚至直接打來。他們每一天、每一週、每一個學期，都在旁邊支持你。這種友情不會隨著畢業消失，這種友情就像最美妙的愛情，永遠不會終止。」

她說完之後，我們報以最熱烈的掌聲，分別坐在不同排的法蘭尼和我從位子上跳起來，向空中揮拳、吶喊潔莉安的名字。她送飛吻給我們，才鞠躬下台。

凱特的弟弟瑞吉依舊不放過我——

只是，這次我不是在凱特家的桌邊認識他，否則他的父母至少可以管住他。不是，這次他和凱特與我一起去看電影，然後（一）坐在我們中間，（二）拚命吃我買的爆米花，（三）幾乎每場戲都爆雷。起初我以為他看過許多電影，所以擅長預測劇情發展。結果不是，他早就看過那部電影，只是故意來搗亂。

「傑克，說說你對我姐有什麼企圖。」

「很簡單，」我說，「我想和她長長久久地交往。」

這句話也無法封住他的嘴，他還是擺出那副**我不喜歡你喜歡我姐**的嘴臉。但是我無所謂，因為這就是弟弟的責任，而我尊敬他盡責地保護姐姐。

法蘭尼在季後賽拿下不知幾百萬分，帶領我們的校隊拿到冠軍。他把球員隊服送給他爸，「折價券」當場脫掉T恤，穿上兒子的衣服。雖然那件衣服小了半號，又因為汗水而溼答答的，他卻沒脫下，連眉頭都沒皺一下。他在體育館昂首闊步，只要有人看他，他就大喊**沒錯，那就是我兒子**。奶奶甚至準時出現。

「幹嘛？」她不可置信地說。「我以前也準時過啊。」

但我們沒有一個人記得。

我們一起出去吃飯慶祝。吃完開胃菜，主菜尚未上桌時，法蘭尼敲敲杯子。

「親朋好友注意了，我有事情要宣布。」他起立，我們都轉頭看他。

「你們眼前這位，即將成為『惠提爾』新生了。」他露出電力超強的法蘭尼招牌笑容。

潔莉安從座位上跳起來，雙手環抱法蘭尼的脖子，讓我們大家看了都差點把前菜吐出來。

「天啊，你說真的嗎？寶貝，我就知道你進得去，我就知道！」

法蘭尼沒中彈，除非你認為邱比特給潔莉安的箭頭也算（我知道我知道，噁爛到最高點，請不要苛責我，我太開心了）。

結果，凱特的姐姐綺拉懷孕，最興奮的就是法蘭尼。因為他認為，以後去看護城河樂團演唱會都能坐貴賓席了。

我們的樂團繼續練習。

爸媽的結婚週年慶派對大成功。凱特、潔莉安、法蘭尼和我幾乎都沒離開彼此的身邊。經過四個夏季的練習（雖然表面上看來只有一個），我還是有辦法吹錯最初幾個音符，不過，似乎沒有人發現。

「媽，你哭了嗎？」我問。不是因為她哭得不明顯，而是為了讓大家別注意到**我**也哭了。

我們共喝一瓶紅酒，一起打掃。

「我們要走了。」法蘭尼牽起我的手，給我一個兄弟的擁抱。潔莉安雙手環抱凱特，然後轉頭親我的臉頰，「愛你喔。」她說。

「我更愛妳。」我說。

凱特和我送他們到車道的車子旁邊，目送他們開往滿天星辰的黑夜。

「妳也要離開嗎？還是……」我故意拉長語氣。

「還是……」她牽起我的手。「當然是後者。」

⌛

凱特靠在我身上，我們坐在地下室的沙發。她的身體非常溫暖，我們接吻，她卻突然往後。

「怎麼了？」她問。

「什麼？」

「地球呼叫傑克。」她唱著。「你魂飄到哪兒去了？」

我吻她的臉頰，從沙發上跳起來。

「走。」我對她伸出手。「我們要走了。」

「去哪裡？」

「時間不多了。」

⌛

「我們為什麼要來醫院？」

「因為妳病了，凱特。」

她搖頭，「我很好啊，事實上我不是普通地好，而是比以往都更有精神。新療法很有效，傑克。」

「妳相信我嗎？」

她皺起鼻子。

「拜託，請妳相信我。」

我對急診室的護理師解釋，雖然凱特還沒有任何症狀，但是等等會發生緊急狀況。護理師也擺出**你鬼扯什麼**的表情，值班的醫生、護理師都不相信，甚至連檢查都不肯。

「年輕人，我們很感謝你這麼關心她。」他們都這麼說，然而你大老遠都能聽到他們語氣中的「可是」。

「我有不同意見。如果你們認可我這麼憂心，就趕快幫她進行檢查。你們會把她留下來，還會——」

「傑克，我沒事。」凱特不是第一次這麼說。「我真的很好。」

我不會無視凱特的哀求，但也不會驕傲到不肯苦苦拜託。「求求你們，我只要求你們檢查一下。」

「年輕人——」

「拜託！我有錢。」

「跟這個沒關係——」

「我可以付錢請你們檢查，馬上就能開支票。借我一枝筆就好。」

「我們必須請你們離開。」

「你們沒仔細聽我說！她就快死了！如果你們不想想辦法，她一定會死，這無庸置疑。不是有可能會死，這是事實！馬上就會發生！」

他們全都轉向凱特。「你的男朋友是不是正在接受什麼治療？他是不是忘了吃藥？」

「他不是神經病。」凱特堅持。

「我們沒說誰是神經病，可是——」

「我沒發瘋，我知道是因為……」該是我說真話的時候了。我可以說我之所以知道，是因為我來自未來；我知道，是因為我經歷過。但我也知道，只要說出真話，我就會被送去精神病房。

「傑克。」凱特轉向我，雙手捧住我的手，牽著我從檢驗室的簾子內往外走，穿過急診室候診區，回到清冷的夜裡。「我們走吧。」

我熱淚盈眶，又無計可施，也不想忍住不哭。「我不能走，我們不能走，凱特，拜託。聽我說，我沒發瘋。」

「我知道，但我真的不明白。」

「我也希望能說明我為什麼知道……」

「你怎麼知道？」

我回頭，發問的護理師面無表情，雙手還交叉在胸前。「我不能說……對不起……但我不能說。」我說。

「年輕人，恐怕你沒時間了。」護理師往走廊大喊，請求協助。

我又再度失敗了。

我明明已經想盡辦法。

也許我應該接受事實——我無法改變任何事情。

然而，我拒絕相信這一點。

「傑克，你這是做什麼？」凱特問。

「做我該做的事情。」我告訴她。

「警衛，警衛！」護理師對走廊大喊。

但誰也攔不住我。

「傑克，你做什麼？」凱特又問。「我不懂。」

「相信我，我也不明白，但我們總得試試看。」

等到兩個警衛出現時，我已經用搬得動的醫療器材檔住檢驗室，例如點滴架、心臟監測器、超音波機器等。但是比較魁梧的警衛擠進來，把我舉到半空中，抓到大廳。我拉住簾子，「放開！」他想拍掉我的手。

他的搭檔身材精瘦、頭髮灰白，對我就沒有那麼大的興趣。他對著對講機說話，始終站在一邊。這時，我可能已經正式失去**我不是神經病**的可信度，我大叫：「他們想殺死我！」而且手腳不斷擺動，把自己的身體扭成麻花狀。我才不在乎別人的看法，也不在乎自己有什麼下場。只要能讓凱特留下來，只要能讓凱特平安無事，我都在所不惜。

等到萊爾德（因為他熊抱我，所以我近距離看到了他的名牌）把我拖到候診室外的走廊時，凱特已經開始呼吸困難。他們幫她打點滴、戴氧氣罩、監測生命體徵、照心電圖。他們護送我到候診區，一小時後，醫生搖著頭走出來，說：「我不知道你是怎麼預知的，但你可能救了她一命。」

我瞄了時鐘一眼。

「我還沒救她一命。」我說。「還早呢。」

醫生皺眉，「我們把她挪到觀察室，今晚要留院觀察，要確定她的血紅蛋白穩定，明天早上再抽血。你現在可以去看她了。」

我謝過醫生，忍住不再看時間，接著走向凱特的病房。她看到我站在門口，露出牙齒微笑。

「嗨，綠巨人浩克。」她按了床上的按紐，讓自己可以坐起身。「還是你現在已經變回布魯斯·班納[37]了？」

我大笑，「妳還好嗎？」

「嗯，現在好多了吧。但是，**我**先前都不知道自己不好，而你卻比我更清楚。」

「我瞎猜的。」
「看起來不像。」
「妳想知道真相嗎？」
「麻煩你了。」
「我來自未來，所以我知道妳幾點會不舒服。」
「你這是說謊。」
「我沒有。」
「你想知道我為何知道你說謊嗎？」
「想，但這真的不是謊話。」
「因為誰會這麼在乎我，在乎到特地讓你回到過去？我有什麼特別之處？難不成我會成為美國總統？還是我會治療癌症？或是，我不知道……以後會完成了不起的大事？」
我再度聳肩。「老實說，我還沒活到那麼遠。看來我們只好一起等待了。」
她勾勾手指，再伸出雙手，我走到她懷裡。

---

37 Bruce Banner，漫畫中的虛構人物，是物理學家，一憤怒就會變身為綠巨人浩克。

「你保證？」她問。
「不一定，妳要我保證什麼？」
「我們會一起等待？」
「不是一起等待，就是我不斷回到這裡，直到我修正所有事情。」
「你願意為我做這件事？」
我咧嘴，「也許。」
她對我吐舌頭。「我會幫你製造一個時空機，先生。上床來陪我。」
「這張床連一個人睡都太小。」我邊抱怨邊上床。「護理師進房間看到，會罵髒話把我攆出去吧？我相信，現在醫院所有人都討厭我。」
「你問我在不在乎。」凱特說。
我微笑。
「我說真的，快問我。」她堅持。
「凱特，妳在乎嗎？」
「當然不在乎，再問我恨不恨你。」
「凱特，妳恨我嗎？」
「不恨，我恨不了。」

我無法告訴你，聽到這些話，我有多開心。

「凱特？」

「什麼？」

「如果妳可以選擇，一個是一而再再而三地，與我一起度過同樣的四個月，或是在不認識我的狀況下過完餘生，妳會選哪一個？」

「這個問題好怪，你還真迷這個時空旅行的梗。」

「回答我就是了。」

「那我問你，我們會陷在這個無限迴圈裡嗎？」

「對。」

「至少這四個月很開心？」

「非常棒，應該是人生最棒的四個月。」

她點頭，「我覺得『傑克凱特無限迴圈』念起來很酷。」

我親她的臉頰。

「我問你一件事。」

「妳說。」

「你聽了可能覺得很奇怪，可是，我一直想像我的名字可以跟男友混成一個，象徵我們的偉大愛情，好比說班尼佛或金米。」凱特臉上露出傻氣的笑容。

「慢著，妳是開玩笑的吧？」我說。

「不是。而且我想了很久，已經想出了幾個名字，不知道你想不想聽。」

「說吧。」

「好。」她躺回枕頭上，我也一起躺下，兩人臉頰碰臉頰。「第一個，凱克。」

「呃，不知道欸。」

「我覺得挺酷的，聽起來有種胸口碎大石的感覺。」

「感覺好痛，我不知道妳這麼暴力。」

她用手刀劈空氣，「你最好小心點，金恩。」

「我愛上妳之前，妳應該先警告我吧？」

「啊呀，晚說總比不說好，對吧？準備聽第二個了嗎？」

「出招吧。」

「你一定喜歡這個……」

「嘖嘖嘖，油嘴滑舌的呢。快說。」

「好，準備好囉……」

「準備好了。」

「傑特。」

「妳叫我準備好，就是要說這個？」

她捶我，「我們的名字太短，根本沒辦法做出超酷的組合。不然你自己試試看。」

我想了各種可能，「妳說得對，只有這兩個。」

「我就說嘛。」

「的確是。」

「下次聽女朋友的話就好，麥小傑。」

「下次一定，」我重複，「一定會。」

煎熬，震驚

我驚恐地醒來，摸索著被子、床單。我回頭看牆上的時鐘，但是房間太暗，只有點滴在發光，所以我看不清楚時間。凱特就在我旁邊，背對著我。我無法解釋，但總覺得不對勁。彷彿我來到新世界，來到一個不熟悉的地方。

「凱特。」我輕聲叫喚。沒有回應。我只聽到點滴聲，聽到液體流進她的手臂。

「凱特。」我又叫了一聲，手慢慢搭到她肩上。她的皮膚發涼。

「凱特。」我在她耳邊低語，輕輕搖晃她。我仔細聽她的呼吸聲，卻只聽到自己的氣息。

「凱特。」我又說一次。我坐起身。我深呼吸。我就是這時候看到。醫院托盤上，放著全新的「船長麥片」。

我哭了。然後又大笑。終於等到這一刻——我又哭又笑。我又哭又笑。

幾乎是尾聲

好。

既然你已經知道凱特和傑克活下來了，我就老實說吧。

這段人生不只重播了這四次。

還有許許多多次。

我在第三十六次之後就不再數了。

我依舊不知道為何會有這種事情，就算我知道，答案恐怕也不盡如人意。這就像你看芝麻街系列的書《這本書後面的怪獸》[38]，就算讀了兩次、三次、四次，就算你已經知道最後只有主角高華，讀起來也不會覺得更無趣。你懂嗎？

但我可以告訴你，我試過**各種方法**，有些方法甚至試了三次。

38 The Monster at the End of This Book，故事就是芝麻街的角色高華（Grover）一直不讓讀者翻頁，堅稱書後面有隻可怕的怪獸。

有幾次，我什麼也不做。

有時我太累、太遲、太難過。

那就像忍受最難過的宿醉。然而，無論你怎麼閉上眼睛，怎麼喝水，怎麼祈求地球停止轉動，那種感覺都揮之不去。

那疑慮令人頭痛欲裂。

那沮喪猶如肚子挨了一拳。

所有器官都在我體內搖搖晃晃，令我反胃、噁心。

我以為自己會撐不下去。

實在不忍心讓你跟著我難過。

讓你看著我一次又一次地失敗。

看著她死了一次又一次。

沒有人應該承受這一切。

但是我感謝上蒼，讓我有這麼多時間與她共處，也納悶這件事情（雖然我不知道這到底是什麼鬼）終於停止之後，我是不是也不在人間了。

我猜，我之所以把這些事情都告訴你，是因為我不希望你誤會。你一定要明白，我並不是什麼英雄好漢。

我沒成功救回凱特。

她不需要人拯救。

認真說來，是她救了我。

她讓我明白，**差一點**不見得是壞事。

你可以盡最大的努力，想方設法改變某件事情，但有時這麼做卻還不夠。

差一點表示你上場了，也已經竭盡所能。

到頭來，最小的決定反而最重要。

我們每天所做的那些微不足道的抉擇——

誠實面對我們所愛的人，面對我們自己——

無法控制的事情就放手，可以掌握的事情則心存感恩。

有時，很難看出這些事情有多重要。

但這些點點滴滴會積沙成塔。

至關重要。

聽我一句勸，畢竟我見過未來。

最終章，這次玩真的

「妳確定妳爸媽答應我留在妳家？這是他們的家，妳的房間欸。」我問。

「現在才問太晚了吧。」凱特微笑。「沒問題啦，只要我快樂，他們就開心。」

凱特從小用到大的床單，就在我們兩人之間，蓋住了她的肚子、她的腿、我的腳，卡在我們的臀部之間。她的眼睛緊緊盯著我，氣息如此靠近，我彷彿嘗到綠薄荷的味道。我不想錯過她的一絲一毫。

「你有想過我們會走到這步嗎？」她問。

「我做過這種白日夢。但如果我說我認為會成真，那就是騙人的。」

「就是這點嚇到我，我認為我早就知道了。」

「我覺得妳很美，凱特，這點我倒是知道。」

「別說了，我會臉紅。」

我順著她的肩胛骨摸，「黑人不會臉紅。」

她大笑。悅耳的笑聲從她的腳底傳來，床鋪因此震動著。「為什麼不會？」

我自己都雙頰發燙，也許我們會臉紅。「我的意思是看不出來。」

她搖頭，用手肘撐起身體，目光始終未離開我。「我知道你的意思，傻瓜，我只是喜歡看你冒冷汗。」

「妳的任務達成了。」我的手指滑過她的臉頰。我們靜靜躺著，我聽到遠方牆上的時鐘又過了一分鐘，接著是另一分鐘。「所以妳要告訴我嗎？」

「告訴你什麼？」

「我們會臉紅嗎？」

「你正看著我，傑克．金恩，你告訴我囉。我們會嗎？」

我又端詳了她一會兒，當我再也等不了時，便傾身過去吻她的眉心。我的下巴可以察覺她的眼皮顫動。

她緊閉雙眼，彷彿緊握拳頭，彷彿努力回到夢裡。

她說：「我覺得臉紅不是眼睛所能看到，而是透過你的感覺。」

儘管她看不到我，我依舊點頭。「我可以感覺到，凱特，我可以感覺到每一分每一毫。」

「過來。」她睜開眼睛，張開雙臂。

「我恐怕沒辦法更靠近了。」我說，儘管我很想，儘管我只想更接近她。

「你可以的。」她把我的頭拉到她臉上。「看吧。」

她說得對。

我看到了。

「妳知道黑人家庭電影的結尾，哪一點最討我喜歡嗎？」我問凱特。

「如果是別人說這句話來打開話匣子，我會覺得對方有種族歧視，但你激發了我的好奇心。請說。」她說。

「跳舞。幾乎最後都會有盛大派對，好比婚宴、家族聚會等等。當每個人都解決各種歧異，等到每個人都找到親情或愛情，攝影機就會從空中俯拍演員跳排舞或靈魂舞——我很愛這種結尾。每個人都高高興興、面帶微笑、扭個不停。」

她搖頭，那不以為然的模樣，就像看到寵物狗搗亂，卻又覺得很逗趣。她大笑，說：「我也是，我也喜歡。」

她輕拍手機，開了藍芽喇叭，拉我下床。我們清出一塊地版，踢開皺巴巴的衣服、課本等等。我們手牽手，對彼此搖頭晃腦。

「我有這個榮幸嗎？」我問她。

她鞠躬，我行屈膝禮。接著，我們開始跳舞。

「嘿，我要告訴你，我好不愛你，一點也不愛。」凱特氣喘吁吁，因為我們不能停下來，無論任何理由都不能停。即使聽到真心誠意的笨拙宣言。

我咧嘴笑。「我也不愛妳，希望妳知道。」

「好。」她的舞步就像在釣魚，卻突然釣到殺人鯨。「我正希望你有同感。」

「好。」我重複她的話，一邊跳著**在高樓鷹架上擦窗戶**的舞步。好吧，那是我瞎掰的。

但我胡謅的是舞步名稱，不是舞步本身，因為那是我常跳的招式。

凱特和我跳個不停。我們的身體以奇怪的姿勢扭動，還跳機器人舞步、傳統的捲心菜舞，外加可悲的無厘頭奔跑舞。

對，不是曼妙的舞姿。

甚至談不上像樣。

也絕對不會令人驚艷。

我們在任何派對都不吸睛，至少不是引人讚嘆。

但請從空中拍攝，謝謝。

因為，靠，我們跳舞了。

Opposite of Always

永遠的燦爛當下

作　　者　賈斯汀・雷諾茲 Justin A. Reynolds
譯　　者　林師祺 Shih-chi Lin
發 行 人　林隆奮 Frank Lin
社　　長　蘇國林 Green Su

出版團隊
總 編 輯　葉怡慧 Carol Yeh
版權編輯　陳柚均 Eugenia Chen
企劃編輯　黃莀肴 Bess Huang
責任行銷　朱韻淑 Vina Ju
　　　　　鄧雅云 Elsa Deng
封面插畫　兒童島 KIDISLAND
封面裝幀　ZZdesign
版面構成　張語辰 Chang Chen

行銷統籌
業務處長　吳宗庭 Tim Wu
業務主任　蘇倍生 Benson Su
業務專員　鍾依娟 Irina Chung
業務秘書　陳曉琪 Angel Chen
　　　　　莊皓雯 Gia Chuang
行銷主任　朱韻淑 Vina Ju

發行公司　精誠資訊股份有限公司
　　　　　悅知文化
　　　　　105台北市松山區復興北路99號12樓
專　　線　(02) 2719-8811
傳　　真　(02) 2719-7980
悅知網址　http : //www.delightpress.com.tw
悅知客服　cs@delightpress.com.tw

ISBN : 978-986-510-134-3
建議售價　新台幣380元
首版一刷　2021年03月

國家圖書館出版品預行編目資料

永遠的燦爛當下/賈斯汀.雷諾茲(Justin A. Reynolds)著；林師祺譯.--初版.--臺北市：精誠資訊,2021.03
面；　公分
譯自：Opposite of Always.
ISBN 978-986-510-134-3（平裝）

874.57　　110001497

建議分類：文學小說